Lugares mágicos
OS ESCRITORES E SUAS CIDADES

ou teológica, como alguns sustentam, ou, ao contrário, se trataria de uma indagação filosófica laica.

— As obras de Kafka têm interpretações múltiplas e contraditórias. Há tantas que qualquer uma delas é possível. A essas, se somam a interpretação marxista, a freudiana, a fenomenológica, e há interpretações muito complicadas que provêm dos existencialistas alemães. Também se fala do Kafka comunista. Ou seja, é um labirinto. O importante é que Kafka produziu uma obra passível de múltiplas leituras, e isso é o genial. Não há uma interpretação aceita por todos, e não haverá nunca, porque esse é o princípio da sua literatura.

— Em relação ao seu ser, acredita que Kafka mantém com o judaísmo, com todo o seu passado judeu?

— Foi um sentimento muito forte e ao mesmo tempo muito complicado e inclassificável. Kafka não foi um ortodoxo e, na verdade, não teria sido possível sê-lo numa cidade grande como Praga.

— Em algum momento, teve o projeto de ir a Palestina.

— É verdade, mas o sionismo como teoria política foi inexplicável para ele. O que era muito próximo para Kafka era o judaísmo do Ocidente.

— Quando o pai o fez dirigir uma fábrica, é verdade que Kafka esteve a ponto de se suicidar devido à angústia suscitada pela tarefa?

— É interessante, porque a princípio ele estava muito satisfeito; queria a fábrica, queria dinheiro em vez de trabalhar como funcionário da companhia de seguros. Foi depois, quando enfrentou as responsabilidades concretas, que houve a crise.

— E o quanto os contemporâneos de Kafka conheceram os seus escritos, seja por terem sido publicados, seja por meio das leituras que ele mesmo fez?

FERNANDO SAVATER

Lugares mágicos
OS ESCRITORES E SUAS CIDADES

Tradução de Marlova Aseff

L&PM EDITORES

Texto de acordo com a nova ortografia.
Título original: *Lugares con genio – Los escritores y sus ciudades*

Tradução: Marlova Aseff.
Capa: Ivan Pinheiro Machado. *Imagens*: Shutterstock e acervo da L&PM
Preparação: Jó Saldanha
Revisão: Marianne Scholze

CIP-Brasil. Catalogação na publicação
Sindicato Nacional dos Editores de Livros, RJ

S277L

Savater, Fernando, 1947-
    Lugares mágicos: os escritores e suas cidades / Fernando Savater; tradução Marlova Aseff. – 1. ed. – Porto Alegre, RS: L&PM, 2015.
    304 p. ; 21 cm.

    Tradução de: *Lugares con genio – Los escritores y sus ciudades*
    ISBN 978-85-254-3301-5

    1. Escritores espanhóis - Narrativas pessoais. 2. Escritores espanhóis - Descrições e viagens. I. Aseff, Marlova. II. Título.

15-26303   CDD: 914
                                  CDU: 914

© Fernando Savater, 2013
© Random House Mondadori S.A., 2013

Todos os direitos desta edição reservados a L&PM Editores
Rua Comendador Coruja 314, loja 9 – Floresta – 90.220-180
Porto Alegre – RS – Brasil / Fone: 51.3225.5777 – Fax: 51.3221.5380
PEDIDOS & DEPTO. COMERCIAL: vendas@lpm.com.br
FALE CONOSCO: info@lpm.com.br
www.lpm.com.br

Impresso no Brasil
Primavera de 2015

Sumário

Prefácio
Os rincões e os céus 11

Uma janela para o mundo
A Praga de Franz Kafka 13
   A moeda de dez cêntimos 14
   A fábrica, o suicídio e um longo corredor com portas 17
   Nietzsche e outros amigos 18
   Fazendo anotações escondido: Conversa com
      Félix de Azúa 21
   Remédio contra a insônia 24
   Pequeno circuito turístico para os amantes de Kafka 24
   Kafka leitor 28
   Questão de fé 29
   Medos, frustrações e o homem gigantesco na sacada 31
   Um escritor (quase) esquecido: Conversa com Josep
      Sermak, responsável pelo Museu Franz Kafka 33
   Não lhe resta muito tempo 35
   Cartas para Milena 37
   As aflições da alma 38

Um ponto onde convergem todos os pontos
A Buenos Aires de Jorge Luis Borges 41
   A biblioteca de casa, um pátio para brincar 43
   O outro 46
   Um mundo no porão: Conversa com o escritor
      Juan Sasturain 48
   As diversas Buenos Aires 51

Os livros e a noite 52
Aves domésticas 54
Uma profunda cidade cega 55
Fundação mítica: Conversa com María Kodama no
   Museu Borges 58
Sempre estarei em Buenos Aires 60
A última tarde em Buenos Aires: Conversa com Alberto
   Casares na livraria Casares 61

Crepúsculo de cobre
A SANTIAGO DO CHILE DE PABLO NERUDA 65
Os insetos e os livros 65
A fúria de um tímido 66
Poeta combatente: A voz do mundo 69
Isla Negra e a locomotiva de Whitman: Conversa com
   Enrique Segura Salazar, afilhado de Pablo Neruda 72
La Chascona, a cabeleira vermelha 79
Amante da boa mesa: Conversa com Guillermo
   González, do restaurante Venezia 81
Eat, drink and be merry 83
Quero que você me receba na sua casa: Conversa com o
   cineasta Miguel Littín 84
O intérprete de um século 89

Um mundo sem fronteiras
A LONDRES DE VIRGINIA WOOLF 91
Momentos de uma vida 91
Um teto todo seu 93
No The Ivy 96
Horas em uma biblioteca 97
"A louca da casa": Conversa com Isabel Durán, professora
   de Filologia Inglesa da Universidade Complutense de
   Madri 99
O rechaço de *Ulisses* e o amor de *Orlando* 101

Com as bandeiras içadas 103
Fim da viagem 104

Cidade triste e alegre
A LISBOA DE FERNANDO PESSOA 107
O que o turista deve ver 109
Uno e diverso: Conversa com o professor
    Miquel Uriondo 112
Tipografia e edições 116
O bairro, o vinho e os fantasmas 117
Pessoa, em garrafa grande de litro: Conversa com
    João Pimentel na livraria Fábula Urbis 118
Ridículas cartas de amor 120
A superfície e o porão 121
Pessoa e o barbeiro 125

Inferno e Paraíso
A FLORENÇA DE DANTE ALIGHIERI 129
As duas Florenças 131
A União Europeia em plena Idade Média 133
Doce tirano do amor 135
A língua das ruas 138
O cronista do Além 139
Exílio 140
Castelos dantescos 142
A sepultura vazia 143
A divina comédia de Botticelli e de Michelangelo 145
Os três mosqueteiros, de Dante: Conversa com o
    escritor Mario Vargas Llosa 146
Pesadelo genial 149

Províncias florais
O PAÍS BASCO DE PÍO BAROJA 151
Um asceta careca cheio de ternura 153

Um basco que amava seu país 155
A padaria e *Guernica* 157
A boemia madrilena 159
Uma raridade na história da literatura espanhola:
   Conversa com Ignacio Latierro, proprietário da
   livraria Lagún 160
A tempestade: Conversa com o neto de dom Pío 163
Um enterro barojiano 166

Cidade inabarcável como uma galáxia
O MÉXICO DE OCTAVIO PAZ 169
Teu ventre, uma praça ensolarada 170
Salsicha com lentilhas: Conversa com Alberto Peña,
   do restaurante Champs Elysées 173
Lucidez, compromisso e poesia 174
A rua onde ninguém me espera: Conversa com o
   escritor Juan Villoro 179
Vuelta, o Nobel, a Fundação e a noite enorme 187
O que as estrelas escrevem 189

Residência terrena de Zeus
A EDIMBURGO DE ROBERT LOUIS STEVENSON 191
A chaminé de Stevenson 193
A ilha da infância 196
Escócia por três 199
Pitoresca e trágica 200
Castelos, faróis e o mar perigoso 202
Vidas escritas: Conversa com o escritor Javier Marías 204
"Ó! Por que abandonei o meu lar?" 211

Capital do Século de Ouro
A MADRI DE CERVANTES, LOPE DE VEGA E QUEVEDO 213
Três de ouros 216
O príncipe das invenções: Miguel de Cervantes Saavedra ... 217

Gigantes de braços longos 219
Visitando a casa de Dulcineia 221
Realismo quixotesco 222
Um século de quarenta anos: Conversa com o poeta
  e ensaísta Luis Alberto de Cuenca 225
Lope de Vega: Ilustre vizinho do Bairro das Letras 227
Trancado a seis chaves 228
Teatro e caridade: Conversa com Alfredo Alvar Ezquerra,
  especialista na Espanha do Século de Ouro 230
Café, chocolate e encontros 234
Pessimismo vital: Francisco de Quevedo 235
Três gerações para três Espanhas: Conversa com o
  historiador Pedro García Martín 237
A vigência dos clássicos: Conversa com
  Luis Domínguez, da livraria Marcial Pons 243

Angústia e luz
A PARIS DOS EXISTENCIALISTAS 245
  Existir junto ao Sena 247
  O casal mais famoso do século XX 248
  A boemia parisiense 250
  O estrangeiro 251
  A liberdade, o amor, a amizade e os livros 252
  A vida efervescente 255
  Dias e noites da filosofia: Conversa com o professor
    Francis Wolf 256
  A única certeza 260

Ilhas sagradas, castelos e tempestades
A BRETANHA DE CHATEAUBRIAND 263
  A vida melancólica 264
  O senhor tem medo, cavalheiro? 265
  Na torre do gato: Conversa com a proprietária do
    castelo de Combourg 267

Amor e gastronomia 269
Itinerário de Paris a Praga 270
Terra de aparições: Conversa com o escritor
  Jorge Edwards 272
O tempo recuperado 275
O túmulo em frente ao mar 278

Cidade de duendes, elfos, escritores e outros habitantes mágicos
A DUBLIN DE YEATS 281
Vikings, romanos e prêmios Nobel de Literatura 283
Sozinho entre o zumbido das abelhas 285
Dublinenses 289
A chave dos sete bosques 291
No país dos jovens: Conversa com o escritor
  Luis Antonio de Villena 295
Crepúsculo celta 299

Prefácio

OS RINCÕES E OS CÉUS

Foram os clássicos latinos que falaram do *genius loci*, uma modesta divindade, apegada ao seu torreão, que tutelava e inspirava quem habitava um lugar de forma ocasional ou permanente, mas que também podia se tornar hostil se os dons que oferecia fossem desdenhados ou se não lhe fosse demonstrado o devido respeito. Na atualidade, acreditar em deuses locais ou universais é menos frequente do que nos tempos antigos, mas o velho culto não desapareceu, apenas se transformou: hoje preferimos considerar que a alma de cada lugar são os criadores humanos – escritores, artistas –, cuja inesgotável fecundidade concede uma aura quase mágica às paisagens em que vivem, ao mesmo tempo em que se nutrem daquilo que esses lugares privilegiados lhes dão. Mesmo que às vezes o vínculo passional com eles possa se transformar, por razões biográficas, em polêmicas até dramáticas.

Deixando de lado as mitologias e as lendas, nós, leitores, sentimos uma emoção especial, difícil de exprimir, ao visitar as casas, as ruas e as paisagens por onde os nossos autores mais admirados andaram e onde imaginaram as suas obras. Somos inclinados a peregrinações devotadas para ver os rincões e os céus que foram contemplados por aqueles a quem devemos tantos momentos de emoção e de iluminação. Nós os compreendemos melhor e nos sentimos mais próximos deles ao conhecer o cenário, às vezes já muito deteriorado pelo implacável tempo, em que transcorreram suas vidas e foram forjadas suas histórias. Não é algo específico da nossa época porque, há séculos, alguns desses mesmos escritores

Prefácio

que agora veneramos empreenderam buscas semelhantes pelos lugares de origem daqueles que eles consideravam os seus mentores intelectuais. Sem dúvida, há algo de fetichismo (por que nos envergonhar dos nossos fetiches?) e também desta forma ingênua de piedade que dedicamos às relíquias milagrosas dos santos. Mas não é apenas isso: é uma forma perene de reconhecer que, tanto ontem como hoje e, sem dúvida, também amanhã, a literatura é uma tradição cujas raízes fundem-se na história e na geografia.

Lugares mágicos é o resultado de uma aventura: para preparar a série de programas de televisão que originou esta obra, formamos um grupo expedicionário que primeiro viajou por livros e mapas para em seguida se deslocar por mais de uma dúzia de países da Europa e da América. Conseguimos encontrar a maior parte do que procurávamos e também coisas imprevistas que chegaram até nós de surpresa e às quais somos especialmente gratos. O resultado, que compartilhamos com numerosos telespectadores e, agora, com leitores, foi que muitos nomes ilustres, que antes só havíamos visto nas capas de livros inesquecíveis, ganharam vida para nós por meio de casas, paisagens, comidas e vinhos, assim como pessoas que trouxeram seus testemunhos sobre os autores. Nosso principal objetivo é difundir e reforçar o amor pela literatura, mas também mostrar que há outra forma alternativa de viajar e de fazer turismo, não menos interessante e talvez mais enriquecedora do que a convencional.

Da minha parte, só posso lembrar os momentos esplêndidos (houve piores, mas do regular logo sai o melhor) que passei aprendendo e me divertindo ao lado de Eliseo Álvarez, Camila O'Donnell, Pablo García, Matías Naccarato, Federico Merea e também, *last but not least*, nossos batedores Santa Torres, José Luis Merino e Ana, que prepararam o terreno antes de se juntarem à aventura. Meu agradecimento pessoal a todos eles. E, é claro, aos gênios, cuja inspiração nos levou a desfrutar desses lugares.

Fernando Savater

Uma janela para o mundo

A PRAGA DE FRANZ KAFKA

A cidade de Praga é uma das mais belas da Europa. Com a parte antiga e a nova, a Ponte Carlos, a extraordinária praça no centro da cidade velha e suas ruelas, tanto à noite como de dia, no inverno como na primavera, tem um encanto especial. É uma cidade musical; aqui nasceram os compositores Antonin Leopold Dvorák e Bedrich Smetana. Esse último dedicou um lindo poema sinfônico ao rio Moldava, que cruza a cidade e sobre o qual se estendem adoráveis pontes. Aqui também nasceram grandes literatos, como Rainer Maria Rilke e Milan Kundera. E, claro, aqui nasceu Franz Kafka. Foi em busca dele que viemos a esta cidade. De alguém que disse que um livro deve ser como um machado que sirva para quebrar o mar de gelo que todos temos por dentro.

Franz Kafka, enquanto criador, sem dúvida está entre os mais singulares e universalmente aclamados do século XX. Mas seu perfil transformou-se também num tipo de lenda de Praga, uma das cidades europeias mais propensas a elas. Em sua biografia abundam os traços que favorecem sua consolidação como mito. Um pai comerciante que sempre foi hostil à vocação intelectual do filho (discordância à qual devemos um dos textos mais comoventes de Kafka), uma relação complicada nos âmbitos sentimental e físico com as mulheres que mais o atraíram, uma obra copiosa, mas praticamente só conhecida após a morte por um testamenteiro que traiu sua vontade; argumentos hipnóticos como pesadelos servidos por uma prosa cristalina, uma existência marcada pela doença, a morte prematura. Inevitavelmente, esse quebra-cabeça inclina a transformar o escritor no principal personagem de sua literatura enigmática e silenciosamente angustiante. No entanto, não faltam testemunhos indicando que Kafka não foi tão kafkiano como a lenda tecida em torno dele: muitos o viram como partícipe engenhoso e carismático dos debates intelectuais da Praga modernista, uma figura sedutora, irônica e até alegre. Quem sabe? A única coisa com que os contemporâneos e a posteridade concordam é que ele foi e segue sendo insubstituível.

Qual é a maior conquista que um escritor pode alcançar? Em certos casos, criar personagens de traços inconfundíveis, que se incorporem à nossa memória coletiva como os deuses das antigas mitologias ou os similares bíblicos: Dom Quixote, Hamlet, Tartufo, Celestina, Peter Pan ou Sherlock Holmes. Aqui, a criatura de ficção transforma-se em algo mais real e tangível do que o seu autor: podemos duvidar da existência de Shakespeare, ainda que não da de Macbeth ou Falstaff. Mas em outras ocasiões o escritor cunha um selo próprio, uma perspectiva vital que leva seu nome e é identificável inclusive por quem menos o leu: o voltairiano é reconhecível até para quem ignora a vasta obra de Voltaire, do mesmo modo que reconhecemos o sádico e o kafkiano antes de frequentar o divino Marquês ou Kafka, e inclusive se cometemos o erro de privar-nos deles.

A MOEDA DE DEZ CÊNTIMOS

Kafka nasceu em três de julho de 1883 na Rua Maisel, em uma zona modesta do centro de Praga, próxima ao gueto judeu de Josefstadt. Da casa natal somente está conservado o pórtico, porque um incêndio destruiu o restante do edifício. Quando Franz tinha dois anos, a família mudou-se para a Praça Weichselplatz, por isso o garoto não se lembrava de praticamente nada do que havia sido o seu primeiro lar. A família tinha seis filhos: três meninas e três meninos. Somente Franz e as irmãs Valli, Elli e Ottla sobreviveram à infância.

O pai, Hermann, vinha da Boêmia meridional, de onde havia se mudado para Praga para ganhar a vida. Aqui casou-se com Júlia, que era filha de um importante cervejeiro e que lhe deu apoio econômico. Ele havia começado bem de baixo, saindo com um carrinho de madrugada pelas ruas. Havia chegado como um simples vendedor ambulante. Mas era uma pessoa empreendedora e lutadora e, com o dinheiro da mulher, a família começou um pequeno comércio de acessórios, bengalas e guarda-chuvas que foi prosperando até se transformar em um importante armazém. Mudaram-se várias vezes à medida que a sua situação econômica progredia.

Mesmo que Kafka tivesse muito medo de fracassar na escola primária e no nível médio, seu desenvolvimento foi bastante bom. Estudou em centros de língua alemã, mas também aprendeu tcheco, algo que era comum numa sociedade multilíngue como aquela.

A casa da Rua Celetna, número 3, foi onde Kafka passou mais tempo junto à família. Aqui também deu alguns dos seus primeiros passos literários, ainda que nada disso tenha se conservado. Foi aqui que pela primeira vez teve um quarto só para ele, algo muito importante para uma pessoa reservada e desejosa de intimidade como Kafka. Os pais mantinham o negócio, a mercearia, na parte de baixo da casa. Kafka tinha uma janela que dava para a rua que para ele foi crucial; quase se poderia escrever um estudo sobre a presença das janelas em seus contos e relatos. A janela é em Kafka a saída ao exterior, a transcendência para o que está mais além. Ele tem um texto chamado precisamente "A janela que dá para a rua". Não é apressado supor que surgiu dessa primeira janela própria: "Quem vive só e, no entanto, deseja em algum momento unir-se a alguém; quem, em consideração às mudanças do ritmo diário, o clima, as relações de trabalho e outras coisas semelhantes quer ter, simplesmente, um ombro qualquer em que possa se apoiar, essa pessoa não poderá prosseguir por muito tempo sem uma janela que dê para a rua".

Também viveu aqui uma série de aventuras infantis, algumas tão emocionantes e tão "kafkianas" como esta que ele mesmo relata: "Quando eu era muito pequeno, uma vez me deram uma moeda de dez cêntimos de coroa. Eu tinha muita vontade de dar a moeda para uma velha mendiga que ficava sentada entre as duas praças, mas essa quantia me parecia exorbitante, uma quantia que provavelmente ninguém jamais havia dado a um mendigo, e por isso tinha vergonha de fazer uma coisa tão inconcebível. Mas como tinha que dá-la de qualquer jeito, troquei a moeda de dez, entreguei à mendiga um cêntimo, dei a volta na prefeitura e na galeria da praça pequena, regressei como novo benfeitor pela esquerda, voltei a dar um cêntimo à mendiga, corri outra vez e repeti isso febrilmente dez vezes, ou talvez menos, porque a mendiga acabou se aborrecendo e finalmente foi embora. Seja como for, no final eu também estava tão esgotado, inclusive moralmente, que voltei em seguida para casa e chorei até que a minha mãe me deu outra moeda de dez cêntimos".

Não apenas durante toda a sua infância, mas também a adolescência, a vida da família de Kafka esteve centrada no comércio. Hermann Kafka teve muitos problemas, inclusive passou por dificuldades legais porque o acusaram de vender mercadorias roubadas. Mas a mentalidade agressivamente comerciante do pai chocava-se com a de Franz, que detestava a ideia de se dedicar a vender e comprar. O pai era um homem imperativo, de mau caráter, que dava gritos, insultava seus funcionários, dava bofetadas e atirava as mercadorias quando uma coisa se misturava com outra ou quando não gostava de como estavam organizadas; tudo isso, por um lado, parecia ao menino tirânico e horrível e, por outro, algo admirável. Porque esse desperdício de energia, de personalidade, impressionava Kafka e também, de alguma maneira, lhe parecia atraente.

A FÁBRICA, O SUICÍDIO E UM LONGO CORREDOR COM PORTAS

Em 1901, Kafka foi admitido na Universidade Karl Ferdinand. Ali estudou Direito, em parte para satisfazer as expectativas paternas. Essa universidade é uma das mais antigas da Europa e sofreu muitas atribulações políticas, sobretudo devido ao enfrentamento entre as diversas comunidades. Os últimos choques foram entre os tchecos de língua alemã e os tchecos de língua tcheca. Na época de Kafka, eles inclusive entravam por portas diferentes: por uma ingressavam os tchecos de língua alemã, como o próprio Kafka, e, por outra, os de língua tcheca.

Cinco anos depois, formou-se em Direito. E em seguida procurou um trabalho burocrático que lhe desse liberdade para aprofundar seus interesses intelectuais. Empregou-se num escritório de advocacia e, um ano mais tarde, em uma empresa de seguros. Foi então que começou a escrever. Mas sua situação piorou quando o pai comprou uma fábrica e exigiu que ele a dirigisse, o que o levou a sofrer de uma grande depressão e a ter pensamentos suicidas.

Nos prédios do tribunal territorial civil, perto do mercado das frutas, Franz fez seu estágio de advocacia, que era obrigatório. Sofreu bastante, mas como sempre costumava fazer nesses casos, e apesar de suas queixas, teve sucesso e conseguiu se formar. O prédio dos tribunais é cheio de corredores que se comunicam uns com os outros, salas de espera, escritórios. Encontramos esse ambiente mais tarde em *O processo*. Não é muito arriscado dizer que o livro foi inspirado nesse ano de estágio, ou pelo menos seu cenário.

Poderíamos ler muitíssimos fragmentos dessa história que lembram esses corredores, galerias, salas, mas tomando um a esmo, temos: "Era um longo corredor com uma série de portas mal acabadas que davam acesso aos diferentes escritórios do sótão. Mesmo que não houvesse nenhuma abertura por onde entrasse diretamente a luz, tampouco era completa a escuridão, porque algumas seções não estavam separadas do corredor por portas de uma só tábua, mas simplesmente por ripas de madeira que, por sua vez, chegavam até o teto. Através delas entrava um pouco de luz e, além disso, era possível ver alguns funcionários que escreviam sentados a suas mesas ou que permaneciam em pé junto às ripas e olhavam pelas frestas as pessoas que esperavam no corredor".

Nietzsche e outros amigos

A casa Opel foi o último domicílio onde Kafka viveu com a família. Um edifício burguês, luxuoso, inclusive um pouco ostensivo, no qual os pais, depois de terem prosperado, ocuparam os dois pisos superiores. A janela do quarto de Kafka dava para a esquina. E ele conta que tinha uma vista notável sobre a rua que agora se chama Paris. Também observava a igreja de São Nicolas e uma parte da igreja russa. Considerava o quarto sumamente agradável, a não ser por alguns ruídos noturnos de torneiras, algo que o incomodava.

Aqui escreveu *Um artista da fome*, uma reflexão comovente, sobretudo se pensarmos que ele morreu impossibilitado de comer devido à tuberculose, que afetara sua garganta. E escreveu o último relato provavelmente junto com "A construção", que é "Josefine, a cantora, ou O povo dos ratos"*, uma espécie de alegoria sobre a vida desconsolada do artista, que talvez seja o testamento póstumo de Kafka.

Depois de passar pelos sucessivos lares, escolas e lugares ligados à vida do escritor, entende-se melhor por que, certa vez, da janela de uma das suas casas ele fez um comentário ao seu professor de hebraico: "Pode-se dizer que nesse círculo que vai

---

* "Josefine, a cantora, ou o Povo dos Ratos" integra o volume *Um artista da fome seguido de Na Colônia Penal & Outras histórias* (L&PM Pocket, 2009). (N.T.)

da casa onde nasci até a casa Opel transcorreu mais de metade da minha vida".

Em Praga, também vivia com os pais Max Brod, uma figura essencial para a biografia de Franz Kafka e também, em certa medida, para a nossa. Foi amigo de Kafka durante toda a vida, confidente, cúmplice e testamenteiro da sua obra, mas desobedeceu ao pedido do escritor de destruir todos os seus manuscritos. Acabou por nunca fazê-lo, e graças a isso podemos ler a obra desse autor. Devemos ser gratos a ele, apesar de ter traído um pouco o amigo. Por outro lado, cabe a pergunta: se Kafka realmente queria destruir os manuscritos, por que ele mesmo não fez isso?

Max Brod trabalhava no correio na mesma época em que Kafka era empregado da companhia de seguros. Conheceram-se de forma um pouco curiosa, tropeçando numa discussão. Ambos estavam assistindo a uma conferência sobre Schopenhauer e, de repente, Brod levantou-se e tachou Nietzsche de impostor. Mas Nietzsche era um dos mestres intelectuais de Kafka que, muito indignado, levantou-se e discutiu com ele. Brigaram toda a noite e de madrugada ficaram amigos para o resto da vida.

Na casa de Max Brod, Kafka leu pela primeira vez alguns dos seus textos para um público reduzidíssimo e familiar. Ali também teve um encontro decisivo. Conheceu Felice Bauer, a primeira mulher importante de sua vida, com quem manteve uma correspondência interessantíssima. Em seu diário, uma anotação de 20 de agosto de 1912 descreve com seu estilo característico esse encontro: "Em 13 de agosto (1912), quando cheguei à casa de Brod, estava sentada à mesa com eles e, no entanto, pensei que fosse uma criada. Tampouco senti curiosidade de saber quem era, mas em seguida me senti à vontade com ela. Rosto ossudo, vazio, que levava seu vazio à mostra. Pescoço limpo. Blusa vestida com desleixo. Parecia trajada para ficar em casa, ainda que, como depois ficou demonstrado, não fosse esse o caso [...]. Nariz quase quebrado. Loira, cabelo meio esticado e sem graça, queixo robusto [...]".

Brod foi crente e quis transformar Kafka num pensador de corte religioso. Sobreviveu ao amigo, partiu para a Palestina e finalmente morreu no Estado de Israel muitos anos depois, em 1968. Está enterrado na Palestina, mas tem uma placa em frente ao túmulo de Kafka no cemitério de Praga.

Aos 29 anos, Kafka escreveu em uma só noite a novela *O veredicto*. Foi um momento febril de revelação para si mesmo. Quando leu o texto para familiares e amigos, as lágrimas escorriam de seus olhos porque descobrira sua vocação, sua qualidade de escritor, e assim se aceitou. Esse relato célebre e imortal, talvez um dos mais bem-acabados e perfeitos do autor, termina assim: "Pulou portão afora, por sobre os trilhos de trem em direção à água, para onde aquilo o impelia. Já segurava firme o parapeito da ponte, como um faminto segura o alimento. Saltou por cima dele, como o mais perfeito dos ginastas que havia sido em seus anos de juventude, para orgulho de seus pais. Ainda se segurava com as mãos que ficavam cada vez mais fracas, espiou entre as duas barras do parapeito um ônibus, que haveria de abafar com facilidade o ruído de sua queda, e exclamou baixinho: – Queridos pais, mas eu sempre amei vocês! – e cedeu, caindo. Justo naquele instante havia sobre a ponte um fluxo interminável".*

Para Milena, a pessoa com quem Kafka teve a relação intelectual mais próxima, escreveu: "Neste conto, 'O veredicto', cada frase, cada palavra, cada música, se você me permite dizer assim, está relacionada com o temor. A ferida abre-se pela primeira vez durante uma longa noite".

Mas, sem dúvida, o texto mais conhecido de Kafka é a *A metamorfose*. Ele o enviou a Gretel Bloch quando ela ainda era sua namorada. Começara a flertar e a manter uma relação epistolar com Gretel. A irmã do protagonista de *A metamorfose*, Gregor Samsa, também se chamava Gretel. Ele envia esse texto para ela com certo ressentimento, porque parece que ela não havia gostado do muito de um texto anterior, "O foguista": "Pode ser que você

---

* *O veredicto*. Porto Alegre: L&PM Pocket, 2001. (N.T.)

ache prazerosa esta história, não sei. Você não gostou de 'O foguista', seja como for, esta história anseia por vê-la, disso não há dúvida. É certo que a protagonista se chama Gretel e, pelo menos na primeira parte, não faz mau papel com seu nome. Claro que mais tarde, quando a praga fica muito grande, ela renuncia e começa uma vida independente, abandonando aquele que mais necessita dela".

Fazendo anotações escondido
Conversa com Félix de Azúa

Kafka teve e tem muitos leitores, mas também conta com verdadeiros apaixonados. Entra-se em Kafka como quem entra em uma gruta ou em um labirinto, e não apenas em um livro. Uma vez que começamos a lê-lo, nunca saímos totalmente dele, sempre o utilizamos como referência, como emblema de muitas coisas. É um desses autores que liga seu nome a situações e a momentos da vida cotidiana.

Para falar sobre esse autor temos um incrível leitor de Kafka e de muitos outros. Trata-se de Félix de Azúa, ensaísta, poeta, romancista e professor de literatura.

– *Você acha que esta figura um pouco sombria de Kafka, meio clerical, corresponde ao que Kafka era?*

– Há uma primeira interpretação de Kafka, antes da Segunda Guerra Mundial, bastante sensata, sobretudo por parte dos seus discípulos e editores. É depois da guerra que ele se transforma num protótipo de todos os absurdos dos anos 70. Primeiro, numa espécie de monge, com uma túnica gasta, atormentado pela existência, uma espécie de sacerdote existencialista. Depois, numa denúncia da ditadura nazista e da possível correção comunista. Há centenas de comunistas que escrevem sobre Kafka dizendo: "Ah, este homem que viu com clareza como seria o capitalismo". E acabaram por transformá-lo numa figura muito antipática e ridícula que, acredito, não tem absolutamente nada a ver com Kafka, nem com a pessoa nem com a obra.

– *É curioso que dois dos escritores mais cruelmente trágicos do século XX sejam também dos mais geniais: Samuel Beckett e Franz Kafka. Os dois nos enchem o espírito de gargalhadas. A metamorfose, por exemplo, é um relato de horror, mas ao mesmo tempo uma história genial de humor.*

– Fizeram o mesmo com Beckett. Uma crítica em parte teológica e em parte conservadora, ou seja, comunista. Pegaram um personagem que era extremamente divertido e o transformaram em um protótipo. Kafka herda todo esse humor absurdo, que em seguida chamarão de "surrealista", advindo do teatro doméstico hebreu, das comédias judaicas, o mesmo que foi herdado pelos irmãos Marx e Woody Allen.

– *O que caracteriza a obra de Kafka é essa renúncia, essa dissociação de alguns caminhos habituais do romance tradicional dos séculos XIX e XX, do psicologismo e do costumbrismo, para dar em troca um caráter alegórico trágico. Por exemplo, em* América, *não conta nada correto sobre a América; não lhe interessa mais do que como epítome da modernidade, como um símbolo do seu tempo, o da tragédia da vida no mundo moderno.*

– Kafka utilizou a América assim como os músicos contemporâneos usavam o jazz. Nas décadas de 1910 e 1920, os músicos estavam completamente loucos com o jazz ("esta música selvagem, verdadeira, autêntica") e, no entanto, nunca o tinham escutado na vida. É assim que surge um jazz delirante, que não tem nada a ver com o real. Uma coisa que eles acreditavam que era jazz.

– *A reinvenção instintiva.*

– E, no caso de Kafka, é interessante que a tragédia nunca é uma tragédia externa. Em nenhum livro algo de ruim acaba acontecendo.

– *Em* O processo *talvez sim, na execução...*
– Ninguém sabe o que ocorre realmente porque o final foi mudado duas vezes. Essa é outra questão kafkiana: não há um texto de Kafka, há dezoito. E todo ano sai uma nova edição crítica, mais cara do que a anterior, reorganizada, amputada, fantástica. Além dos muitos cadernos e fotografias, que são emocionantes. Kafka trabalhava em uma companhia de seguros, então ele tinha cadernetas e fazia como as crianças na aula: anotava coisas de forma escondida. Dali, surgiram os textos mais maravilhosos.

– *Suas referências teológicas são ironias extraordinárias. Por exemplo, este maravilhoso aforismo que diz: "O messias não virá no último dia, virá no dia seguinte ao último dia, quando já não importar". É uma das melhores profecias jamais pronunciadas.*

– Ele trabalha constantemente sobre as contradições, os paradoxos que nos amargam a vida devido à linguagem. É de fato uma tragédia linguística.

– *Kafka tem uma correspondência importante.*
– Sua correspondência com Milena é um dos seus melhores livros. Não sei se é o melhor, mas é, sim, um dos melhores. Os críticos dos anos 70 quiseram transformá-lo num ermitão, alguém que vivia numa espécie de caverna e lá ficava todo dia escrevendo a água e pão. Era o protótipo do gênio, o artista de vanguarda que se sacrifica pela humanidade, que não tem uma vida.

– *Sobretudo, quiseram ver refletida nele essa ideia tão curiosa de que os horrores da vida são descobertos na solidão, quando nos afastamos dos demais, quando sabemos que na realidade eles ocorrem quando estamos com os outros.*

– Exatamente. É aí que está o verdadeiro drama. Além do mais, Kafka tinha um grupo amplo de amigos. O típico grupo de Praga, de Viena, da época dos cafés, onde se passava a maior parte do tempo porque as casas eram muito frias.

Remédio contra a insônia

Um dos lugares noturnos mais populares na época da Praga juvenil de Kafka era o Lucerna. Era um complexo com um café famoso onde se reuniam intelectuais e artistas. Havia também um cinema que fascinava Kafka, apesar de que na realidade ele conheceu essa arte muito no princípio. Provavelmente ele teria ficado contente de saber que sua obra daria lugar a vários filmes, o mais conhecido e o primeiro de todos, de 1963, dirigido por Orson Welles: *O processo*, com Anthony Perkins.

São várias as confeitarias e os cafés que Kafka frequentava, mesmo que sua vida social não fosse tão intensa. Um dos que aparecem nos seus diários é o Kontinental, mas também ia ao Café Slavia ou ao Louvre. Como lembra o autor Rudolf Fuchs, alguns escritores também tinham reservada uma mesa para tertúlias num café na esquina entre a Hybernergasse e a Plastergasse que se chamava Arco, e, de quando em quando, Kafka sentava-se com eles. Segundo parece, ele dormia mal (sofria de insônia) e tinha dores de cabeça que o torturavam. Seguidamente podia ser encontrado sozinho pelas ruas ou nos jardins públicos. Não se alterava se alguém se juntasse a ele no passeio e evitava falar de si mesmo, mas escutava sempre o outro com a máxima atenção.

O Café Louvre é um dos mais clássicos, elegantes e, segundo diz o próprio Kafka, um lugar onde passou muitas horas agradáveis. Ia com Max Brod, com Otto Pitt, Franz Bergel ou ainda com personagens como Oskar Kraus, que acreditou refutar a teoria da relatividade, o que não é pouco.

Pequeno circuito turístico para os amantes de Kafka

Fugindo de várias moradias barulhentas onde não podia se concentrar para escrever, Kafka confiou em sua irmã Ottla para ajudá-lo a encontrar um lugar tranquilo. Finalmente, quase por causalidade, chegaram à Ruela do Ouro, também chamada de Rua dos Alquimistas porque se supõe que nos tempos de Rodolfo II os alquimistas fizessem aqui suas poções e tentassem produzir ouro. No número 22, os irmãos encontraram uma casa que estava livre. Parecia inabitável, estava sem pintura nem móveis. Ottla empenhou-se para alugá-la e criou um pequeno estúdio. Kafka sequer podia dormir ali de tão minúsculo que era e tinha que ir para a casa dos pais, mas podia trabalhar tranquilo. Durante certo tempo, sempre curto como acontecia nos momentos de felicidade relativa de Kafka, ele conseguiu trabalhar à vontade.

Outro dos seus lugares preferidos para passeios era o monte São Lourenço. No cume ergue-se uma espécie de réplica da Torre Eiffel de Paris e há uma vista excepcional de Praga. Sobe-se até lá em um pequeno e simpático funicular, e foi inaugurado um labirinto de espelhos que é outra atração desse lugar muito frequentado por turistas. Aqui Franz Kafka não apenas vinha passear, mas também ambientou um dos seus primeiros conhecidos relatos extensos, no qual descreve uma luta.

Na época de Kafka, Grave era a rua mais importante de Praga, tanto do ponto de vista social como comercial. Por aqui ocorria uma vez por semana o corso, espécie de desfile que era um pretexto para encontros sociais. Além disso, essa rua era o centro da Praga alemã. Também tinha dimensões culturais, pois ali havia uma associação de artistas plásticos alemães.

O Hotel Europa é um dos mais antigos e famosos da cidade. Passou por várias remodelações, foi adotando um estilo modernista cambiante ao longo do tempo e, além de servir de alojamento a viajantes de passagem por Praga, também era um local onde aconteciam encontros literários e culturais. Foi nesse lugar que Kafka leu por cerca de meia hora *O veredicto*, junto com *A metamorfose*, talvez duas das obras mais importantes que ele mostrou ao público em vida. Um dos personagens mais notáveis ou mais curiosos de Praga, entre histórico e lenda, foi o rabino Loeb, que viveu no século XVI. Foi uma espécie de representante dos judeus ante o imperador Rodolfo II, para os quais conseguiu uma série de benefícios na cidade. O rabino está ligado a uma história característica de Praga que teve eco tanto na literatura quanto no cinema. É a história do Golem, uma espécie de boneco feito de barro, ao qual o rabino deu vida mediante rituais mágico-religiosos e ao introduzir em sua boca o nome de Deus escrito em um papel. O Golem foi criado para proteger os judeus, e todos os dias era encarregado de tarefas específicas. Tinha que cumpri-las cotidianamente, porque nos dias em que não terminava a tarefa havia o perigo de que se dispersasse e começasse a cometer atropelos, barbaridades, prejudicando os judeus em vez de protegê-los.

A Ponte Carlos talvez seja a construção gótica mais importante de toda a Boêmia. Aqui tiveram lugar acontecimentos históricos como a batalha contra os suecos, que se resolveu na própria ponte, por onde os tchecos tiveram de escapar. É a união entre a cidade antiga e o centro histórico e um dos monumentos mais visitados de Praga, um desses lugares que guardam o simbolismo católico da cidade. Apesar de não ser católico, Kafka tinha um respeito especial por essa ponte e em 1903 escreveu um breve poema dedicado a um amigo seu em que diz: "Homens que cruzam pontes escuras passando junto a santos entre luzinhas fracas. Nuvens que percorrem o céu cinza, passando junto a igrejas com mil torres que condenam. E um sujeito, apoiado na mureta, que olha a água da noite, as mãos sobre velhas pedras".

O teatro que hoje se chama Dos Estados era conhecido na época de Kafka como Teatro Alemão. Aqui Mozart estreou *Don Giovanni*, e há uma estátua moderna mas bastante importante do comendador na porta do teatro. Os espectadores de cinema provavelmente lembrarão da sala porque ela aparece no filme *Amadeus*, de Milos Forman, um diretor que também vem dessas terras.

O diretor mais famoso foi Ângelo Neumann, um grande wagneriano. No teatro foram montadas muitas obras de Wagner porque esse diretor era extraordinariamente próximo ao grande compositor alemão. Também atuaram aqui Enrico Caruso e outros cantores dignos de nota na época. Foi um dos teatros de ópera mais importantes da Europa, e Kafka o frequentava com assiduidade. Havia um preço especial para os estudantes, assentos econômicos localizados na parte superior. De modo que esse teatro é um lugar central não somente na história de Praga, mas também na história da música mundial.

Situada em pleno bairro judeu, no coração de Praga, a Livraria e Sociedade de Estudos Franz Kafka trabalha com a obra desse autor e de outros escritores tchecos, além de uma série de guias sobre a cidade. O mais característico dessa livraria é que há edições em diversas línguas das principais obras de Kafka.

Um dos lugares visitados de forma assídua por Kafka era o hipódromo. É interessante destacar que o gosto pela hípica sempre foi muito importante nestas terras. Kafka tem dois ou três textos ao longo de sua obra em que aparecem cavalos, ginetes. Há nele certa fascinação pela atividade. No texto "Desejo de ser índio", diz: "Se eu pudesse ser um índio, agora mesmo, e sobre um cavalo a todo galope, com o corpo inclinado e suspenso no ar, estremecendo sobre o solo oscilante, até deixar as esporas, pois não tinha esporas, até tirar as rédeas, pois não tinha rédeas, e só vendo diante de mim uma paisagem como uma pradaria ceifada, já sem o pescoço e a cabeça do cavalo". E em outro: "Se pensarmos bem, nada pode nos induzir a querer ser os primeiros numa corrida.

"A glória de ser reconhecido como o melhor jóquei de um país transtorna demais, ao lado do retumbar da orquestra, para não sentir certo arrependimento no dia seguinte.

"A inveja do adversário, de gente mais astuta e influente, nos aflige ao atravessar as estreitas barreiras até aquela planície que logo ficará vazia diante de nós, menos pela presença de alguns jóqueis adiantados que, pequenos na distância, cavalgam até a linha do horizonte.

"Muitos dos nossos amigos, ansiosos por recolher as glórias, gritam hurras para nós por cima dos ombros e do distante guichê de cobrança. Os melhores amigos, no entanto, não apostaram no nosso cavalo, pois temem que, se perderem, poderão se chatear conosco. Mas como o nosso cavalo foi o primeiro e eles não ganharam nada, dão as costas quando passamos e preferem olhar em direção às tribunas.

"Os adversários, atrás, bem acomodados nas montarias, tentam compreender a desgraça que lhes ocorreu, assim como a injustiça que de alguma forma foi cometida com eles. Adotam uma expressão de frescor, como se fossem começar outra corrida, e uma expressão séria depois dessa brincadeira de crianças.

"Para muitas damas, o vencedor lhes parece ridículo por se ufanar e, no entanto, não sabe o que fazer com o contínuo apertar de mãos, os cumprimentos, as reverências, as congratulações e as saudações à distância. Enquanto os vencidos mantêm a boca fechada e dão tapas no pescoço dos cavalos, a maioria dos quais relincha, finalmente o céu torna-se turvo e começa a chover."

Kafka leitor

Além de grande escritor, Kafka foi um leitor apaixonado. Entrava em transe com livros, e ele mesmo em seus diários faz menção a essa paixão, que é quase maior e mesmo anterior à escrita. Ele optava pela variedade. Não somente leu literatura, mas também filosofia e autores de diferentes tipos. Preferia Goethe, com sua capacidade quase avassaladora de produção e de projeção no mundo. Suponho que para ele fosse uma figura paternal, mas não no sentido intimidante do termo. Também gostava muito de Flaubert, sobretudo de *A educação sentimental*, romance com o qual costumava presentear as sucessivas namoradas ou aquelas mulheres que desejava cortejar.

Também é muito interessante a quantidade de escritores marcados pelo rastro de Kafka. Borges, por exemplo, nunca menciona diretamente o fato de tê-lo lido e, no entanto, em suas histórias, na forma de concebê-las, no caráter de parábola, com múltiplas interpretações, é evidentemente um seguidor, saiba ou não, queira ou não. Há outros escritores voluntariamente kafkianos: Italo Calvino, por exemplo, é evidentemente um seguidor convicto e confesso. Também Julio Cortázar tem muitos toques que lembram o estilo de Kafka.

QUESTÃO DE FÉ

Em Praga, Kafka fazia parte da minoria local de fala alemã e, dentro de casa, por sua vez, de outra minoria: a judia. Era austríaco de nascimento, mas depois da Primeira Guerra Mundial, quando foi constituído o novo Estado da Tchecoslováquia, sua nacionalidade passou a ser tcheca. Em 1912, falou em viajar para a Palestina com Felice Bauer, representante de uma empresa de gravadores de voz com quem o escritor manteria um romance longo e atormentado até 1917. Em 1918, explicou sua visão de um dos primeiros *kibutz*. Os únicos alimentos eram o pão, as tâmaras e a água, e não havia tribunais de justiça: "A Palestina necessita de terra", escreveu Kafka, "mas não precisa de advogados".

Nos limites do bairro judeu de Praga está a *mile case*, que foi a primeira casa onde Kafka viveu sozinho. Ele havia vivido com os pais na Praça da Cidade Velha, mas, quando foi declarada a Primeira Guerra Mundial, seus cunhados foram convocados, então as irmãs com os filhos tiveram que se mudar para a casa paterna e naturalmente Kafka não cabia ali. Então foi viver na casa da sua irmã Valli, que tinha um apartamento onde o escritor morou por pouco tempo porque se incomodava extraordinariamente com os ruídos. Kafka era muito sensível às conversas, ouvia todos os cantos da taverna, os comentários da senhoria da casa, o vizinho que tossia ou que tomava banho em horas inesperadas; tudo isso o perturbava.

Em Praga, havia uma importante comunidade judia desde o século X. No século XVIII, esse grupo foi expulso e regressou anos mais tarde. Existem várias sinagogas importantes e, em frente a uma delas, a chamada sinagoga espanhola, está a polêmica estátua moderna dedicada a Kafka que, como já mencionamos, teve uma relação ambígua com o judaísmo. Não foi nem sequer entusiasta, sobretudo porque o exemplo do pai não o motivava. No hoje reconstruído Café Savoy eram representadas pequenas peças de teatro com trupes judias ambulantes. E houve particularmente um ator que chegou a ser uma espécie de mentor para Kafka. Até suas obras em iídiche e, em certa medida, esta forma entre ingênua e espontânea, mas também com uma dimensão brincalhona e bem-humorada pareceram a Kafka muito mais sinceramente judaicas e o aproximaram mais do espírito da religião do que havia feito o judaísmo modernizado de seu pai, que nunca lhe despertou maior interesse.

No século XIV, foi erguido em Praga o Muro da Fome, que deu origem a um dos textos mais conhecidos de Kafka, *A muralha da China*. Ali ele conta como, no fundo, todas as obras humanas começam com um projeto, mas logo se transformam em outra coisa, vão se tornando impossíveis. A obra concebida originalmente como algo para defesa transforma-se em um problema ou em algo que, por sua vez, é preciso defender. Esse paradoxo permanente está muito presente em outras obras do autor, e nesse texto, com uma série de habituais meandros e voltas, ele orbita sobre a impossibilidade de levar a cabo uma realização satisfatória.

"Formaram-se grupos de uns vinte trabalhadores com a missão de construir uma seção da muralha de uns quinhentos metros de comprimento, ao mesmo tempo em que um grupo ia a seu encontro, construindo um trecho com a mesma extensão. Mas depois de se unirem, não se prosseguia a construção da muralha no final dos mil metros, os trabalhadores eram enviados para outras regiões para continuar a construção. Esse método de trabalho deixou muitos vãos que, pouco a pouco, foram sendo preenchidos alguns anos depois de que se tivesse anunciado oficialmente o término da muralha. No entanto, parece que há vãos que jamais foram fechados; segundo alguns, eles equivalem inclusive a um trecho mais extenso que o da muralha construída".

MEDOS, FRUSTRAÇÕES E O HOMEM GIGANTESCO NA SACADA

Convalescente da gripe que foi uma epidemia generalizada na Europa entre 1916 e 1917, Kafka morou numa pensão da Silésia. Aqui conheceu Julie, com quem esteve a ponto de se casar. Era uma costureira, humilde, bonita, muito jovem e estava recuperando-se de uma perda afetiva, pois haviam matado seu noivo na guerra de 1914. Ela e Kafka iniciaram uma relação da qual não se sabe muito. Não foi tumultuada como outras, foi mais tranquila, mais calada. De fato, nem sequer se tratavam informalmente: tratavam-se de senhor e senhora. Tudo esteve a ponto de acabar em casamento, mas sempre que a data se aproximava Kafka procurava subterfúgios para evitá-lo. Haviam arranjado uma casa, mas o acerto fracassou e isso serviu de pretexto para o escritor romper o compromisso. A pobre Julie ficou transtornada; inclusive tentou por duas ou três vezes reatar a relação, mas no final acabou num manicômio.

Nesse lugar, Kafka escreveu um de seus textos fundamentais: *Carta ao pai*. É uma queixa feroz, não sabemos até que ponto justificada, contra o pai, que era um homem pragmático, vital, enérgico, alguém que não tinha problemas sexuais, que havia conseguido ter um casamento feliz, algo que Franz invejava acima de tudo. Ele culpa o pai por suas próprias frustrações, limitações, por seus complexos e, sobretudo, por ter sido incapaz de formar uma família e de ter um casamento como o dele.

Umas das características arquitetônicas de Praga são as varandas fechadas [*pawlatsche*], muito comuns nos pátios internos das casas. Numa dessas, ocorreu um incidente importante na educação do escritor e que ele relembra em sua intensa *Carta*. É significativo porque ele descreve o pânico que sentia diante da figura paterna: "Eu choramingava certa noite sem parar, pedindo água, com certeza não por sentir sede, mas provavelmente em parte para aborrecer, em parte para me distrair. Depois de algumas severas ameaças não terem adiantado, tu me tiraste da cama, me levaste para a *pawlatsche* e me deixaste ali sozinho, por um bom momento, só de camisola de dormir, diante da porta trancada. Não quero dizer que isso foi errado, talvez na época não tivesse havido outro jeito de conseguir o sossego noturno, mas quero caracterizar através do exemplo teus recursos educativos e os efeitos que eles tiveram sobre mim. Não há dúvida de que a partir daquele momento me tornei obediente, mas fiquei machucado por dentro devido ao fato. Conforme minha natureza, jamais consegui entender a relação existente entre a naturalidade do ato insensato de pedir por água e o extraordinariamente terrível do ato de ser levado para fora. Mesmo depois de passados anos eu ainda sofria com a ideia torturante de que o homem gigantesco, meu pai, a última instância, pudesse vir quase sem motivo para me tirar da cama à noite e me levar à *pawlatsche* e de que, portanto, eu era um tamanho nada para ele."*

Ao contrário do que às vezes se supõe, Kafka gostava de exercícios físicos. Costumava fazer caminhadas, era um excelente remador e bom em natação. Na *Carta ao pai* há um momento em que se mostra preocupado com o físico debilitado diante do volume sólido do pai: "Na época, e por tudo na época, eu teria precisado desse encorajamento. É que eu já estava esmagado pela simples materialidade do teu corpo. Recordo-me, por exemplo, de que muitas vezes nos despíamos juntos numa cabine. Eu magro, fraco, franzino, tu forte, grande, possante. Já na cabine eu me

---

* *Carta ao pai*. Porto Alegre: L&PM Pocket, 2004. (N.T.)

sentia miserável e na realidade não apenas diante de ti, mas diante do mundo inteiro, pois para mim tu eras a medida de todas as coisas. Mas quando saíamos da cabine passando pelas pessoas, eu levado pela tua mão, um pequeno esqueleto, inseguro, de pés descalços sobre as pranchas de madeira, com medo da água, incapaz de acompanhar teus movimentos natatórios, que com boas intenções, mas para minha profunda vergonha, na realidade, não paravas de me mostrar; nesses momentos eu ficava muito desesperado e todas as minhas experiências ruins em todas as áreas se reuniam, concordantes, umas às outras de maneira grandiosa."*

Um escritor (quase) esquecido
Conversa com Josep Sermak, responsável pelo Museu Franz Kafka

Qualquer leitor do mundo que seja amante de Kafka, quando chega a Praga, tem um encontro marcado no museu que leva o nome do escritor. Localizado muito perto da Ponte Carlos, mantém uma exposição permanente de todo tipo de lembranças: livros, objetos, autógrafos, fotografias, apreciações da obra e da vida do escritor. Temos a sorte de poder contar com o depoimento de Josep Sermak, que é o responsável pela parte tcheca do museu.

– *Ainda não falamos sobre a última novela de Kafka,* O castelo.

– É a última grande obra de Kafka, a mais extensa. Os historiadores de literatura se esforçam para localizá-la num lugar concreto, mas na realidade se trata de uma imagem. Todas essas coisas existem somente na imaginação.

– *A respeito do significado da obra enquanto uma busca infinita, o senhor acredita que realmente existe uma vinculação religiosa*

---

* Ibidem. (N.T.)

ou teológica, como alguns sustentam, ou, ao contrário, se trataria de uma indagação filosófica laica?
– As obras de Kafka têm interpretações múltiplas e contraditórias. Há tantas que qualquer uma delas é possível. A essas se somam a interpretação marxista, a freudiana, a fenomenológica, e há interpretações muito complicadas que provêm dos existencialistas alemães. Também se fala do Kafka comunista. Ou seja, é um labirinto. O importante é que Kafka produziu uma obra passível de múltiplas leituras, e isso é o genial. Não há uma interpretação aceita por todos, e não haverá nunca, porque esse é o princípio da sua literatura.

– E que relação o senhor acredita que Kafka manteve com o judaísmo, com todo o seu passado judeu?
– Foi um sentimento muito forte e ao mesmo tempo muito complicado e inclassificável. Kafka não foi um ortodoxo e, na verdade, não teria sido possível sê-lo numa cidade grande como Praga.

– Em algum momento, teve o projeto de ir à Palestina.
– É verdade, mas o sionismo como teoria política foi inexplicável para ele. O que era muito próximo para Kafka era o judaísmo do Ocidente.

– Quando o pai o fez dirigir uma fábrica, é verdade que Kafka esteve a ponto de se suicidar devido à angústia suscitada pela tarefa?
– É interessante, porque a princípio ele estava muito satisfeito; queria a fábrica, queria dinheiro em vez de trabalhar como funcionário da companhia de seguros. Foi depois, quando enfrentou as responsabilidades concretas, que houve a crise.

– E o quanto os contemporâneos de Kafka conheceram os seus escritos, seja por terem sido publicados, seja por meio das leituras que ele mesmo fez?

— Muito pouco. Quando Kafka morreu, era um escritor quase esquecido.

Não lhe resta muito tempo

A gripe transformou-se numa infecção pulmonar e pouco a pouco se agravou. Logo, Kafka teve tuberculose. Para recuperar-se, teve de pedir uma licença no trabalho, onde era um consciencioso e admirado auxiliar de escritório, e mudou-se para o pequeno povoado de Surau, onde vivia a irmã Ottla. A mais jovem e preferida das irmãs de Kafka havia desafiado o pai ao se casar com um não judeu, coisa que naturalmente Franz apoiava. Ottla, que era inteligente, cuidava e mimava Kafka, além de admirá-lo do ponto de vista intelectual. Para ele, era a mulher perfeita, pois era intocável, não era preciso fazer nada em relação a ela, de modo que essa relação entre os dois transformou-se num dos vínculos mais estreitos e menos problemáticos para o escritor.

Kafka procurou um lugar tranquilo para ele e a irmã e, finalmente, decidiram-se pelo Palácio Schönborn, que hoje é ocupado pela Embaixada dos Estados Unidos na República Tcheca. Nesse lugar aconteceu algo significativo, a sua primeira hemorragia, que seria o primeiro aviso da tuberculose que sete anos mais tarde o levaria à morte. Ele mesmo conta: "Levantei excitado como se fica com tudo que é novo, em vez de ficar deitado como mais tarde soube que deveria ter feito, e, naturalmente, um pouco amedrontado, fui até a janela. Inclinei-me para fora e em seguida fui para o banheiro. Caminhei pelo quarto e me sentei na cama, enquanto sangrava sem parar; mas não estava nada triste, pois acabava de saber casualmente que se a hemorragia cessasse eu voltaria a dormir pela primeira vez depois de três ou quatro anos de insônia. O sangramento parou, não voltou a ocorrer desde então, e dormi o resto da noite. De manhã veio a empregada, uma boa menina, muito objetiva. Viu o sangue e me disse: 'Senhor doutor, não lhe resta muito tempo'". Nesse lugar escreveu uma série de aforismos – ou o que se costuma chamar de aforismo –, pensamentos breves que são os mais teológicos de toda a sua obra. Sempre houve quem procurasse transcendências religiosas nas histórias de Kafka, que parecem expressar um desejo por outro tipo de existência ou obscuros temores religiosos. É unicamente nesses aforismos que há algumas menções diretas ao transcendente, ao mais além, onde existe inclusive algum tipo de reflexão que evoca a mística judaica. É certo que também podem ser lidos ao contrário, como uma aceitação da impossibilidade da religião e da metafísica. Alguns são especialmente pungentes, inclusive têm um quê de irônico. Há um que, além de ser um aforismo, é um conto breve: "O primeiro sinal de que principia o conhecimento é o desejo de morrer. Esta vida parece insuportável; a outra, inalcançável. O homem já não se envergonha de querer morrer; pede para ser levado da antiga cela, a qual odeia, a outra nova, que depois aprenderá a odiar. Tem certa influência um resquício de fé no que diz respeito ao fato de que durante essa mudança o Senhor casualmente se apresentará para ver o preso, o prisioneiro, e dizer: 'Não volte a trancar esse, vem comigo'". Seus chefes e colegas gostavam muito dele, embora pedisse férias, licenças de saúde e aumentos de salário. Numa das cartas a Max Brod, faz uma descrição que se torna célebre de quantas indenizações precisa enfrentar numa agência de seguros: "Fora as minhas outras tarefas, nos meus quatro distritos as pessoas caem como bêbadas dos andaimes e dentro das máquinas. Todas as vigas caem, todas as terraplenagens desmoronam, todas as escadas são escorregadias, tudo o que sobe se precipita ao chão, e nós mesmos caímos sobre o que está no chão. Sinto dor de cabeça devido a essas jovens que nas fábricas de porcelana atiram-se sem parar pelas escadas levando consigo pilhas de louças".

Cartas para Milena

Em muitas ocasiões, a complicada e dolorosa vida amorosa de Kafka se sobrepõe... Era noivo de Julie quando em um sarau no Café Arco, numa dessas reuniões de intelectuais das quais ele gostava muito, encontra-se com Milena Jesenská. Ela o conhecia como leitora porque havia lido e se impressionado com o conto "O foguista". Ela tinha então 23 anos, era uma jovem de uma família católica, com um pai severo e dominador, um pouco ao estilo do pai de Kafka. Uma jovem rebelde que gostava de emoções fortes. Havia provado diferentes drogas e era muito viva, sensual e atrevida. Queria romper com os modelos e, por isso, gostava da literatura de vanguarda e de tudo que em certa medida a figura de Kafka representava.

Milena o conheceu e, em seguida, reconheceu em Kafka uma figura literária de primeira grandeza. Ela pediu autorização para traduzir as obras de Kafka do alemão para o tcheco e, assim, começou uma troca de cartas que se estendeu entre 1920 e 1922, ou seja, até poucos anos antes da morte de Kafka. É, talvez, a correspondência que reúne as cartas mais comoventes e impactantes entre as muitas que escreveu a diversas mulheres.

Em sua relação com as mulheres, procurava um tipo de cenário muito particular para encontrar-se com elas. Suas primeiras aventuras sexuais não tiveram muito sucesso e aconteceram em Praga. Mas quando começou a procurar um tipo de mulher que fosse a companheira de sua vida, que reconhecesse seus méritos literários, essas companhias a quem ele escrevia intermináveis cartas, as encontrava fora de Praga e, se fosse possível, num ambiente natural, campestre, bucólico, que podia ser uma clínica ou um lugar onde fosse repousar ou passar um final de semana para estar rodeado de bosques. Ele relacionava a cidade com cabarés, talvez com o sexo mercenário.

As aflições da alma

Em 1923, a doença de Kafka agravou-se. Com as últimas forças, acompanhara a irmã e os sobrinhos a uma praia do Báltico, passando por Berlim. A tuberculose não somente havia afetado os pulmões, como havia comprometido a laringe. Nesses meses de agonia, conheceu aquela que seria o último amor de sua vida e talvez um dos mais sinceros e definitivos: Dora Diamant. Ela o acompanhou e ajudou nos últimos meses de internação na Alemanha. Mais tarde, numa situação terminal, mudou-se para uma clínica em Viena, onde passou as últimas semanas de vida, cuidado por Dora e por outro amigo seu, Robert Klopstock, estudante de medicina e que foi um fiel enfermeiro até o fim. No último dia pediu uma injeção de morfina; Robert a administrou e, quando se afastou por um instante para limpar a seringa que havia usado, Kafka pediu: "Não vá". Robert respondeu: "Não vou, ficarei aqui", e então foi Kafka quem disse: "Mas eu, sim, vou". E assim morreu em 1924. Seu corpo foi transladado ao cemitério judeu de Praga, enterrado no panteão onde alguns anos depois foi seguido pelo pai e a mãe.

Duas décadas depois da morte de Franz, suas três irmãs teriam um final atroz. Durante a Segunda Guerra Mundial, no final de 1941, Gabriele e Valerie foram deportadas para o gueto judeu de Lodz. Meses mais tarde morreriam no campo de extermínio de Chelmno, Polônia, na primeira câmara de gás usada pelos nazistas. O mesmo destino terrível teve sua irmã mais velha, Ottla, que foi confinada no campo de concentração de Theresienstadt, perto de Praga, e dali foi transferida junto com 1.200 crianças e meia centena de adultos que exerciam, como ela, a função de tutores dos menores. Todos eles foram assassinados nas câmaras de gás poucas horas depois de chegarem a Auschwitz.

A vida de Franz Kafka foi marcada pelo sofrimento e pela busca, pelo afã do conhecimento e, sobretudo, pela escrita. Em um dos seus obituários, reproduziram uma frase que ele mesmo havia dito: "A escrita é algo mais profundo, mais fundo do que a própria morte. Tão improvável quanto arrancar um cadáver de seu túmulo é arrancar-me de minha escrivaninha numa noite em que estou escrevendo".

Seu nome e seu estilo inspiraram o termo "kafkiano", que dá conta da bizarra, opressiva, ilógica e atormentada qualidade da sua produção literária. Franz Kafka não alcançou o sucesso na literatura quando vivo. Poucos de seus trabalhos foram publicados em vida. Antes de morrer, pediu ao amigo Max Brod que destruísse todos os seus manuscritos. Mas Brod não cumpriu essa promessa, inclusive envolveu-se na edição dos trabalhos que guardou. Dora, a última companheira de Kafka, atendeu em parte esse pedido: ela conseguiu guardar alguns dos seus últimos textos, até que foram sequestrados pela Gestapo.

Sua obra, tão influente e imitada de um modo devastador, permanece como uma severa advertência contra o aspecto mais negativo do século XX: a burocracia que posterga de forma labiríntica as demandas humanitárias mais urgentes; um poder que esconde o rosto mas aniquila o espontâneo e o livre; os vínculos familiares e sociais que desdenham quando não conseguem capitalizar... Mas Kafka vai além, transcende a queixa histórica e penetra na perplexidade metafísica: por isso sua obra, tão dispersa e, no entanto, tão coerente, não se reduz a um punhado de referências biográficas ou intuições sobre os tempos ruins que estavam por vir, mas enfrenta as aflições que dizem respeito à condição humana em todos os tempos. Como Shakespeare, como Cervantes, falando do que acontece, refere-se a questões essenciais que nunca deixam de existir.

É tentador, mas perigoso e traiçoeiro (muitos, no entanto, cederam a tal tentação), transformá-lo numa espécie de teólogo contrariado em busca de uma transcendência impossível, mas redentora. Nenhum dogma acolhedor e muito menos uma igreja que redime a partir do acatamento cego ao incompreensível teriam lhe servido como paliativo para uma busca que elevou à mais alta exigência estética, mas sem renunciar à mais impiedosa racionalidade. E, no entanto, nunca parou de reivindicar que o insuperável do homem está em nós, ainda que permaneça obstinadamente fora do nosso alcance. Ele expressou isso em um aforismo cuja força segue interpolando-nos como o clarim que chama para um combate que talvez não tenhamos nos decidido a participar, mas ao qual não podemos renunciar. "Acreditar quer dizer liberar o indestrutível que há em si mesmo, ou mais exatamente liberar-se, ou mais exatamente ser indestrutível, ou mais exatamente ser".

Um ponto onde convergem todos os pontos

A Buenos Aires de Jorge Luis Borges

De tempos em tempos, críticos e hagiógrafos estabelecem que certo escritor marca "um antes e um depois" na literatura. É um elogio que se repete mais do que seria prudente, sobretudo no último século e meio, o que tende a desvalorizá-lo. No entanto, às vezes, isso é quase inevitável, seja como exaltação a um autor, seja para assinalar que a partir dele muitos começam não apenas a escrever, mas também a ler de outra forma. É algo que ocorre tanto com autores populares (Poe, Lovecraft, Tolkien) como com os representantes da chamada "alta cultura": Kafka, Joyce, Faulkner e, sem dúvida, Borges.

Justamente, o êxito fundamental de Borges foi o de transformar um modelo de escritor para poucos em um destinado a um grande número de leitores. Não existem autores de língua castelhana, e há muito poucos no mundo que tenham sido objeto de tantos estudos, citações, comentários e paráfrases. Poderia se falar de uma literatura a.b. (antes de Borges), que é precisamente a que interessou e nutriu o próprio escritor argentino, e uma literatura d.B. (depois de Borges), que é a que nos interessa e que nutre a maioria de nós.

Eu tinha quinze anos, ou seja, já se passou meio século, quando me deparei com meu primeiro conto de Borges. Era nada menos que "O Aleph" e estava incluído em *Le matin des magiciens*, um livro de especulações fantásticas com verniz científico que me fascinou na adolescência. E tenho certeza de que, a partir de "O Aleph", já não pude entender a literatura sem Borges, e mais, talvez tenha começado a repensá-la em sua totalidade.

A partir dessa leitura, procurar obras deste feiticeiro irônico tornou-se quase uma insaciável prioridade, quase uma obsessão. Assim como (lamentavelmente) esboçar torpes pastiches borgeanos, não somente em prosa, mas – tremo só de lembrar – em verso! Conto isso apenas como um pequeno exemplo de algo que deve ter ocorrido com muitos jovens e não tão jovens quando descobriram o autor de *O Aleph*. Um pouco hiperbolicamente, vale para todos nós o resumo feito pelo crítico Emir Rodríguez Monegal ao comentar seu caso particular: "Para mim, então, acabou a literatura e começou Borges".

Em minha juventude, devido à censura do franquismo, os livros que desejávamos das editoras latino-americanas chegavam de maneira irregular. Da livraria Aguilar, da Rua Goya, avisavam-me quando recebiam livros de Borges. Caso a demora fosse insustentável, eu recorria à livraria Barberousse, de Biarritz, onde pude comprar para ler pela primeira vez, em francês, *História Universal da Infâmia* e *História da eternidade*. A que se deve esse impacto arrasador? Com a fórmula mágica de Borges acontece o mesmo que com a da Coca-Cola: a maioria dos seus componentes é bem conhecida, mas deve haver algum ingrediente secreto, porque as misturas que outros fazem não ficam iguais. Tanto em suas narrativas como em seus ensaios e poemas, encontramos referências filosóficas, nostalgia épica por uma Argentina ancestral e mitológica, múltiplas homenagens à literatura anglo-saxônica e à literatura clássica da Grécia até o Século de Ouro espanhol, passando por *As mil e uma noites*, propostas fantásticas oferecidas com um cuidado realismo, o eterno retorno de vários autores que o acompanham (Macedonio Fernandes, Chesterton, Marcel Schwob, Stevenson, os cabalistas judeus...). E o estilo, sem dúvida: transparente e preciso e ao mesmo tempo muito original, falsamente humilde, com adjetivação moderada, mas irresistível, que torna memoráveis expressões de majestosa simplicidade. "Eu deveria ter pensado nisso", dizemos enquanto nos deleitamos ao lê-lo. "Mas já entendi seu truque"; então tentamos imitar os passes mágicos. Nada aqui, nada lá e, no entanto, o coelho não volta a sair da cartola. Nem sequer volta para dentro dela!

E, acima de tudo, o humor. Um dos mentores literários de Borges, George Bernard Shaw, estabeleceu que "toda tarefa intelectual é humorística", e o argentino nunca esqueceu essa lição. Habitualmente irônico, mesmo que sem pretensões pedagógicas socráticas, mas também às vezes puramente festivo, o humor é uma constante do estilo de Borges. Digamos que é a base que dá liga ao molho. O humor quase sempre em escorço, estilizado, que por vezes não deprecia o descaramento da sátira. A gargalhada é passageira, disse Nicolás Gómez Dávila, mas o sorriso é eterno, e eternamente Jorge Luis Borges sorri, em prosa e em verso, diante de seu fervor por Buenos Aires, do heroísmo e da traição, diante do fantástico de tamanho infinito e a pequenez cotidiana, diante do mais intrigante e da desolação óbvia, da perplexidade complexa da vida e da "vaga, vasta e populosa morte". A literatura deu-me grandes amigos, e Jorge Luis Borges foi um deles. Em Buenos Aires, aproveito seguindo os passos imaginários e reais deste escritor genial.

A biblioteca de casa, um pátio para brincar

Buenos Aires, capital da República Argentina, é hoje uma das grandes metrópoles do planeta. Muito mudou desde o assentamento inicial em que teve início sua história há pouco mais de quatro séculos. Juan de Garay fundou em 1580 a Ciudad de la Santísima Trinidad y Puerto de Santa María de los Buenos Aires, lançando-se num projeto que havia ficado truncado depois do abandono do primeiro assentamento, erguido por Pedro de Mendoza em 1536. O império espanhol precisava conectar o Alto

Um ponto onde convergem todos os pontos

Peru aos outros domínios metropolitanos através do Atlântico, e Buenos Aires, com o grande Rio da Prata, era o porto ideal. Graças ao poder econômico que lhe foi dado pelo domínio do porto e da aduana, consolidou seu desenvolvimento através dos séculos e passou da grande aldeia à cidade moderna e vibrante que hoje conhecemos. Com largas avenidas, cafés e uma agitada vida cultural, a chamada "Paris da América do Sul" é adorada pelos turistas. Jorge Francisco Isidoro Luis Borges Acevedo nasceu no número 840 da Rua Tucumán em 24 de agosto de 1899. Seus pais foram o advogado e escritor Jorge Guillermo Borges e Leonor Acevedo. A casa pertencia à família Acevedo e, como a grande maioria das construções da época, tinha vários quartos, sótão, vestíbulo, dois pátios e um poço, espaços que ficariam gravados na memória e apareceriam na obra de Borges.

Ele contava: "Meu pai era muito inteligente e, como todos os homens inteligentes, muito bondoso. Uma vez me disse que prestasse bastante atenção nos soldados, nos uniformes, nos quartéis, nas bandeiras, nas igrejas, nos sacerdotes e nos açougues, já que tudo isso iria desaparecer e, algum dia, poderia contar a meus filhos que havia visto essas coisas. Até agora, infelizmente, essa profecia não se cumpriu".

Supor que um indivíduo inteligente é bom não é algo ingênuo, mas um princípio socrático. A verdade desse princípio depende de sabermos precisar o significado de "inteligente". Aqui quer dizer "sábio", no sentido mais clássico do termo.

Borges sempre reconheceu que a grande biblioteca da família havia sido o espaço essencial de sua juventude e adolescência. Dizia: "Desde a minha infância, considerava-se de maneira tácita que eu cumpriria o destino literário que as circunstâncias haviam negado a meu pai. Era algo que era dado como certo (e as convicções são mais importantes do que as coisas meramente ditas). Era esperado que eu fosse escritor". Foi quando a família mudou-se para o bairro de Palermo que Borges encontrou o lugar onde todo o seu imaginário se inspiraria. Hoje Palermo é uma zona residencial, gastronômica, com lojas de moda, mas naquela época era completamente diferente, uma área perigosa na qual sobravam *compadritos*, delinquentes. Nesse subúrbio, Borges encontrou espelhos, labirintos. Abreviou sua imaginação para em seguida espalhá-la em suas histórias que, mesmo ambientadas em diferentes lugares, sempre tiveram Palermo como pano de fundo.

Serrano era o nome da rua que a família escolheu para viver em Palermo; hoje foi rebatizada com o nome do escritor. Aqui ele viveu a puberdade e a adolescência. Essas ruas foram a origem da criação de uma voz propriamente argentina, mas não relacionada com o campo, com o gauchesco, e sim com o urbano. Em um de seus primeiros poemas há uma estrofe muito significativa nesse sentido: "Uma quadra inteira, mas na metade do campo; contemplada por auroras e chuvas [...]; a quadra que persiste em meu bairro: Guatemala, Serrano, Paraguay, Gurruchaga".

Foi dom Nicolás Paredes, um autêntico *guapo* – homem valente do subúrbio – que havia sido amigo de Evaristo Carriego, quem contou para Borges uma infinidade de histórias dos subúrbios que lhe revelaram o potencial narrativo dos cenários e personagens de sua infância. Em relação ao gênero gauchesco, cuja temática lhe era estranha e havia sido abordada por uma longa tradição de escritores como José Hernández e Ricardo Güiraldes, Borges propôs-se a basear a sua obra em outro universo de seres marginais pertencentes ao meio urbano.

Naqueles anos, as famílias de classe média somente se aproximavam de Palermo para visitar o zoológico ou para passar uns dias em alguma das elegantes quintas de veraneio que ficavam nas proximidades da atual Avenida del Libertador. O restante da área era desabitado.

Georgie, tal como era chamado entre a família, e a irmã Norah foram educados em casa por uma tutora inglesa. Ele foi à escola apenas aos nove anos, quando teve idade para cursar o quarto ano. As lembranças daqueles tempos não foram as melhores. Não se divertiu com os colegas, que faziam troça da sua gagueira, das lentes grossas que usava, da timidez natural e da forma estranha como se vestia. Aquelas crianças não tinham nada a ver com o Borges que aos quatro anos já devorava os livros da biblioteca de casa, seu verdadeiro espaço de brincadeiras. Eram filhos de imigrantes, muitos mergulhados na pobreza e produtos de um ambiente social totalmente diferente daquele vivido no interior da casa da Rua Serrano. Tratava-se de dois mundos opostos.

Outra fonte de inspiração foram os amigos de seu pai, que se reuniam em sua casa depois de irem ao hipódromo. Eles foram os primeiros modelos do escritor. Por ali desfilavam o inclassificável Macedonio Fernández e também o jovem Evaristo Carriego, que à noite recitava poemas. Por meio dele a poesia revelou-se para Borges, e ele compreendeu que as palavras não eram apenas um meio de comunicação, mas continham algo parecido com a magia.

No começo de 1914, a família alugou a casa da Rua Serrano e embarcou rumo à Europa, numa viagem cujo destino era Genebra. Lá o pai de Borges consultou um importante oculista, preocupado com os primeiros sintomas de uma incipiente cegueira, doença da qual os seus antepassados já haviam sofrido. Poucas semanas depois eclodiria a Primeira Guerra Mundial. A família instalou-se num apartamento no sul de Genebra, e Jorge Luis ingressou no Collège Calvin, onde obteve o título de bacharel. Antes de retornar à Argentina, a família viveu uma temporada na Espanha. A estadia na Europa devolveu a Buenos Aires em 1921 um jovem que, além do inglês e do espanhol da infância, dominava o francês, o alemão, era latinista e entendia muito bem o italiano.

O outro

Poucos meses depois de regressar, entusiasmado por alguns preceitos do movimento ultraísta, Borges fundou com outros jovens poetas, como Norah Lange e Roberto Ortelli, uma folha-mural de poesia que chamaram de *Prisma*. Forraram com *Prisma* as avenidas Santa Fé, Callao e Entre Ríos até a Rua México, mas em pouco tempo, por razões econômicas, o projeto deixou de existir. Em 1923, saiu o primeiro livro de poemas de Borges: *Fervor de Buenos Aires*. Esse livro antecipava os temas que seriam fundamentais na obra posterior do escritor: o espanto metafísico do cotidiano, os espelhos, o mistério do tempo, o lado íntimo e secreto da cidade compartilhada, a confusão da morte e os feitos heroicos e perdidos do passado.

Buenos Aires é uma cidade riquíssima em termos de bares e cafés. Os argentinos gostam de sentar para tomar café enquanto discutem futebol, política e a própria vida. Entre os bares mais frequentados por artistas e intelectuais estão o Café Tortoni, na Avenida de Mayo, o La Paz, na Avenida Corrientes, e o mítico Bar Britânico, no Parque Lezama. O lugar que está mais intimamente relacionado a Borges é o La Perla, um espaço quase mitológico no bairro Once. Aqui houve sucessivas camadas de frequentadores. Foram famosos os roqueiros nos anos 60, e, em seus banheiros, Litto Nebbia e Tanguito compuseram a letra e a música de "La balsa", um marco na história do rock argentino. Nas décadas de 1920 e 1930, era possível ver, sentados às mesas, intelectuais e escritores. Por exemplo, Macedonio Fernández, um personagem extraordinário, provavelmente o maior leitor de literatura, que havia sido colega de Direito do pai de Borges e amigo do filho, em que pese a diferença de idade. Borges o admirava muito, e eles encontravam-se todos os sábados, junto com outros escritores, como Leopoldo Marechal. Aqui tinham tertúlias que para alguns eram quase o que dava sentido à semana. Os encontros costumavam prolongar-se até altas horas da madrugada. Borges lembraria aqueles momentos: "É a desalentada noite festiva do Once, na qual Macedonio Fernández, que já morreu, segue me explicando sobre a morte".

Acho que a contribuição mais importante de Macedonio Fernández para a literatura foi justamente Borges que, devido ao falecimento do amigo e do pai, escreveu, em 1952: "Naqueles anos eu o imitei até a transcrição, até o apaixonado e devotado plágio... Não imitar esse cânone teria sido uma negligência inacreditável". Macedonio foi um personagem muito particular: um filósofo da rua, sem limitações acadêmicas e possuidor de uma grande imaginação metafísica. Foi um grande humorista, que nunca descansava e apoiava-se na sutileza, um semeador de ideias que não se incomodava em fazer a colheita. Sua presença deslumbrou o grupo de jovens amigos que se reunia com ele aos sábados no La Perla do Once.

Um mundo no porão
Conversa com o escritor Juan Sasturain

Em Buenos Aires, dá gosto ter fome porque, na verdade, se você tem como pagar a conta, pode satisfazê-la nos mais variados tipos de pizzarias e restaurantes, dos clássicos aos tradicionais, e em lugares de influência italiana, espanhola, entre outras. Além disso, as pessoas gostam de ficar nos cafés, que não são locais apenas para consumir, mas pontos de encontro para conversar sobre todos os assuntos.

A cafeteria Florida Garden, que está localizada na esquina das ruas Florida e Paraguay, era um lugar habitual para o Borges dos últimos anos e acredito que é significativa para evocar a sua personalidade. Aqui conversamos com o escritor Juan Sasturain.

– *Como começou sua relação com Borges?*

– A relação borgeana começou pelo melhor lugar, que é a leitura, revelado por algum professor em alguma manhã muito fria do colégio secundário. Depois, ele foi meu professor de Literatura Inglesa e Norte-Americana na universidade no final dos tumultuados anos 60. Parecia um marciano naquele lugar.

– *Um verdadeiro revolucionário...*
– Estava em outra coisa, vivia em um mundo paralelo, em outra dimensão. Logo tive a oportunidade de ir algumas vezes à sua casa da Rua Maipú.

– *Borges transferiu para a cidade, para a cena urbana, o mundo imaginário da poesia argentina, que estava no pampa, ao ar livre. Buenos Aires, é claro, está presente especificamente em alguns contos, mas acho que também em contos que falam de outras cidades...*
– Há um conto memorável, provavelmente o melhor conto policial já escrito na Argentina, "A morte e a bússola", que se passa numa cidade imaginária, mas que sem dúvida é Buenos Aires. E ele diz isto no prólogo: o hotel, o endereço, não deixa de ser Buenos Aires. Faz referência a um caso extraordinário que acontece no bairro Once. Borges diz algo adorável: "Ambientei o conto na Índia para que fosse mais verossímil"; quer dizer que as coisas tinham acontecido, mas ele as ambientou em outros lugares para que a fantasia ficasse mais crível.

– *A única coisa fantástica da sua literatura é que ele se negava a acreditar que nós poderíamos fazer realismo, porque fazer realismo suporia que conhecemos os mecanismos do mundo, da causalidade, que temos a explicação das coisas, e essa é uma hipótese fantástica...*
– A intersecção entre o fantástico, o exótico e Buenos Aires está presente em inúmeros contos. Caso exemplar é "O Aleph", no qual existe um ponto onde se pode observar a totalidade do Universo e esse ponto está debaixo de uma escada em um apartamento.

– *É a melhor metáfora do mundo. A internet e as redes sociais propõem que você se aproxime do mundo, mas é algo completamente irrelevante. Você pode ter todo o conhecimento sem que isso mude a sua vida em absoluto...*

– Às vezes esquecemos que Borges viveu na penumbra dos 55 anos até a sua morte, 35 anos depois. Quer dizer que ele se moveu em um mundo de oralidade. Há os que dizem: "Não, mas ele não perdeu completamente a visão"; no entanto, perdeu o fundamental, que é a capacidade de ler. Ele vivera num mundo de livros e, de repente, começou a viver em um mundo de vozes, de relações. Esse mundo de relações foi construindo um Borges diferente, feito das experiências que lhe faltavam.

– *Perder a visão pode transformar uma pessoa em alguém totalmente introvertido e amargurado. E se somarmos a isso um grande prestígio, poderia torná-lo uma pessoa rude, áspera. No entanto, Borges era totalmente o contrário, despertava um instinto de proteção.*

– Era um velho encantador, uma pessoa sensível. Além disso, apaixonou-se e foi correspondido. É bem provável que Borges tenha sido muito feliz em seus últimos anos de vida.

– *Na primeira vez que o vi em Madri, ele ainda não era o Borges sequestrado pelo mundo que logo viria a ser. Alguns de nós, inclusive, demoramos a perdoá-lo por ter ficado tão famoso. Quando chegou, o levamos a um programa ancorado por um amigo do nosso grupo na segunda maior cadeia de televisão espanhola e que abordava temas como música, rock e tendências da cultura moderna. Ele foi contente conosco, sentou, me chamou e disse: "Jovem, eu queria beber alguma coisa". "Claro, o que o senhor quiser: um uísque, uma genebra?" "Veja, não domino esse assunto: algo breve e contundente". E essa frase ficou como uma marca para todos nós. Durante anos, quando nos reuníamos e perguntavam o que desejávamos beber, a resposta era: "Algo breve e contundente".*

– Porque, além de tantas coisas que legou e que segue legando, há as frases, as respostas; ele era muito engenhoso. Nunca incorreu na solenidade. Podia tornar-se incisivo, sério, fantasiar-se com uma toga quando o premiavam em centenas de universidades, mas sempre soube encarar a si mesmo com distanciamento.

– *Um pouco foi isso também que forjou a sua imagem no âmbito político. Ele dizia o que vinha à cabeça.*

– Sim, tinha certa impunidade, sobretudo durante os últimos anos. Impunidade no melhor sentido da palavra, a daquele que não admite reparações em suas afirmações. Nunca foi transparente, como corresponde a um homem inteligente, no sentido de que não foi literal... Mas tampouco foi hipócrita. Quase sempre sustentou posições politicamente incorretas. Se tivesse sido oportunista, como às vezes é possível ser à direita ou à esquerda, mereceria algum gesto de desdém. Mas não, nunca foi assim.

– *Nenhuma das suas inconveniências lhe trazia vantagens...*
– De jeito nenhum. Chegou a elogiar o ditador chileno Augusto Pinochet, que o condecorou. Esse foi seu pior momento.

– *Sim, de fato, uma vez comentou que o caso de Pinochet o fez perder o Nobel. Ele havia sido advertido de que, se recebesse a condecoração, não poderia ganhar o prêmio. E esse foi um motivo para ir. Ainda que soubesse encarar isso com humor, já que todos os anos o seu nome era mencionado como possível ganhador para, em seguida, não vencer. Algo que, conforme as suas próprias palavras, tinha se transformado em uma "tradição escandinava".*

As diversas Buenos Aires

Em 1936, Borges tornou-se colaborador habitual da revista *Sur*, fundada por Victoria Ocampo, uma mulher sofisticada e de ampla formação literária, proveniente de uma família nobre de considerável poder econômico. O objetivo da *Sur* era divulgar a atividade dos principais intelectuais estrangeiros contemporâneos e apresentar ao mundo a obra dos escritores argentinos. Ocampo deu um impulso fundamental à carreira de Borges, além de tê-lo introduzido na aristocracia portenha. Em 1937, Borges conseguiu um trabalho na Biblioteca Municipal Miguel Cané. Era um lugar pequeno, que tinha mais funcionários do que o necessário. Seu único trabalho consistia em fazer as fichas dos livros, que não eram muitos. Começou a trabalhar de forma muito ativa, então os colegas lhe disseram: "Não, devagar, porque aqui temos que fazer o menos possível para que tenhamos trabalho para todos durante muito tempo". De modo que, em pouco mais de uma hora, Borges resolvia suas tarefas diárias, fazia as fichas de uns quantos livros e, no restante do tempo, dedicava-se a ler e a escrever.

O trajeto de casa até a biblioteca ele o fazia em uma hora no bonde número sete. Segundo contou, aproveitou esse tempo para ler *A divina comédia*, um dos livros que o marcou de forma extraordinária. Na Miguel Cané teve a ideia do argumento de um de seus contos, "A biblioteca de Babel", talvez uma das contribuições à imaginação universal mais incrível, porque nessa biblioteca, que é o universo inteiro, todos – acredito – já estivemos.

Em 1938, morreu seu pai, indefectivelmente cego. Borges já estava sofrendo os primeiros sintomas e começava a fazer cirurgias nos olhos condenados à cegueira. Pouco depois, sofreu um acidente que o deixou à beira da morte. Durante a convalescença, escreveu "Pierre Menard, autor do Quixote", seu primeiro conto fantástico de inspiração metafísica. Acredito que a partir desses acontecimentos (a morte do pai, a proximidade do próprio fim) surgiu o Borges fascinado por esse gênero.

Os livros e a noite

Dos 37 leitores que compraram um exemplar do sétimo livro de Borges, *História da eternidade*, um foi Adolfo Bioy Casares, naquele tempo um aspirante a escritor. Encontraram-se pela primeira vez em 1932, num jantar oferecido por Victoria Ocampo. Os dois vinham de meios diferentes: Borges era um produto da classe média urbana, enquanto a família de Bioy Casares fazia parte da oligarquia agropecuária e estudava Direito na Universidade de Buenos Aires. Apesar da diferença de idade – Bioy tinha 18 anos, e Borges, 32 – houve uma empatia imediata. A partir desse momento, tiveram uma das amizades literárias mais célebres da história. Inclusive publicaram juntos, sob o pseudônimo de Honorio Bustos Domecq.

Bioy Casares disse: "Creio que minha amizade com Borges nasceu de uma primeira conversa que tivemos entre 1931 ou 1932 no trajeto entre San Isidro e Buenos Aires. Borges era então um dos nossos jovens escritores de maior renome, e eu, um garoto com um livro publicado em segredo e outro com pseudônimo. Daquela época ficou uma vaga lembrança de caminhadas entre as casinhas dos subúrbios de Buenos Aires ou entre as chácaras de Adrogué. E de intermináveis e exaltadas conversas sobre livros e argumentos de livros".

O primeiro trabalho que Borges e Bioy dividiram foi a redação de um folheto sobre o leite coalhado, encomendado por La Martona, a empresa do ramo leiteiro da família de Bioy. "Em 1935 ou 1936, fomos passar uma semana em uma estância em Pardo com o propósito de escrever em colaboração um folheto comercial, aparentemente científico, sobre os méritos de um alimento mais ou menos vulgar. Fazia frio, a casa estava em ruínas; não saímos da sala de jantar, onde na lareira estalavam galhos de eucaliptos. Aquele folheto significou para mim um valioso aprendizado. Depois da redação, eu era outro escritor, mais experiente e familiarizado".

Em 1939, Bioy Casares casou-se com a escritora Silvina Ocampo, e Borges foi testemunha da cerimônia. Os três assinaram uma primorosa *Antologia da literatura fantástica*. Poucos anos depois, Borges e Bioy editaram duas antologias do conto policial e dirigiram uma já mítica coleção de romance gótico chamada "O sétimo círculo". Acredito que a influência de Bioy sobre Borges foi benéfica, reforçou a sua tendência satírica e deixou seu estilo e sua temática mais soltos.

Aves domésticas

Fico triste que a hipocrisia intelectual da nossa época condene a postura política de um autor tão distraído no que diz respeito a esse tema como foi Borges e que isso tenha se transformado em um problema maior para seus leitores. Quero lembrar que, na adolescência, ele escreveu poemas a favor da Revolução Russa, pronunciou-se pelos republicanos na Guerra Civil Espanhola, escreveu contra Hitler e Stalin. É certo também que foi abertamente antiperonista. Ao que parece, como castigo por ter assinado manifestos criticando Juan Perón, foi afastado do cargo na Biblioteca Miguel Cané e nomeado inspetor de aves domésticas. Borges renunciou e ficou desempregado. E dois anos mais tarde a mãe e a irmã foram detidas por distribuírem propaganda contra o governo. A verdade é que esse contratempo acentuou a veia de conferencista e professor de literatura universitário. Tive o prazer de presenciar algumas de suas palestras: cordiais e inteligentemente deliciosas. Borges, com sua palavra vacilante, sabia criar uma celebração intelectual, o mais distante possível desses insuportáveis e pedantes que se fazem de sábios. Nesses anos, seu prestígio consolidou-se em definitivo, foi nomeado presidente da Sociedade Argentina de Escritores e começaram a ser editadas as suas *Obras completas*.

Logo após o golpe de Estado por meio do qual a autodenominada "Revolução Libertadora" derrubou Perón em setembro de 1955, Borges foi nomeado para o cargo mais importante que ocupou em sua vida do ponto de vista institucional: diretor da Biblioteca Nacional. O prédio, construído em 1901, fica na Rua México, no bairro de Monserrat, e hoje é ocupado pela Direção Nacional de Música. Mas quando sua nomeação chegou, o que para ele teria sido excepcional na juventude, como uma possibilidade de leitura infinita, agravaram-se os problemas de visão. Foi nessa época que Borges começou realmente a ficar cego na prática. Isso foi uma espécie de paradoxo que o impressionou e que inspirou um de seus poemas mais extraordinários, o "Poema dos dons":

> Ninguém rebaixe a lágrima ou rejeite
> esta declaração da maestria de Deus,
> que com magnífica ironia
> deu-me ao mesmo tempo os livros e a noite.
> [...] Lento em minha sombra, a penumbra oca
> exploro com a bengala indecisa,
> eu, que me figurava o Paraíso
> sob a forma de uma biblioteca.

A história repetia-se nessa instituição na qual outros dois de seus diretores também ficaram cegos: José Mármol e Paul Groussac.

Acredito que Borges alcançou a plenitude literária nas décadas de 1940 e 1950, quando escreveu *Ficções*, *O Aleph*, *Outras inquisições* e parte de *O fazedor*, seus livros mais definitivos, mais audazes, de maior força. Notamos que ele está consciente da sua poderosa pena, em estado de graça.

UMA PROFUNDA CIDADE CEGA

Em maio de 1961, Borges almoçava na casa de Bioy Casares quando soube que havia ganhado o Prêmio Internacional dos Editores, o Formentor, dividido com Samuel Beckett. "Por causa desse prêmio", escreveria, "da noite para o dia os meus livros brotaram como cogumelos por todo o mundo ocidental". Vladimir Nabokov, que receberia o mesmo prêmio no ano seguinte, referiu-se a eles dizendo: "Sinto-me como um ladrão entre dois santos".

Tudo mudou a partir desse momento. Deixou de ser conhecido apenas localmente para ganhar a admiração mundial, e começou uma atividade que seria habitual até o fim dos seus dias: viagens e conferências em todos os confins do planeta. Borges podia tanto surpreender com suas ideias brilhantes como escandalizar com suas declarações políticas controversas. Quando jovem, havia aderido ao anarquismo e à esquerda, foi militante da União Cívica Radical e com o tempo professou um liberalismo cético a partir do qual se opôs ao fascismo e, sobretudo, ao peronismo. Mas os maiores questionamentos que provocou foram devidos à sua atitude complacente frente às ditaduras militares de 1955 em diante. Em 1976, depois de almoçar com o ditador argentino Jorge Rafael Videla, o governo de fato chileno de Augusto Pinochet outorgou-lhe a Grande Ordem do Mérito.

Muitas vezes foi dito que aceitar esse reconhecimento havia sido crucial para que ele nunca recebesse o Prêmio Nobel de Literatura. No entanto, em 1980, em uma reportagem no jornal *La Prensa,* Borges disse: "Não posso permanecer em silêncio diante de tantas mortes e tantos desaparecidos". Poucos meses depois, seu nome apareceu junto ao do Prêmio Nobel da Paz Adolfo Pérez Esquivel em uma convocatória que exigia da ditadura "a vigência do Estado de Direito e a plena vigência da Constituição".

É certo que o Borges maduro foi um burguês ilustrado que se transformou em um conservador. Creio que ele não resistia a dizer as coisas mais impertinentes e politicamente incorretas que passavam por sua cabeça, sobretudo se estava diante de uma plateia complacente. Mas é preciso esclarecer que essas *boutades* sempre foram expressas em entrevistas e conversas, nunca em sua obra literária. Assim como fez piadas questionáveis como "a democracia, esse abuso da estatística", também teceu comentários engraçados, como quando disse a seu acompanhante ao passar em frente a um cartaz de "Deus, família e propriedade": "Caramba, que três incômodos!". Mesmo que tenha saudado como libertador o governo militar que derrubou a presidente María Estela Martínez de Perón (erro que, seja dito, também foi cometido por vários comunistas argentinos), em seguida condenou seus crimes sem rodeios. Atrevo-me a questionar, nesta mesma linha, o entusiasmo de Neruda por Stalin ou de García Márquez por Fidel Castro, para citar dois escritores latino-americanos que não foram privados do Prêmio Nobel devido a suas declarações políticas. Borges disse: "Espero ser julgado pelo que escrevi, não pelo que disse ou me fizeram dizer. Eu sou sincero neste momento, mas talvez dentro de meia hora já não concorde com o que disse. Ao contrário, quando se escreve, se tem tempo de refletir e de corrigir".

Borges gostava de dizer que preferia vangloriar-se das suas leituras mais do que da sua escrita. Decididamente, foi um homem consagrado à literatura, com uma vida amorosa bastante breve. Ainda era um jovem tímido quando teve um romance com a poetisa vanguardista Norah Lange, do qual o Parque Lezama foi testemunha. Apenas aos 67 anos teria um breve casamento com Elsa Astete Millán. Sua última esposa foi María Kodama, uma jovem culta e sóbria. Uma grande conexão intelectual os unia. Ela lia para ele e o ajudava a superar o complicado cotidiano de um cego. A mãe de Borges, que foi sua guia durante toda a vida, morreu em oito de julho de 1975, perto de completar cem anos. Borges havia se aposentado um ano antes da Biblioteca Nacional.

Perto dos oitenta anos, seguia produzindo uma variada obra e havia publicado diversos livros de ensaios, contos e, sobretudo, poesia. Em 1980, ganhou o Prêmio Cervantes, a máxima distinção das letras espanholas. Já era praticamente um fetiche da cultura: o poeta cego, de fala suave e vacilante, difusor de maravilhas. Aborrece-me que muitos não se deem o trabalho de lê-lo, que tenha ficado marcada a imagem de um Borges *falado* que substituiu o escritor, enquanto as anedotas triviais e as citações ocultavam a precisão exigente dos seus textos. Temi nessa época que a oralidade de Borges encobrisse a sua voz autêntica, a escrita, que a sua imagem se trivializasse.

Fundação mítica
Conversa com María Kodama no Museu Borges

– *Imagino que deve ser difícil administrar um legado como o de Borges, com tantos eventos, efemérides, papéis. Ele deixou materiais originais?*
– Não. Tinha o costume de fazer rascunhos e, uma vez publicados, se podia, rasgava-os. Restaram, sobretudo, os da época em que ele enxergava, porque a mãe os escondia. Mas o resto, não.

– *Claro, porque ele ditava.*
– Ditava e, além disso, dedicou à mãe as obras completas. Nunca vou esquecer quando ele chegou com o livro e disse: "Bem, mãe, aqui tenho o livro; a María vai ler o que escrevi para você. Eu dediquei a você". Ela, emocionada, respondeu: "Ai, que maravilha!". "Mãe – continuou Borges – só digo uma coisa, se este livro sair do seu quarto, vai para o lixo."

– *Como Borges era na intimidade?*
– Ah, divertidíssimo. Uma pessoa extremamente cheia de vida.

– *E quanto aos seus gostos gastronômicos?*
– Era muito simples, mas às vezes gostava de coisas estranhíssimas para o gosto ocidental. Tinha descoberto o *sashimi* e adorava. As pessoas pensavam que era influência minha, mas não, ao contrário, eu nem gosto muito de *sashimi*, só dos que são feitos com algas, mas ele gostava e comia com muito prazer.

– *Há pessoas irônicas ou com humor, mas que escutam a si mesmas, que fazem piadas como se fosse para a posteridade. Borges era totalmente espontâneo, tinha inclusive um gosto infantil nas coisas que vinham à sua cabeça, que era o mais admirável, pelo*

menos para as pessoas que o conheciam e o admiravam. Em cinco minutos estávamos rindo com ele.
– Sim, era uma pessoa especial e muito divertida.

– *Adoraria que você contasse no que consiste o Museu Borges.*
– Tem uma hemeroteca que comprei graças a uma doação para a Fundação feita pela Secretaria de Cultura e pelo Fundo Nacional das Artes. Levou bastante tempo para ajeitar tudo. Muitos dos livros estão estragados, mas foram catalogados e arquivados. E o importante é que aqui podemos encontrar a maior parte das revistas do começo do século XX. É preciso lembrar que os grandes escritores da época começaram publicando em jornais e revistas. Algumas coisas são pequenas joias como, por exemplo, um desenho que Borges fez de um *compadrito*. Ele tinha um traço muito interessante, muito bonito.

– *Aqui se encontra a biblioteca pessoal de Borges.*
– Na biblioteca há uns três mil livros dele, todos com anotações. Também estão as enciclopédias que adorava, menos a *Britânica*, que ele me deu de presente e está na minha casa. Quando foi diretor da Biblioteca Nacional, deixou lá mil de seus livros de presente.

– *Quais as atividades desenvolvidas aqui?*
– Durante a semana do aniversário de Borges, organizamos eventos com professores e escritores convidados de países da América Latina e depois editamos livros com todas as palestras. Há conferências durante o ano e também concertos. E antes de o museu existir emprestávamos o lugar para jovens pintores fazerem suas primeiras exposições.

– *Ou seja, tem muitos usos. Todos relacionados à cultura.*
– Exatamente. Também organizamos há dezesseis anos um concurso de haicais para estudantes secundaristas. É muito

bonito, porque começamos com cinco escolas e agora temos 160 de todo o país.

– *Costuma-se dizer que os escritores, depois de morrer, passam por um tipo de purgatório, um período em que as pessoas os esquecem, mas acho que com Borges isso não aconteceu.*
– Não, não aconteceu. Como dizem os professores que o estudam, foi graças ao meu esforço, e essas atividades, de estar continuamente viajando para falar sobre ele.

– *O interesse não decresceu. Nesse sentido, quando o escritor falta, o bom é que suas opiniões deixam de importar, e a obra volta a ser o essencial. Quando se está vivo, os meios de comunicação transformam qualquer bobagem em importante, e as pessoas se esquecem da obra.*
– Exatamente. Isso passa a ser o relevante, enquanto o principal desaparece.

Sempre estarei em Buenos Aires

Percorrendo a Buenos Aires de Borges, chegamos ao nosso último destino: a Praça San Martín, na vibrante zona conhecida como *El bajo* portenho. Nos seus últimos anos, ele viveu muito perto daqui, na Rua Maipú, número 963, e costumava passear por esta bela praça, acompanhado por María Kodama. Era comum vê-lo almoçando e tomando chá nos restaurantes da zona.

Em 13 de setembro de 1985, uma biópsia realizada no Hospital Alemão confirmou que Borges estava com câncer. Negou-se a fazer quimioterapia; preferiu seguir sua vida como de costume. Não queria que a doença se transformasse em um espetáculo nacional. Morreu em 14 de junho de 1986, em Genebra, Suíça, onde seus restos descansam no cemitério de Plainpalais.

A última tarde em Buenos Aires
Conversa com Alberto Casares na livraria Casares

– *Nesta livraria em Buenos Aires Borges realizou sua última atividade pública na América antes de ir para a Europa morrer muito pouco tempo depois. Como foi aquela ocasião?*
– Eu estava organizando uma série de exposições de primeiras edições de diferentes autores argentinos e chegou a vez de Jorge Luis Borges. Então, propus a ele fazer essa exposição e ele me disse: "Na verdade, não me interessam as primeiras edições, interessam-me as segundas e as terceiras. Além disso, não as peça para mim, porque não as conservo". Eu respondi: "Veja, há pessoas que se dedicam a conservar as primeiras edições dos seus livros". E ele disse: "Que irresponsáveis". Essas coisas que ele sabia dizer. Finalmente, aceitou. Ele mesmo escolheu a data, e preparamos tudo durante quase um mês. Para mim, foi um pretexto para falar com ele todos os dias. De manhã, às dez horas, eu telefonava para cumprimentá-lo.

E chegou o dia escolhido, 27 de novembro de 1985, um dia antes de ele partir para a Europa, consciente de que iria morrer. Nós não poderíamos saber, é claro, mas ele sim. Quando me disse que viajaria, eu propus fazer o evento em outro dia, mas ele disse: "Não, não. Eu, especialmente, quero que seja nessa data". Assim, ele passou conosco a sua última tarde em Buenos Aires. Uma tarde realmente especial. Aqui se encontrou com Bioy Casares e despediu-se dele. Foi emocionante, porque fazia bastante tempo que eles não se viam e retomaram as suas conversas. Bioy o consultou: "Estou escrevendo um conto que se chama 'Una fuga al Carmelo' – a cidade uruguaia situada em frente a Buenos Aires, cruzando o rio –. Você colocaria *al* Carmelo ou *a* Carmelo?". Então Borges respondeu: "Eu sou uma pessoa muito velha. Colocaria *al* Carmelo", e assim Bioy escreveu. Em certo momento, todos perguntamos: "Borges, quando você volta? Vamos recebê-lo", e ele disse: "Não, não... Eu vou à Europa para morrer. Vou passar o Natal na Itália e depois vou à Suíça, a Genebra, para morrer ali". Nós não podíamos acreditar que Borges não era imortal.

– *Mas no sentido que mais nos interessa, ele é.*
– Claro, segue sendo, e está muito presente. Lembro que nessa mesma tarde algumas pessoas trouxeram livros para autografar e ele me perguntava um a um qual era. Então alguém se aproximou com um exemplar cujo título era *Borges oral*, uma recompilação de conferências. "Eu não escrevi este livro", ele disse. Era verdade, não tinha escrito.

– *Tinha falado...*
– Claro. Ele disse: "Este livro foi roubado de mim, pois me convidaram para dar conferências e depois apareceu publicado". Então, falei para ele: "Bem, se você não gosta, então não autografe". Ele em seguida fez um gesto, como se enxergasse, porque ele enxergava, apesar de não ver, e disse: "Ah, sim, mas e este amável senhor que me traz o livro com tanta gentileza, vou devolver o livro sem autografar? Não, me dê", e o autografou. Quando lhe trouxeram *História universal da infâmia*, comentou: "Quando escrevi este livro, não tinha a menor ideia do que era a infâmia. Depois a vida me ensinou esse tipo de coisas".

Aqui está a primeira edição de *Fervor de Buenos Aires*, modestíssima, é claro. É evidente que o pai mandou imprimir numa gráfica que não era de livros, pois a diagramação e a tipografia são de uma simplicidade tremenda, não tem colofão nem paginação... Foram somente trezentos exemplares, nos quais ele logo tentou dar sumiço, porque não gostava. Colocou três livros em seu índex pessoal: *Inquisições, O tamanho da minha esperança* e *O idioma dos argentinos*. E mais: naquela exposição, me disse: "Não quero que inclua os livros que eu proibi", e respondi que não os colocaria. No entanto, depois de vários dias de conversa, ele mesmo me disse: "Se você os têm, coloque-os, porque as pessoas gostam de vê-los". "Borges, o senhor os escreveu, portanto os livros existem. O senhor os publicou, os imprimiu; fique tranquilo que muitas bibliotecas do mundo têm esses livros", eu disse.

– *Borges era muito simples...*
– E muito espirituoso... Sempre havia alguma coisa de memorável em tudo o que dizia. Entretanto, era tão natural que não dava a ênfase que alguns dão, que parecem estar falando para a posteridade. Ele costumava conversar com os motoristas de táxi. Contava que, uma vez, um taxista que havia se negado a cobrar dele disse: "Mas não, senhor, como vou lhe cobrar... O senhor sabe o que significa para mim chegar à minha casa e contar para minha família que transportei Ernesto Sabato?".

Carlos Fuentes diz: "O sentido final da prosa de Borges – sem a qual não haveria simplesmente o romance hispano-americano – é testemunhar que a América Latina precisa de linguagem e, portanto, deve construí-la... Borges confunde todos os gêneros, resgata todas as tradições, mata todos os maus hábitos, cria uma nova ordem de exigência e rigor sobre a qual podem surgir a ironia, o humor, o jogo, sim, mas também uma profunda revolução que equipara a liberdade com a imaginação, e com ambas constitui uma nova linguagem latino-americana".

Jorge Luis Borges foi um dos escritores mais excepcionais da literatura mundial. Não tinha medo da polêmica e ainda hoje as suas frases afiadas são lembradas. Deslumbrou com poemas desafiadores e contos vanguardistas e padeceu com dignidade a condenação da cegueira. Foi alçado a inventor da escrita em argentino e, ao mesmo tempo, criticado como um autor estrangeirizante.

Percorremos a Buenos Aires de Borges.

Crepúsculo de cobre

A Santiago do Chile de Pablo Neruda

Santiago del Nuevo Extremo foi o nome que o conquistador espanhol Pedro de Valdívia deu a esta cidade localizada entre dois braços do rio Mapocho e emoldurada pela cordilheira dos Andes. A quase seiscentos metros acima do nível do mar, é a capital da República do Chile.

Ainda que hoje Santiago seja uma urbe moderna, enfrentou ao longo de sua história o desafio de vários terremotos que obrigaram seus habitantes a mostrar brio para seguir em frente. Os santiaguinos orgulham-se tanto de suas tradições como da vida cosmopolita. As ruas da cidade são o cenário de uma agitada vida gastronômica e comercial. Vamos percorrer os lugares pelos quais Pablo Neruda andou e que emolduraram as suas criações.

Os insetos e os livros

Neruda nasceu em 12 de julho de 1904 em Parral, cidade do Sul do Chile, mas passou a infância em Temuco. Os pais, Rosa Neftalí Basoalto e José Carmen Reyes, o chamaram de Ricardo Eliecer Neftalí Reyes Basoalto. Era uma criança curiosa e calada, e nos longos dias de chuva que acompanharam sua infância a rotina consistia em ler e colecionar insetos.

O atual bairro de Bella Vista era um lugar de casas baixas de palha e barro, com chácaras em volta. Mas também era algo assim como o bairro da "vida fácil", da diversão e dos cabarés. Aqui vinha a sociedade do outro lado do rio Mapocho para espairecer. Pouco a pouco, foi se transformando num lugar de restaurantes e estabelecimentos da moda, e há também caras galerias de arte. Passou por uma mudança parecida com a do bairro de Palermo em Buenos Aires.

Ainda adolescente, com dezesseis anos, Pablo chegou a Santiago e instalou-se em uma pensão na Rua Maruri, número 513, um lugar popular e barato. Como o pai não via com bons olhos sua intenção de se dedicar à poesia, ele batizou-se como Pablo Neruda para se esconder e despistá-lo. Há diferentes versões sobre a origem de seu nome literário, mas ele mesmo afirmou em suas memórias que havia pegado de uma revista o sobrenome de um escritor de origem tcheca.

Pablo veio para Santiago estudar pedagogia na universidade e ficou por dois anos, quando escreveu os seus primeiros poemas. "[Na pensão] escrevi mais do que nunca até então, mas comi muito menos." Em *Crepusculário*, o famoso primeiro livro de poemas, muito influenciado pelo modernismo, sustentava que a rua em que morava era pouco atraente por muitas razões; no entanto, podiam-se ver finais de tarde extraordinários. Ele diz, por exemplo: "Deus – e de onde é que tiras para acender o céu este maravilhoso entardecer de cobre? Por ele soube encontrar de novo a alegria, e a má visão eu soube torná-la mais nobre. Nas chamas coloridas de amarelo e verde iluminou-se a lâmpada de um outro sol que fez rachar azuis as planícies do Oeste e verteu nas montanhas suas fontes e rios."*.

A fúria de um tímido

Os estudantes poetas levavam uma vida extravagante, como o próprio Neruda admitia, enquanto ele seguia escrevendo na

---
* *Crepusculário*. Porto Alegre: L&PM Pocket, 2004.

pensão onde concluía de três a cinco poemas por dia, bebendo inúmeras xícaras de chá. Mas fora de casa, a vida que levava com os colegas era fascinante.

Havia chegado à capital tão imbuído de sua missão "profética" que, por um tempo, a participação na boemia estudantil foi mais contemplativa. No começo, não consumia álcool e, ao menos durante o primeiro ano em Santiago, acompanhava somente com água as euforias etílicas dos amigos artistas. Refugiou-se na poesia "com a fúria de um tímido". Dizem que Alberto Rojas Jiménez, diretor da revista *Claridad*, foi quem o fez mudar de opinião sobre a pressuposta incompatibilidade entre a alegria do vinho e a seriedade da tarefa poética. A vida boêmia e o interminável trajeto entre a Rua Independência e o outro extremo da capital, perto da estação central, onde ficava sua faculdade, estavam atrapalhando seus estudos.

O jovem Neruda vestia preto em homenagem aos "verdadeiros poetas do século passado". Nas suas memórias, lembra que não sabia falar com as garotas. Em vez de se aproximar delas, preferia passar de lado e afastar-se mostrando desinteresse. O suposto desinteresse era resultado da certeza de que iria gaguejar e enrubescer na frente delas. A longa lista de flertes e amantes que viria depois leva a pensar nesta característica como uma nota simpática.

Em 1923, Neruda teve de vender as suas poucas posses – um relógio que foi presente do pai e o terno preto "de poeta" – para poder custear a edição de seu primeiro livro. A obra chamou a atenção do público e da crítica e, no ano seguinte, surgiu *Vinte poemas de amor e uma canção desesperada*. Com esse livro, um mês antes de completar vinte anos, Neruda tornou-se o poeta chileno mais popular, fama que cresceria ininterruptamente pelo resto de sua vida.

Ele sempre será criticado pelo fato de terem sido os vizinhos e os colegas de colégio que o ajudaram a publicar os primeiros poemas. Do mesmo modo, na época da Guerra Civil Espanhola, foi dito que haviam sido os seus novos amigos comunistas e o relacionamento com Delia del Carril que fomentaram sua fama literária. Na opinião dos críticos, foi a aptidão natural de Neruda para fazer e cultivar amizades que contribuiu muito para que seu talento poético alcançasse em vida enorme popularidade e reconhecimento.

Anos mais tarde escreveria em sua "Ode à inveja":

> Sangrei ao mudar
> de casa.
> Tudo estava repleto,
> até o ar tinha
> cheiro de gente triste.
> Nas pensões,
> caía o papel
> das paredes.
> Escrevi, escrevi, só
> para não morrer.

Neruda gozava de grande prestígio como poeta, mas era difícil viver dessa atividade. Procurando um emprego que lhe permitisse sobreviver, conseguiu um contato para começar a carreira diplomática. Seria o começo da viagem de Neruda pelo mundo. Em 1927, foi designado cônsul na Birmânia. No ano seguinte, foi transferido para o Ceilão e, em seguida, para Java. A ilha havia sido colônia holandesa e muitas famílias dessa origem viviam ali. Ele não falava nem malaio nem holandês, e a solidão era muito dura. Foi onde conheceu María Antonieta Hagenaar, a Maruca, com quem se casaria em dezembro de 1930. Com ela teve a única filha, que morreria aos dois anos vítima de uma doença congênita. Em 1934, quando era cônsul na Espanha e enquanto ainda estava casado com Maruca, Neruda conheceu a argentina Delia del Carril, vinte anos mais velha do que ele e irmã de Adelina del Carril, mulher do escritor Ricardo Güiraldes. Delia abriu para ele as portas da intelectualidade espanhola e foi a artífice de sua vida durante duas décadas.

Poeta combatente
A voz do mundo

Neruda rodou o mundo como diplomata chileno. Era cônsul em Madri quando estourou a Guerra Civil Espanhola, o que o levou a escrever os primeiros poemas de *Espanha no coração*. Publicado no Chile em 1938, o livro teve um grande impacto e foi reimpresso várias vezes. Com essa obra de denúncia das crueldades da guerra, debutou como poeta combatente.

> Mães! Eles estão de pé no trigal,
> altos como o profundo meio-dia,
> dominando as grandes planícies!
> São uma badalada de voz negra
> Que através dos corpos de aço assassinado
> repica a vitória.

Neruda orgulhava-se da negociação que havia realizado para que em 1939 ancorasse em Valparaíso o navio *Winnipeg*, carregado com dois mil refugiados galegos, catalães e andaluzes que fugiam da guerra e da perseguição de Franco. Além de ser um homem das letras, o poeta chileno era um convicto militante político.

A revista *Qué hubo* sublinha naquele momento: "Poucas vezes havíamos presenciado uma recepção tão amável, tão emocionante, como foi a que o povo e a intelectualidade do Chile e os refugiados espanhóis dedicaram ao poeta e diplomata Pablo Neruda em sua chegada a Santiago. Escritores, políticos, professores, artistas e centenas de admiradores esperavam pelo poeta. Ao descer do trem, enquanto era abraçado sem parar, escutavam-se gritos fervorosos: 'Viva Pablo Neruda, viva o poeta do povo!'. Não houve grandes banquetes nem comemorações. Como celebrar o caso do *Winnipeg* sem lembrar que, infelizmente, não foi possível aumentar o número de refugiados, que não foi possível conferir maior dimensão àquela missão para colocá-la de fato à altura da tragédia?".

No final da década de 1940, Neruda publicou um artigo na imprensa chilena denunciando a política do presidente Gabriel González Videla, que o fez passar de senador da República a perseguido dentro do próprio país e a exilado pouco tempo depois. Entrou para a clandestinidade e viveu de casa em casa participando da política de oposição, enquanto trabalhava no livro *Canto Geral*. Vamos lembrar alguns dos seus conhecidos versos:

> Tu és pátria, pampa e povo,
> areia, argila, escola, casa,
> ressurreição, punho, ofensiva,
> ordem, desfile, ataque, trigo,
> luta, grandeza, resistência.

O artigo tinha como título "A crise democrática do Chile é uma advertência dramática para o nosso continente", ainda que depois ficasse conhecido e celebrado como "Carta íntima para milhões de homens". Mais além da peripécia histórica que envolve esse texto combativo – urgente em seu tempo, mas hoje menos vivo para nós do que qualquer das páginas poéticas do autor – é esse segundo título, desaforado e paradoxal, que pressinto como relevante, inclusive definidor da contribuição literária do grande escritor chileno. Porque a obra de Neruda pretende ser a um só tempo vasta e privada, uma mensagem torrencial que dê alento e subleve as multidões, mas também, às vezes, um sussurro cordial que interpela o mais autêntico e frágil de cada um de nós. Essa contraposição ambiciosa de objetivos é o emblema da sua grandeza e também a causa das suas ocasionais perdas de força estética.

Igual a tantos outros, comecei a ler o Neruda que falava ao íntimo, o que se dirigia a milhões de homens ainda que todos fossem eu mesmo. A adolescência – ao menos tal como eu a vivi, agora não me atreveria a generalizar – precisa de uma voz poética que expresse as adversidades inaugurais do erotismo, essa melancolia preventiva diante do que nos assalta, que nos orgulhamos de sentir como algo único, mas nos tranquiliza saber que pertence ao universo. Eu então poderia escrever em qualquer noite os versos mais tristes, mas o mais triste de tudo é que eles eram muito ruins: de modo que agradeci muito que Neruda tivesse feito o trabalho de forma incomparavelmente mais competente e que me oferecesse um atalho expressivo de paixão adequada e eficaz. Na vida é preciso cometer inevitavelmente todos os erros em primeira pessoa, mas a literatura nos permite embelezá-los com os acertos alheios. Nesse sentido, talvez *Os versos do capitão* seja o livro de Neruda que foi mais útil para um jovenzinho que, sob a ditadura de Franco, tentava safar-se do puritanismo do ambiente e do autoritarismo político. Em seus poemas encontrei uma celebração minuciosa da mística carnal do amor, reforçada com uma conveniente declaração de solidariedade humana com os que buscam a justiça. Suponho que ao menos uma vez na vida é preciso dizer com plena convicção:

> Oh, tu, a quem amo,
> pequena, grão vermelho de trigo,
> será dura a luta,
> a vida será dura
> mas virás comigo.

E depois, que cada um se ajeite como puder.

A época contemporânea, mais ou menos a partir de Émile Zola e do caso Dreyfus, inaugurou a era que exige do intelectual um compromisso político explícito. Trata-se de uma exigência que Dante ou John Milton não conheceram como tal, apesar de não terem retrocedido na hora de se comprometerem e assumirem o risco habitual. O ruim do nosso tempo não é tanto exigir dos escritores uma posição política, mas julgar depois o talento literário de acordo com o acerto ao escolher partido e trincheira. Pablo Neruda foi igualmente beneficiário e vítima dessa atitude preconceituosa: muito comprometido com a política, inclusive ocupando altos cargos institucionais em seu país e fazendo constantes declarações em sua obra, para uns ele é sublime por isso e, para outros, deve ser descartado pelo mesmo motivo. Esperemos que o passar do tempo e o sossego das sucessivas gerações de leitores configurem uma valorização de sua obra de forma mais amplamente generosa e menos sectária.

Depois de um ano como clandestino no Chile, Neruda atravessou a cavalo a cordilheira dos Andes até a Argentina e dali foi para o Uruguai e, então, embarcou para a França. Passariam-se pouco mais de três anos até que pudesse regressar a Santiago, a sua bela cidade, que hoje percorremos em sua memória.

Isla Negra e a locomotiva de Whitman
Conversa com Enrique Segura Salazar, afilhado de Pablo Neruda

Na casa de Isla Negra, que era quase um lugar de apelo sentimental para Neruda, ele escreveu parte de sua obra, recebeu os amigos, colecionou objetos marinhos e de outras procedências, e, inclusive, foi enterrado nesse lindo lugar, numa espécie de escarpa sobre o Pacífico, com uma vista extraordinária. Um local com um encanto especial.

Enrique Segura Salazar, afilhado de Pablo, é o responsável pela mítica casa em Isla Negra.

– *O arquiteto que fez tanto La Chascona como a casa de Isla Negra foi o espanhol Germán Rodríguez Arias, não é?*

– Exatamente. Um amigo de Neruda. Mas na construção da primeira parte da casa não houve arquiteto. O próprio Neruda fez as plantas.

– *Ou seja, ele a projetou.*
– Ele projetava e, à medida que passava o tempo, os pedreiros iam construindo a casa. Rafita, que tem 85 anos, ainda está conosco. Neruda o apelidou de "o poeta do martelo". Um homem muito especial, com rosto de trabalhador, de cansaço, que construiu quase três quartos da casa. Mas o primeiro foi Avelino Álvarez, um homem robusto, com quem Neruda brincava e de quem gostava muito. Era imenso, corpulento. Um dia pegou na rua um tronco enorme de pinus ou cipreste, o colocou no ombro e o trouxe, e está colocado. Neruda então disse a ele: "Mas, homem, você parece com o Caupolicán", que foi um cacique mapuche. E sempre brincava com os pedreiros. Com Rafita, fazia igual. Na hora do almoço, por exemplo, terminava de comer uma *cazuela*, prato típico chileno, pegava um osso redondo e dizia: "Incruste-o na parede, Rafael". Depois terminava uma garrafa de vinho na sala de jantar, e essa garrafa era incrustada na parede como demonstração de que havia festejado com algum ex-presidente, diplomata ou um convidado especial...

– *Tudo tinha relação com a vida.*
– Tudo tinha relação, e ele fazia tudo de forma muito simples. Era como uma brincadeira.

Vamos ver agora o famoso sino e o barco. São lugares que ficam de verdade na nossa cabeça, não se apagam. Estive aqui há muitos anos e nunca esqueci este local tão particular.

– *Aqui também está a locomotiva que, suponho, em certa medida tem algo a ver com o fato de o pai de Neruda ter sido ferroviário e ter conduzido uma. Mas também tem outro significado, não é?*

– Sim, porque Neruda era admirador de Walt Whitman, que tem poemas em homenagem à máquina a vapor. O pai de Neruda era maquinista, então ele trouxe a locomotiva de uma serraria aqui perto; pertencia a um povoadinho. E aí fazia suas brincadeiras. Colocava serragem úmida e fazia a máquina soltar fumaça junto com os amigos, vinte ou trinta pessoas, aos sábados, e dizia que a locomotiva funcionava. Não funcionava. Era uma brincadeira dele. Sempre com as suas brincadeiras infantis.

– *E neste barquinho me parece que era onde às vezes servia bebidas aos amigos.*
– Sim. O barquinho tinha uma escadinha por onde se subia nele, então Neruda sentava-se ali com todos os amigos. Também preparava bebidas no bar e depois trazia para cá vestido de garçom. Pintava bigodes com carvão e os atendia. E quando estavam em cima, sentava-se e dizia: "Parece que estamos todos bêbados". Já estes sinos foram colocados para saudar os barcos quando passavam.

– *Ah, podiam badalar...*
– Ele brincava com estes sinos. Aqui sempre houve um sino grande e às vezes ele o tocava. Nenhum barco jamais iria escutá-lo, mas era como uma saudação da terra para o mar. Neruda era uma pessoa muito festiva e hospitaleira. E muito chegado a fazer gracinhas. Sempre hasteava uma bandeira azul imensa, e quando os turistas ou os seus amigos chegavam e viam que a bandeira não estava lá, entendiam que ele não estava em casa. Na infância somos mimados e, no meu caso, era eu quem tocava os sinos. Eu era baixinho, orelhudo, e ele me colocava em cima da mesa e me fazia recitar versos. Toda a vida recitei, mas jamais um poema dele, pois ele sempre me dizia: "Você tem que recitar poemas de Rubén Darío ou de outros". Quando o acompanhava a Valparaíso, na época que estavam construindo La Sebastiana – estou falando do ano de 1968-1969 –, acontecia o mesmo: ele fazia eu recitar

num teatro, diante de filiados dos sindicatos de trabalhadores portuários ou dos ferroviários. Ele sentava, fazia uma palestra e, depois, eu, a seu lado – ao lado de um bloco de um metro e oitenta e cinco – levantava os braços aos companheiros trabalhadores e recitava.

– *O próprio Neruda escolheu o lugar do seu túmulo?*
– Ele deixou escrito.

– *É uma espécie de proa de barco. Todos os lugares têm uma vista extraordinária, mas esta proa é o lugar mais excepcional, não é?*
– Isto foi feito para as pessoas que conheceram Neruda e para o público que chega hoje em dia e que segue lendo seus poemas. Eu acho que este é o ponto final.

– *O sentido de tudo, o lugar onde ele estará para sempre.*
– Eu venho aqui de manhã e converso com ele. Conto o que acontece comigo, conto anedotas, falo dos meus amigos, dos companheiros que partiram, de mil coisas. Por isso não entendo, e muitas vezes me pergunto com a minha ingenuidade, por que as pessoas, quando chegam, vêm em massa. Eu não sou católico, mas acho que elas vêm como se fossem a uma igreja.

– *É que se trata de um lugar de culto, laico, mas de culto.*
– Exatamente, eu acho que sim.

– *Sem dúvida, para muitos de nós, os artistas são como santos laicos. Esta proa é verdadeiramente extraordinária.*
– Acredito que aqui Neruda deve ter-se inspirado muitas vezes. Neste lugar antes estava erguida a medusa, que era a maior carranca que havia dentro da casa. Ela foi trazida para dentro em 1974, e para isso foi preciso retirar uma vidraça da sala de estar. As pessoas daqui, meus familiares, muito deles não sabem ler, pensavam que essa medusa era uma santa. Para mim, é muito

gratificante estar aqui, porque é como se fosse a minha casa, eu a vi crescer.

Neruda escreveu um lindo poema para mim. Alguns psiquiatras e psicólogos me disseram que nem sequer o melhor poeta do mundo havia escrito para o filho algo como Neruda escreveu para um desconhecido. Depois de adulto, conheci o poema que diz "A E.S.S.", a Enrique Segura Salazar. Começa assim: "Cinco anos de Enrique, aqui no abandono da costa, te pergunto e pergunto: Voarás algum dia em tua nave?". Ou seja, ele estava preocupado com o que seria de mim quando ele faltasse. Então, como retribuição, estou tentando contar num livro em forma de anedotas, escritas por mim e com muita humildade, o que vivi com ele. Neruda era muito especial, tinha uma relação muito boa comigo. Gostou demais de mim. Como isso que lhe contei sobre o poema. Eu cheguei em um momento de dor. A filha dele havia falecido e de repente aparece um menino orelhudo, de família muito pobre. Ele se encanta e esse menino se ilude, sem saber que monstro era, e depois percebe que o monstro era Pablo Neruda, o Prêmio Nobel de Literatura.

– *E ele foi enterrado aqui com Matilde Urrutia, sua última companheira. Quando começou a construir a casa de Isla Negra, estava com Delia del Carril, que também foi sua amante durante muito tempo. Ela era mais velha do que ele, mas foi uma relação muito importante.*

– Bastante importante. Dela eu conservo lembranças vagas, pois eu tinha cinco anos e meio quando ela foi embora aqui da casa. Depois comecei a ler sobre ela. Era uma mulher muito culta. Foi ela que levou Neruda a conhecer toda a elite da literatura espanhola, Hernández e Federico García Lorca. E, ao se unir a Neruda, ela perdeu muito, porque se distanciou da família, que lhe tirou a herança, a saúde, tudo. No entanto, ela permaneceu ao lado de seu poeta querido, ao lado de Neruda. E assim morreu, sozinha, aqui em Santiago, aos 104 anos. Era uma mulher querida por todos. Não estou dizendo que Matilde não era querida, mas se colocássemos na balança, Delia era muito mais querida do que Matilde.

Naquela época, Neruda tinha como secretário Homero Arce, um escritor que vivia sempre sob uma névoa, porque Neruda o ofuscava um pouquinho, não o deixava escrever porque o fato de ser secretário consumia todo o seu tempo. Depois chegou Margarita Aguirre, que foi a secretária que mais tempo esteve com ele, até o final. Quando ela morreu, fizemos uma homenagem para ela aqui em Isla Negra. Tive a ideia de fazê-la entrar pelo portão e homenageá-la entre nós e os empregados, e dali a levamos para um povoado próximo, onde falei algumas palavras para explicar a Neruda: "Vai-se a tua amiga, a tua empregada, a tua secretária, teu tudo".

– *Um anjo da guarda... Quanto tempo do ano ele passava aqui?*

– Dos 365 dias, creio que mais de 320. Ou seja, a maior parte do ano. Quando saía de viagem, a casa ficava sempre com o amigo mais próximo, amigo político, confidente e homem de confiança. Ou ficava com *Laucha* Corbalán, que era um forte militante do Partido Comunista. Eles é que ficavam na casa, não era nem sequer um familiar. E eu vinha aqui igual, todos os dias, e os incomodava, dizia aos filhos de Corbalán que não brincassem, que não tocassem em nada. Claro, eu me considerava dono da casa... Eu acho que este foi o lugar em que ele se sentia mais à vontade.

– *É um lugar muito acolhedor.*

– No inverno, com o fogo aceso, havia o calor de um lar. Às vezes, alguém diz: "Eu tomei chá com Neruda". Jamais me intrometo nas conversas para não ferir ninguém, mas Neruda não tomava chá. Às dez ou onze da manhã, recém estava levantando. Depois, pegava sua bengala, descia pelo dormitório e olhava em direção ao local onde está enterrado; tinha uma obsessão pelo lugar, como um magnetismo. Quando chegavam os amigos mais íntimos, ficavam aqui na sala de estar. Os demais tinham que esperar nos pátios. Todo mundo sabia disso. Quando terminava de almoçar, gostava de dormir a sesta. Levantava-se perto das sete ou sete e meia, mas não era de virar a noite. Nesta casa, ninguém pernoitava, não havia quarto de hóspedes. Lá em cima há um quarto, que foi o primeiro que dividiu com Delia. E depois, em 1958, Matilde mandou construir outro, porque não queria usar o mesmo quarto em que Delia havia estado.

– *Na verdade, este é um espaço que tem magia. Bem, vamos então para a outra casinha.*
– Aqui ele fazia as suas brincadeiras. Este piso ele mandou fazer com conchas, e pedia aos amigos que tirassem os sapatos. Quando eles tiravam, caminhava e lhes dizia: "Serve para massagear os pés".

– *Que vista, não?*
– Ah, sim... Sobretudo o capricho de ver o mar da cama.

– *Claro, esse era o seu capricho. A esta altura, olhando o mar de fundo, tenho a sensação de estar num edifício. E o Pacífico, que de pacífico não tem nada. Tenho muito respeito por Neruda. Mais do que carinho, respeito.*
– Mas talvez o mais triste deva ter sido os dias anteriores a isto que aconteceu e que afetou quase todos os chilenos: o golpe de Estado de Augusto Pinochet. Estar prostrado na cama com uma doença terminal e ficar sabendo desse fato poucos dias depois. Porque nem sequer soube no dia 11 de setembro. Na casa não se escutava rádio nem chegava o jornal do dia. Até que Matilde não pôde seguir escondendo o que acontecia e disse: "Pablo, houve um golpe de Estado". "Mas como, não pode ser?!", respondeu. O primeiro que ele chamou foi o motorista: "Você vai se cuidar para não ser um desaparecido", ele disse. O motorista ainda está vivo,

mora em San Antonio. Já Pablo morreu na clínica Santa María, em Santiago. Depois que o levaram daqui, resistiu apenas dois dias e meio ou três. E o velaram em Santiago, em La Chascona, a casa que em seguida foi saqueada.

– *Aqui chegou a haver saque?*
– Aqui não. Ocorreu algo muito especial, que sempre comento. Aqui do lado, o regimento de Tejas Verdes, que foi um dos piores do golpe, era comandado por um militar que hoje está preso em Santiago. Devia ser um pouco culto, porque colocou soldados para protegerem a casa durante algum tempo e jamais roubaram nem saquearam nada; ao contrário, lacraram as janelas.

– *Uma coisa que não se sabe é por que Neruda chamou este lugar de Isla Negra...*
– Aqui perto há uma pequena ilha, que pode ser vista aqui em frente. Quando Neruda chegou aqui, ela era totalmente negra, mas depois, devido às gaivotas que pousavam nela, foi ficando branca. Por isso chamou o lugar assim.

La Chascona, a cabeleira vermelha

Outra casa emblemática de Neruda é La Chascona. Foi construída em 1953 em uma ladeira da colina San Cristóbal e pensada como um refúgio amoroso para Matilde Urrutia. Pablo ainda vivia com a sua primeira mulher. Depois, quando anos mais tarde ele foi viver com Matilde definitivamente, a casa foi ampliada. O quarto, na parte mais alta, tem uma janela que dá para o morro, e a água da cascata cai alegre e ruidosamente, formando um pequeno córrego que passa por baixo da casa. Em seus recantos encontramos coleções de garrafas, postais cafonas, pinturas de naturezas-mortas e quadros de Nemesio Antúnez, um retrato de Walt Whitman, um velho barzinho com rodas, uma caixa de música antiga, com rolos de valsas e canções melancólicas, e, junto ao bar, o estúdio do poeta: mesa de trabalho, livros, fotografias, lareira e, num canto, um cavalo de vime.

    Na casa, há um retrato de Matilde Urrutia feito pelo famoso pintor e muralista mexicano Diego Rivera. No Chile, chama-se de "chascón" quem tem o cabelo muito abundante, rebelde e desgrenhado. A cabeleira bem vermelha de Matilde Urrutia foi o que fez com que Neruda chamasse este lugar de "La Chascona". Naturalmente, ela está nesse quadro de Rivera, e há um segundo rosto, que é o perfil do próprio Neruda, que aparece como uma espécie de desdobramento de Matilde. Foi uma história de amor que durou até o final da vida de Neruda, e que rendeu poemas extraordinários. Talvez a série de sonetos tão especiais como *Sonetos de amor*, que ele dedicou a ela, seja a mais memorável. Para ler uns poucos versos, começam dizendo: "Matilde, nome de planta ou pedra ou vinho. Da que nasce da terra e dura, palavra em cujo crescimento amanhece, em cujo estilo estoura a luz dos limões. Amor, quantos caminhos até chegar a um beijo. Que solidão errante até a tua companhia".

    Neruda tinha verdadeira paixão construtora, arquitetônica, essa espécie de gosto pelas coleções, uma paixão que de alguma maneira reflete-se também em sua obra. Esta casa e a de Isla Negra foram a princípio desenhadas tecnicamente pelo arquiteto espanhol exilado no Chile Germán Rodríguez Arias. Mas o próprio Rodríguez Arias reconhece que ambas foram fruto da imaginação de Neruda, de sua capacidade de invenção e originalidade de composição. São muito modernas. Neruda fez uma terceira casa, La Sebastiana, localizada em Valparaíso. E havia desenhado uma quarta, muito original, que seria construída em Santiago e na qual não haveria escadas, tão características das outras casas, mas rampas, porque ele supunha que nos últimos anos se locomoveria em cadeiras de rodas. Infelizmente, não pôde nem construí-la nem realizar esse último sonho.

    Nas grades de La Chascona e em outros lugares da casa, podem ser vistas as letras P e M, iniciais de Pablo e Matilde... Com o sinal do mar, as ondas do mar, as letras estão ali, juntas, como que se banhando, e esse sinal aparece em diversos lugares.

Esta casa foi saqueada quando houve o golpe de Estado de Pinochet contra o presidente constitucional Salvador Allende. Inclusive há uma cisterna na entrada, que foi bloqueada, de forma que grande parte da casa foi inundada.

Amante da boa mesa
Conversa com Guillermo González, do restaurante Venezia

Estamos no bar e restaurante Venezia, um lugar típico do bairro santiaguino de Bella Vista. Fica muito perto de La Chascona e era um lugar frequentado por Neruda, que apreciava extraordinariamente a boa comida e a convivência, o clima de companheirismo que acontece em volta de uma garrafa. Guillermo González nos acompanha.

– *Qual era a relação deste local com Pablo Neruda?*

– A relação de Neruda com o Venezia começa com o meu avô, de quem ele era amigo. Nessa época, minha mãe trabalhava ajudando meu avô e eu brincava entre as mesas. Assim conheci esse homem notável, que naquele tempo era simplesmente um vizinho, nada mais que isso. Tenho lembranças do fim dos anos 1960 e começo dos 1970. Ele era um grande amante da boa mesa...

– *E aqui no Chile há muita opção.*

– Neruda amava o pernil e o *arrollado* – espécie de rocambole de carne. Eram seus pratos preferidos. Aqui, atrás de nós, está a mesa em que ele se instalava, em geral, com os amigos. Nessa época, o Venezia era somente um restaurante de bairro, para a vizinhança. Neruda e os seus amigos bebiam, conversavam, jogavam o *cacho*, que é um jogo típico daqui, e conviviam com o restante dos clientes.

– *E ele vinha mais à noite ou ao meio-dia?*
– A verdade é que ele vinha bastante de manhã, antes do almoço, na hora do aperitivo, o que vocês espanhóis chamam de "a hora das *tapas*". E também à noite; mas pela manhã nós dois convivíamos. Ele vinha, conversava, tomava um pouco de vinho e comia alguma coisa. De repente a minha mãe pedia para ele me levar para passear um pouco. Eu era bastante travesso e tenho algumas histórias engraçadas com ele.

– *Era um homem bem-humorado...*
– A verdade é que tinha um humor bastante especial; era muito sério, mas com os amigos se soltava. Pelo que contam os meus pais, porque nessa hora eu não estava aqui, de noite ele explodia de alegria, conversava... Adorava conversar com os amigos. A convivência era muito gratificante.

– *E hoje, resta alguma coisa no Venezia desse ambiente, dessas noitadas, ou o bairro mudou?*
– O bairro mudou, mas o Venezia não. Nós somos ainda um espaço totalmente diferente, nos mantemos como no século passado.

– *Quando entrei, achei graça ao ver um recorte de jornal falando daqui e vocês dizendo: "Os clientes não nos deixam mudar nada...".*
– A verdade é que, como é um lugar de gerações, este mesmo balcão abriga pessoas que foram jovens clientes e que hoje são avôs que trazem os netos. Muitos casamentos foram feitos aqui, muitos pedidos de mão foram feitos aqui... O vínculo com as pessoas é bastante especial.

– *E os jovens?*
– Os jovens gostam deste tipo de lugar. Gostam de ver algo antigo, sentem que é diferente, ficam à vontade. Não é um lugar frio, desses que a pessoa chega, come, paga e vai embora, mas

provoca o deleite de conviver agradavelmente com pessoas de diferentes classes sociais e de distintos países, porque aqui vem muita gente de fora.

– *E quando estão ali sentados sob a foto de Pablo Neruda, sabem que Neruda esteve aqui?*

– Mesmo que seja difícil acreditar, os estrangeiros apreciam muito mais a arte e o jeito de ser de Neruda do que nós mesmos. Quando chegam, se aproximam da placa onde está a mesa, fazem fotos, aproveitam e se emocionam pelo fato de estar num lugar em que Pablo Neruda esteve.

– *Santo de casa não faz milagre.*

– Exatamente. Mas talvez nós não tenhamos a verdadeira dimensão do que foi e segue sendo Neruda no mundo.

Eat, drink and be merry

Em Santiago do Chile, Neruda é uma presença palpável. Há uma taberna nerudiana, vários hotéis levam o seu nome e a sua imagem está em quase cada esquina. É o resultado de ter-se tornado o poeta nacional, praticamente um herói. Acumulam-se anedotas e lendas sobre sua vida. Os moradores desta cidade leram suas memórias – *Confesso que vivi* – e as recitam como se fosse a própria Bíblia.

Se houve um homem hedonista, esse homem foi Pablo Neruda. Na entrada da cozinha de sua casa em Valparaíso está dependurado um cartaz que diz: *"Eat, drink and be merry"* [Coma, beba e seja feliz]. Grande anfitrião, preparava para seus convidados um drinque que chamou de "coquetelzão": licor Cointreau, conhaque e algumas gotas de laranja e, no final, champanhe. Para falar de literatura e política, preferia a mesa dos restaurantes.

Era frequentador do Las Monjitas, onde apreciava a sopa de tartaruga. O lugar fechou em 1963. Os outros restaurantes frequentados pelos poetas eram o La Antoñana, o Hércules e a boate Zeppelin. Aída Figueroa, no livro *A la mesa con Neruda*, afirma: "À medida que Pablo adquiria mais e mais experiência em suas viagens, transformou-se em um verdadeiro *gourmet*, mais conhecedor de bebidas, especialista em bons vinhos, e nunca deixou o hábito de beber uma ou duas doses de uísque antes das refeições".

Yrma Palma, recepcionista da embaixada chilena na França, conta que, quando cuidava de Neruda, "o que ele mais gostava eram as empanadas fritas de pinhão [pastéis] e depois a típica *cazuela* [ensopado]. Eu cozinhava muito para ele e, mais tarde, contrataram um chefe de cozinha africano. Quando a comida era chilena, eu me intrometia, e para as recepções e atos oficiais, Patrick cozinhava. A senhora Matilde era quem escolhia os menus diários. Ela era muito dedicada a ele, era muito protetora".

QUERO QUE VOCÊ ME RECEBA NA SUA CASA
CONVERSA COM O CINEASTA MIGUEL LITTÍN

O cineasta, roteirista e romancista chileno Miguel Littín é uma das pessoas que se relacionaram com Neruda nos anos em que sua figura tinha um enorme peso e influência no Chile e em toda a América Latina.

– *Você relacionou-se intensamente com Neruda, não é verdade?*
– Sim, tive esta sorte.

– *Como você o conheceu?*
– Houve uma grande premiação dos melhores do ano. Eu era estudante de teatro, e minha obra foi premiada. Quem me entregou a distinção foi Neruda. Então, naquele momento do abraço, enquanto me parabenizava, eu disse a ele: "Por favor, preciso vê-lo, quero que me receba em sua casa". Ele respondeu: "Vá às seis da manhã na casa da Marqués de la Plata". Lembro que passei

praticamente toda a noite acordado, cheguei às seis e ele estava lá, muito pontual. Levou-me para conhecer a casa e, de tempos em tempos, dizia algo que sempre guardei na memória: "Porque você sabe, meu jovem, que eu sou o único escritor profissional do Chile". Até hoje não sei como interpretá-lo. Ia mostrando as suas coisas e fazia um passeio por sua poesia. Foi muito generoso. A casa parecia um labirinto maravilhoso, onde eu gostaria de me perder para sempre.

– *Todas as casas de Neruda eram como prolongamentos de sua personalidade e criatividade.*
– E das diferentes épocas em que escreveu sua poesia. O passeio pela casa de Santiago que teve a bondade de fazer comigo tinha muito a ver com o *Canto Geral*, com o tempo de sua poesia mais comprometida, e do norte de *Alturas de Macchu Picchu*, dessa época que é imprescindível a toda a poesia da América e do mundo.

– *Você ia a Isla Negra?*
– Sim, ia constantemente, sobretudo nos últimos tempos, porque estávamos escrevendo textos para fazer um filme que era a continuação do *Canto Geral ao Chile*. Eram dez cantos novos que iriam ser projetados ao ar livre numa tela gigante com acompanhamento de música ao vivo. Então ele falava, e eu de alguma forma transcrevia, fazendo o roteiro de um filme que seria absolutamente inédito e apaixonante.

– *Uma obra de arte total...*
– Sim... E ele acreditava em mim. Havíamos feito várias coisas antes, para o aniversário dele e, sobretudo, quando se aproximava o momento do Nobel. Fizemos um grande recital de sua poesia com atores, atrizes, grandes corais, na televisão e com ele presente, em programas que são uma verdadeira maravilha. Por exemplo, *A ode ao mar*: "Oh, mar, assim te chamas...", com música, coros e com ele ali.

– *E isso foi conservado?*
– Algumas coisas estão conservadas e outras se perderam porque nessa época não havia videoteipe no Chile. Além disso, tivemos o grande transtorno que foi o golpe de Estado, quando muitas coisas foram apagadas, despareceu tanto, tanto... Algumas coisas começaram a reaparecer agora. Mas essa experiência com ele no estúdio foi fascinante, inesquecível, e como era eu quem dirigia os programas havia uma grande confiança entre nós. Por exemplo, quando estávamos em Isla Negra ele ia dormir a sesta, que era sagrada, e então eu podia, com sua permissão, incursionar em seus cadernos e no que estava escrevendo e ver como fazia. Escrevia com letra verde e corrigia com letra preta, e assim iam sendo compostos verdadeiros cachos de maravilhosas uvas.

– *Que maravilha. Claro, esses textos têm o valor da imediatez da mão.*
– Tive também a grande sorte de estrear nessa época meu primeiro filme, *El chacal de Nahueltoro*. Então ele me chamou; nós nos encontramos aqui em Santiago, no outono. Estávamos sentados em uma mesinha, e ele começou a falar do filme, do que havia achado e, enquanto isso acontecia, magicamente as folhas começaram a cair... E eu não dava valor ao que estava vivendo.

– *Efeitos especiais...*
– Totalmente. Tão especial que ficou gravado para sempre em minha memória, porque ele é um homem que admirei em toda a minha vida. Além disso, suas palavras sobre o filme... Ele me explicava a importância do filme...

– *Revelava a você.*
– Exatamente, revelava. Sempre fui um grande admirador das pessoas de talento. Não tenho reticências. Nunca as tive com Neruda, nem com Alejo Carpentier, nem com Rulfo, nem com García Márquez...

– *Um amigo meu dizia: "Admiramos com o admirável que há em nós", e eu acredito que é verdade.*
– Eu adorava escutar a sua história e como os poemas tinham surgido, como tinham nascido. Tive a sorte de ficar a sós com ele.

– *Que relação ele tinha, por exemplo, com o cinema, com as artes que hoje chamamos de audiovisuais? Ele apenas tinha um vínculo com você ou realmente era um fã de cinema?*
– Era muito apaixonado. E tinha feito alguns filmes e algumas reportagens que não tinham muita qualidade porque terminavam quase sempre com ele dizendo: "Isso é um pedaço da poesia chilena e isso é um bom copo de vinho chileno, saúde". Realmente, não tinha muita sorte com seus filmes, mas tinham valor.

– *Há uma pergunta inevitável quando se fala de sua poesia comprometida. Até que ponto o compromisso político pode alterar ou rebaixar uma estética pelo desejo de ser expressivo, de ser claro? Como você também faz arte comprometida, como vê isso ao olhar um pouco para trás?*
– Estabelecer onde terminam as obrigações de cidadão e onde começa a criação gera um grande conflito.

– *Sobretudo devido ao problema da valoração. De fato, há pessoas que avaliam Neruda, de forma positiva ou negativa, por seu compromisso político, e às vezes esquecem que era um artista da palavra e da expressão muito comprometido. No entanto, o juízo em relação à sua posição política termina viciando a interpretação de sua obra.*
– Há um primeiro nível de poesia política em Neruda que francamente não significa nada. Trata-se de poemas para o partido, poemas contra alguns candidatos a presidente, escritos que eu preferiria não conhecer e isso está bem claro. E há outro nível de compromisso, que é um compromisso poético e humano, no qual

às vezes escapa algo que poderia não ser tão puro do ponto de vista poético. Mas em geral ele mantém-se em um espaço em que o importante é a palavra, o verbo, a expressão. Como qualificar, por exemplo, *Alturas de Macchu Picchu*, um dos maiores poemas da língua espanhola? Ele invoca o leitor dizendo: "Sobe para nascer comigo, irmão; dá-me a mão desde a raiz, desde a profunda zona da tua dor disseminada"; "Diz aqui estou, aqui vivi, aqui construí". Trata-se de um grande poema ético, que também expressa um comprometimento com o homem e com a história. Macchu Picchu diz: "Devolve-me o escravo que enterraste. Diz: aqui fui castigado porque a joia não brilhou ou porque o trigo não cresceu". Sem dúvida, é toda uma reivindicação.

– Para os espanhóis, sobretudo para as pessoas da minha geração, às vezes, além da qualidade de sua obra, o verdadeiramente poético é o próprio compromisso político de Neruda, em especial em um momento em que ninguém queria se comprometer.
– Certamente. Quando diz: "Vem ver as ruas cobertas de sangue, vem a Madri", ele apela para algo que ocorre e nesse sentido trata-se de um testemunho do homem em geral. Essa característica tem muito a ver com a gênese da arte na América Latina, marcada pela busca de identidade, de uma identidade que tem apenas quinhentos anos, nada na história da humanidade. Então a busca incessante da arte para encontrar a identidade às vezes enfraquece a expressão artística.

– Principalmente numa obra tão torrencial como a de Neruda. Se houvesse escrito alguns poemas, poderia se exigir a perfeição em todos. Mas, claro, numa obra tão vasta...
– Além disso, deve-se levar em conta que a geração de Neruda teve contato com o que foi chamado de "socialismo real". Viu a União Soviética como uma possibilidade do paraíso e de felicidade para o homem. Hoje em dia, essa ideia parece-nos completamente ingênua. Sabemos que não houve paraíso, mas sim

que tudo caiu sem que se disparasse uma só bomba, porque as próprias bases estavam corroídas. Aqueles que não amam a sua poesia, não o perdoarão nunca por obras como *Canto de amor a Stalingrado*.

– *Mas também é preciso levar em consideração que a batalha de Stalingrado não somente tinha a ver com Stalin, mas também com o final da guerra, com o fim do nazismo. Que influência teve e tem, se é que existe, a obra de Neruda na atual poesia chilena?*
– Neruda está sempre presente na poesia chilena e entre os jovens poetas.

O intérprete de um século

Segundo o crítico italiano Giuseppe Bellini, Neruda "foi efetivamente o intérprete de um século. Ninguém como ele viveu com tanta intensidade e paixão. Podemos dizer tudo o que quisermos sobre sua humanidade, criticá-lo pelos seus equívocos políticos, pelas vezes que, com bastante inaptidão, tentou se justificar ou se redimir, mas ninguém pode negar a ele a função de intérprete de toda uma época". Para Gabriel García Márquez, foi "o melhor poeta do século XX".

Em 1971, quando venceu o Prêmio Nobel de Literatura, disse: "Meu discurso será uma longa travessia, uma viagem minha por regiões, distantes e antípodas, nem por isso menos semelhantes à paisagem e às solidões do norte. Falo do extremo sul do meu país. Tanto e tanto nós, chilenos, nos afastamos até tocar com os nossos limites o Polo Sul, que parecemos com a geografia da Suécia, que roça com a cabeça o norte nevado do planeta. Por ali, por aquelas extensões da minha pátria, aonde me conduziram acontecimentos já esquecidos em si mesmos, tive que atravessar os Andes procurando a fronteira do meu país com a Argentina. Grandes bosques cobrem como túneis regiões inacessíveis, e como nosso caminho era oculto e vedado, aceitávamos somente os signos mais fracos da orientação. Não havia pegadas, não existiam caminhos, e com os meus quatro companheiros a cavalo procurávamos em ondulante cavalgada, eliminando os obstáculos de poderosas árvores, impossíveis rios, penhascos imensos, desoladas neves, adivinhando antes a rota da minha própria liberdade. Os que me acompanhavam conheciam a orientação, a possibilidade entre as grandes folhagens, mas para sentirem-se mais seguros montados em seus cavalos, marcavam com uma machadada aqui e ali os troncos das grandes árvores deixando sinais que os guiariam em seu regresso, quando me deixassem só com o meu destino".

Em 1973, com câncer, Neruda voltou ao Chile pela última vez, depois de renunciar ao cargo de embaixador em Paris, para o qual havia sido designado pelo presidente Salvador Allende. Morreu doze dias depois do golpe de Estado. Milhares foram ao funeral do poeta, desafiando a proibição de fazer desse ato uma cerimônia pública e massiva.

Um mundo sem fronteiras

A Londres de Virginia Woolf

Londres é uma das cidades mais emblemáticas, complexas e fascinantes do mundo, depositária de toda uma literatura, cinematografia e tradição em suas lendas. Lugar de contrastes, com um setor muito tradicional, no qual convivem monumentos erguidos há séculos com a ultramodernidade dos mais novos projetos arquitetônicos, e os submundos com os seus tradicionais assassinos – como Jack, o Estripador –, e também, é claro, o glamour das histórias românticas. Hoje, é um dos destinos principais do turismo europeu.

Aqui, no começo do século passado, cresceu, estudou e viveu uma das mulheres mais singulares da história, uma das escritoras mais importantes de sua época e, creio eu, do mundo todo: Virginia Woolf.

Momentos de uma vida

Adeline Virginia Stephen nasceu em 25 de janeiro de 1882. Os seus antepassados eram camponeses escoceses e aristocratas franceses. Foi a terceira filha de Leslie Stephen, compilador de biografias de Jonathan Swift, de Paul Johnson e de Thomas Hobbes, e de Julia Prinsep Jackson, uma reconhecida beldade apaixonada pela enfermagem, que havia deixado a família durante meses inteiros para percorrer ambulatórios e atender inválidos. No número 22 de Hyde Park Gate, em um respeitável *cul-de-sac* de Kensington, Virginia viveu com os pais, os sete irmãos e as sete empregadas. A infância de Virginia foi relativamente feliz, ainda que não isenta de momentos traumáticos. A figura do pai – um homem egocêntrico, reservado, severo – teve um lado muito positivo para ela, porque foi ele quem incentivou o interesse dela pela leitura, pelos livros. Mas, por outro lado, ele sempre manteve uma postura relativamente distante, fechada, e Julia, a mãe, que era uma mulher muito inteligente e humanitária, envolvida em muitas causas beneficentes, era voltada quase exclusivamente para o marido. Virginia sempre reprovou o fato de ela estar centrada no pai. Ambos, Leslie e Julia, eram viúvos e levaram ao novo lar os filhos que haviam tido nos casamentos anteriores.

Os jardins de Kensington foram um dos lugares para brincar privilegiados da época vitoriana. Quando a menina Virginia vinha da casa em Hyde Park Gate para brincar aqui, percorrendo o caminho que atravessa Kensington quase de ponta a ponta, havia é claro muitas outras crianças, e, inclusive, alguns escritores vitorianos estavam começando a ambientar suas histórias nesta pequena selva urbana. Por exemplo, James Barrie localizava aqui as famosas aventuras de Peter Pan. No pequeno lago redondo aonde Virginia vinha brincar com barquinhos, lhe aconteceu uma dessas típicas histórias infantis que a marcaram e que conta com muita graça em suas memórias. Um dia, um dos seus barquinhos navegou perfeitamente até o centro do lago e afundou diante dos seus olhos espantados. Muitas semanas depois, já na primavera, ela estava passeando e viu um homem limpando o lago em um bote. Diante de sua muda excitação, ele retirou o barquinho dela com uma rede. Em casa, a mãe confeccionou novas velas, e o pai as montou, e esse episódio ficou fortemente gravado em sua memória para sempre.

Os sentimentos de Virginia em relação aos pais foram complexos, contraditórios e, às vezes, ambivalentes. Quando a mãe morreu, teve uma primeira crise depressiva e tentou se jogar da janela. Era uma menina de uma sensibilidade extrema: "[...] ela era o centro; ela era ela. E isso ficou demonstrado naquele cinco de maio de 1895. Porque, depois daquele dia, nada restou do mundo do qual falei. A manhã em que morreu, me aproximei da janela do quarto das crianças. Acho que era perto das seis. E vi o Dr. Seton afastando-se, rua acima, com a cabeça baixa e as mãos unidas nas costas. Vi as pombas flutuando e pousando. Tive uma sensação de calma, de tristeza, de fim. Era uma linda manhã azul de primavera, e muito silenciosa... Isso traz a sensação de que tudo há de ter seu final".

A vida privada, que era dividida entre esta casa e outra, de verão, perto do mar, foi marcada pela dor. A morte da mãe deixou todos muito desamparados e, como Sir Leslie Stephen era incapaz de cuidar dos assuntos familiares, o papel materno foi ocupado por Stella, a filha mais velha. No entanto, logo Stella decidiu se casar e formar a própria família, e em pouco tempo também morreu, o que gerou uma nova orfandade na família Stephen. Mesmo assim, Virginia guardou uma lembrança idílica da infância, das primeiras leituras, das primeiras aventuras intelectuais, dos primeiros descobrimentos de autores. Também estavam onipresentes a figura do pai, a morte e o abuso sexual que sofreu por parte do meio-irmão George, fato que teria suscitado nela uma relação traumática com o próprio corpo. Aqui se forjaram muitos dos fantasmas que de forma permanente e um tanto extraordinária marcaram a obra da grande romancista.

Um teto todo seu

A casa onde Virginia nasceu, em Hyde Park Gate, era uma construção vertical muito alta, cujas peças estavam dispostas umas sobre as outras, de tal forma que todos os seus moradores tinham a impressão de viver debaixo do cume, ocupado pelo escritório do pai. Esse fato foi algo que Virginia guardou por muito tempo em sua imaginação. Ela podia ser muito crítica com o pai e um pouco impiedosa com as ilusões que o próprio Leslie Stephen fazia sobre sua vida e trabalho. Diz: "Ele tinha o desejo frustrado de ser um homem genial, mas também a certeza de que na realidade não era um intelectual de primeira linha, e essa certeza, que lhe causava um grande desalento, uniu-se a um egocentrismo que mais adiante o fez desejar elogios como se fosse uma criança".

A vida cotidiana, com a sombria decoração do piso térreo, devido à presença de lâmpadas de gás e de uma luxuosa madeira escura, pode ser reconstruída nos escritos autobiográficos póstumos de Virginia e também nas cenas do romance *Os anos*, publicado em 1937, seu livro mais popular.

Com a morte de Leslie Stephen, que de certa forma mantinha a família unida, os irmãos Virginia, Vanessa, Adrian e Toby Stephen mudaram-se para o bairro de Bloomsbury e viveram em três endereços diferentes. Gordon Square, Fitz Roy Square e, finalmente, Tavistock Square: todos relativamente perto um do outro. Mas pouco tempo depois morreu Toby, que talvez tenha sido o inventor do grupo de Bloomsbury.

Bloomsbury não é apenas um bairro situado entre Tottenham Court Road, New Oxford Street, Grays Inn Road e Euston Road. Foi também um grupo mítico de intelectuais que tomaram esse território em algum momento industrial e lhe deram um toque de boemia. Eram escritores, pensadores e artistas britânicos que apostavam na luta contra a moral e a sociedade vitorianas a partir de posturas liberais e humanistas nos terrenos da religião, do pensamento, da economia, do feminismo ou da sexualidade. O grupo que adotou o nome desse bairro londrino em que morava boa parte de seus integrantes foi formado em torno das figuras das irmãs Vanessa e Virginia, Duncan Grant, Lytton Strachey, Roger Fry, Desmond MacCarthy e Clive Bell. Outras personalidades relevantes foram John Maynard Keynes, Bertrand Russell, Edward M. Forster e Gerald Brenan. Sua curiosidade fez com que a vanguarda europeia fosse introduzida na Inglaterra. Mas o que tinham em mente era um novo *savoir-vivre*, mais do que uma revolução. O estilo era desinibido e sério, um pouco boêmio e sempre de bom-tom. Falava-se com liberdade, empregavam-se palavras cruas, mas sempre com um acento aristocrático. Apesar de suas opiniões políticas liberais, formavam um clã fechado, uma casta dentro de outra casta.

Toby era amigo de Lytton Strachey e de Clive Bell, entre outros que haviam começado a ir à casa dele para participar das reuniões às quais logo se uniram as irmãs. Ali aconteciam os debates e as discussões de que Virginia tanto gostava, verdadeiros torneios de perspicácia, quando se falava de pintura, de arte moderna, de literatura, faziam-se críticas e fofocas. Tinham uma grande liberdade, tanto de linguagem como de expressão; conversavam sobre temas íntimos, sexuais, que naquela época ainda eram praticamente tabus. De certa forma, estava sendo inventado o que, em seguida, seria para o mundo inteiro a modernidade europeia.

Outro amigo de Toby, também da época do Trinity College de Cambridge e que ia a esses saraus, era Leonard Woolf. Terceiro de uma família de dez irmãos, Leonard era um bom representante da burguesia judaica não religiosa. A paixão por Virginia foi imediata. Ele contava que tinha se apaixonado por ela por "sua aparência, seus modos, sua mente, a maneira como falava e se movia", mas a relação demorou anos para se concretizar. Entre 1904 e 1911, ele cumpriu o serviço militar no Ceilão, de onde manteve uma profusa correspondência com a futura mulher. Consumido pela paixão, pediu-a em casamento no começo de 1912, provocando em Virginia uma grande crise que a deixou acamada, e se negou a vê-lo até que tivesse pensado bem na resposta que daria. Finalmente, Virginia e Leonard casaram-se e formaram um dos casais mais emblemáticos de Bloomsbury e, talvez, da literatura mundial. A união foi de grande ternura e dependência mútua. Leonard cuidou dela com amor durante os cada vez mais longos e frequentes episódios de depressão, acompanhando-a e tratando de todos os detalhes da vida cotidiana.

A casa de Tavistock Square, agora transformada em hotel, onde os Woolf viveram de meados dos anos 1920 até o final dos anos 1930, foi um dos endereços mais estáveis na zona de Bloomsbury. Aqui ela escreveu algumas de suas obras mais importantes, torturada pela lembrança da mãe, cuja morte a havia marcado muito. Essa lembrança permaneceu por longo tempo, foi muito intensa durante toda a sua vida, e conclui-se quando escreveu *Ao farol*, uma espécie de despedida.

Virginia era fascinada pelas ruas de Londres. Percebe-se esse amor nas páginas de *Mrs. Dalloway*, quando Clarissa Dalloway caminha por St. James's Park para comprar flores, absorvendo o ar, meditando sobre uma dezena de coisas e confessando, ao parar no meio-fio da calçada, enquanto passam os táxis, que tem a perpétua sensação "de estar fora, muito fora, no mar e sozinha", o que, seja como for, enfatiza o prazer de caminhar até a Bond Street nessa manhã ensolarada. "Amo caminhar por Londres", diz Mrs. Dalloway.

Londres é uma cidade de contradições entre aspectos que imitam o passado ou o conservam de uma maneira quase maníaca e zonas novas adaptadas ao trauma da vida moderna. Virginia Woolf, em suas reflexões sobre a cidade, captou muito bem essa dualidade e também o encanto desta nova Londres que não pretende ser nem tão perene ou venerável como a clássica.

No The Ivy

Leonard Woolf costumava queixar-se de que em Londres não era possível ter uma vida de saraus e encontros nos cafés como a que havia, por exemplo, na França ou em outros países. As pessoas reuniam-se em suas casas, em particular, mas não em locais públicos. O mais próximo disso eram alguns restaurantes situados na zona dos teatros ou da National Gallery que, por sua localização, atraíam quem ia aos espetáculos e depois jantava.

Um dos lugares frequentados pelo grupo Bloomsbury era o The Ivy, situado na área de Covent Garden, ou seja, próximo da Royal Opera House. Consta que Virginia foi a esse lugar numerosas vezes. Contam que em um dia havia muita gente e fazia muito calor, ela desmaiou, como acontecia às vezes, e tiveram de levá-la com certa pressa até em casa em um táxi.

Fernando Peire, famoso cozinheiro e atual diretor do exclusivo restaurante, conta alguns detalhes dessa época.

– Virginia era frequentadora do restaurante The Ivy, um local que não mudou muito com o tempo, permaneceu praticamente igual desde o final dos anos 1920.
– Sim, houve períodos nos quais o restaurante teve sucesso com o público artístico. Nos anos 30, 40 e 50, gozou de muita fama, mas o primeiro dono o vendeu na década de 1950 e abriu o Caprice. A clientela se dividiu, e os donos se queixavam um a respeito do outro.

– E hoje existe algo parecido com as antigas tertúlias, ou seja, esses encontros num dia fixo da semana para discutir sobre temas variados?
– Acho que em Chelsea há pessoas que ainda organizam reuniões em casa e ali leem poesia e fazem debates filosóficos. Mas muito menos que antes, muitíssimo menos.

Horas em uma biblioteca

Há muitas décadas, o Museu Britânico é o coração cultural de Londres. Abriga grandes exposições e uma coleção extraordinária trazida de todas as partes do mundo. Na época de Virginia, o museu tinha uma importante quantia de volumes no Salão de Leituras, o *Reading Room*, que foi inaugurado em 1857 com quarenta quilômetros de estantes e em 1997 foi transferido para um novo prédio junto à estação St. Pancras. No centro do museu está a grande Biblioteca Nacional, onde tantos livros importantes foram documentados e tantos escritores fizeram as suas anotações. Inclusive utilizaram o local como escritório, começando por personalidades tão ilustres como Karl Marx e muitos outros.

Uma das pessoas que frequentou assiduamente a biblioteca do Museu Britânico foi Virginia Woolf. Aqui ela leu de forma exaustiva quase todos os grandes romancistas de sua época. Tinha uma grande percepção da importância para sua obra dos escritores que a precederam. Não havia nela nenhum ressentimento ou desprezo em relação a outras escritoras, ao contrário, sempre destacou que o trabalho de uma romancista mulher era extraordinariamente difícil num mundo de homens. Somente as críticas que Virginia Woolf escreveu sobre as obras que havia lido já bastariam para lhe assegurar um lugar na intelectualidade britânica. Aqui, na biblioteca do Museu Britânico, ela ganhou a bagagem intelectual que em seguida desenvolveu em seus romances, consciente da herança que recebia das pioneiras da literatura. Virginia diz em seu belo ensaio *Um teto todo seu*:

"Para uma mulher, até o princípio do século XIX, ter um quarto para si, para não falar de um aposento tranquilo ou à prova de ruídos, era inconcebível, a menos que os pais fossem excepcionalmente ricos ou muito nobres. O dinheiro para despesas, que dependia da boa vontade do pai, era suficiente apenas para vestir-se, encontrando-se, assim, privada de consolos que estavam até mesmo ao alcance de Keats, Tennyson ou Carlyle, todos eles homens pobres: um passeio a pé, uma viagenzinha à França, um quarto individual que, por miserável que fosse, os protegia das reivindicações e tiranias das respectivas famílias. As dificuldades materiais eram formidáveis, mas muito piores eram as imateriais. A indiferença por parte do mundo, que Keats, Flaubert e outros homens geniais acharam tão difícil de suportar, era, no caso das mulheres, não indiferença, mas hostilidade. O mundo não dizia à mulher o mesmo que dizia aos homens: 'Escreve, se quiser, isso é indiferente para mim'. O mundo dizia com uma gargalhada: 'Escrever? Para que você quer escrever?'".

"A LOUCA DA CASA"
CONVERSA COM ISABEL DURÁN, PROFESSORA DE FILOLOGIA INGLESA DA UNIVERSIDADE COMPLUTENSE DE MADRI

– *Com a figura de Virginia, ocorre um tipo de dualidade: há os que ficam tão fascinados pelo seu papel de pioneira no campo do feminismo que esquecem ou viram a cara para sua obra literária; e há os que fundamentalmente a consideram escritora, que é como a própria Virginia se considerava.*
– Virginia Woolf teve e tem uma personalidade fascinante. De fato, há um grupo de críticos, geralmente mulheres feministas, que fazem uma leitura biográfica de toda a sua obra, não somente da ficção mas também dos ensaios, dos relatos, da crítica, em particular em torno das chaves do suicídio e da loucura. Mas existe também uma corrente crítica muito séria que se fixou na Virginia escritora, autora, na mulher que levantou a bandeira do modernismo na Grã-Bretanha junto com Joyce. Poderíamos dizer que é a Joyce feminina, a mulher que mudou realmente a maneira de narrar, assim como a concepção do tempo e da caracterização. E isso não somente nos romances, também no modo de escrever ensaios e de fazer crítica literária. No entanto, ela não estava interessada em criar uma nova linguagem; sua experimentação formal opera na dimensão da retórica e no ritmo.
Ela não foi à universidade como os irmãos, mas o pai tinha uma vasta biblioteca e permitia às filhas lerem tudo o que quisessem. Mas com duas condições: primeiro, tinham de justificar por que haviam escolhido determinado livro, ou seja, justificar seus gostos literários e, em seguida, fazer um texto analisando o que

haviam lido. Eu acredito que isso transformou Virginia numa das maiores universitárias da Grã-Bretanha.

– *Claro, melhor do que muitos universitários...*
– De fato. E depois há o seu ensaísmo, que hoje, creio, tem o frescor de uma conversa. E não esqueçamos que o grupo Bloomsbury, que reunia nas tardes de quinta-feira todos os universitários, os homens que tinham passado por Cambridge, que era quase um *lobby*, no começo só tinha duas mulheres. A princípio havia muita vergonha, muita timidez, de ambas as partes: dos homens e delas. Mas, pouco a pouco, Virginia transformou-se no centro das quintas-feiras à tarde. Acho que o frescor da sua conversa passa também para os textos escritos. Além disso, foi uma das poucas críticas e escritoras de ensaios para quem o leitor era muito importante. De fato, um dos seus livros chama-se *The Common Reader* [*O leitor comum*]. Quer dizer que ela conhecia perfeitamente a natureza de seu público.

– *Há algo que inevitavelmente produz aquele personagem que passou pela loucura ou pelo que nós chamamos de loucura. Até que ponto essa condição foi parte da sua genialidade literária e também o que acabou com ela?*
– A loucura de Virginia Woolf, unida a seu gênio criativo, é um assunto muito longo. Santa Teresa dizia que a imaginação é "a louca da casa" e que há certo romantismo em considerar a loucura como gênio criativo. Eu acredito numa certa tendência de Virginia à depressão, algo que hoje chamaríamos de bipolaridade, ou seja, que seu caráter passava de um extremo a outro, da depressão mais profunda à máxima expressão criativa. Inclusive ela mesma preocupava-se que a doença voltasse, já que nesses momentos não era capaz nem sequer de ler. De fato, acredito que o suicídio ocorreu num desses lapsos de escuridão, e que ela tirou a própria vida, como diz o bilhete dirigido ao marido, porque sentia que o importunava, que não o deixava viver tranquilo, que ele havia se

tornado seu cuidador, seu enfermeiro, e ela, virado um peso para ele. No fundo, foi um ato de generosidade.

– *Os suicídios sempre têm um segredo, por outro lado o contexto histórico tampouco era alentador. Em 1941, os nazistas podiam entrar pela porta. Ela estava numa lista de pessoas que poderiam ser deportadas ou executadas.*

– Londres, para ela, era quase um remédio, uma fonte de inspiração. Quando estava em Londres, era feliz. Os anos em que viveu na cidade foram os mais criativos, quando escreveu *As ondas, Ao farol*... Mas quando bombardearam sua casa, teve de voltar para o campo, e ela era uma mulher urbana, uma mulher de Londres...

– *E ali estava exilada.*
– E então caía em depressão.

O RECHAÇO DE *ULISSES* E O AMOR DE *ORLANDO*

Quando em 1917 Leonard e Virginia compraram uma prensa tipográfica e a instalaram na sala de jantar da sua casa de Tavistock Square, nunca imaginaram que acabavam de fundar uma das editoras mais importantes em língua inglesa: a Hogarth Press. Virginia atravessava um momento difícil. Em 1913, havia terminado o seu primeiro romance, *The Voyage Out* [*A viagem*], publicado em 1915, e estava exausta, tanto física como mentalmente. Era maníaco-depressiva, e embora durante anos tenha mantido a doença sob controle sabia que sempre podia haver uma recaída. Leonard pensou que a relação com os livros poderia ajudá-la a suportar sua instável situação.

Na editora, o casal Woolf publicou autores importantes, mas também cometeu alguns erros. Por exemplo, o de ter recusado o manuscrito de *Ulisses,* de James Joyce. De fato, ela não chegou a conhecê-lo. Não tinha vontade. Talvez nunca tenha chegado a ler até o fim o manuscrito. Nunca gostou de verdade do livro, e Joyce a inquietava. Nem ele nem D.H. Lawrence faziam parte daquilo que Bloomsbury aceitava com naturalidade.

O Castelo de Sissinghurst, no coração do condado de Kent, era um dos lugares vinculados ao grupo de Bloomsbury e à vida de Virginia Woolf. Como foi dito, o grupo escandalizou na época devido às relações sexuais promíscuas que seus membros mantinham, e em que havia muita homossexualidade, tanto entre as mulheres como entre os homens. Uma das personagens mais provocativas foi Vita Sackville-West. Era casada com o escritor e diplomata Harold Nicolson e foram justamente eles que compraram esse castelo medieval em ruínas, o reconstruíram, e ela, que era uma grande jardineira, fez um jardim que provavelmente seja um dos mais belos e imitados da Inglaterra. Pode ser visitado todo o ano e está localizado em Kent, poucos quilômetros a Sudeste de Londres.

Um dos mais singulares romances de Virginia Woolf, muito diferente do restante da sua obra, é *Orlando*, e foi dedicado a Vita. *Orlando* é uma história fantástica, mas também um romance com uma chave. A crônica de um andrógino que se torna mulher e em seguida volta se tornar homem e vive ao longo de trezentos anos da história inglesa, desde os tempos de Shakespeare até a modernidade, passa por uma série de casos amorosos de ambos os sexos, e tenta desenvolver ao mesmo tempo o intelecto e a sensualidade. Pode ser lido como um compêndio dos conflitos tanto físicos como espirituais pelos quais provavelmente a própria Virginia passou. Nigel Nicolson, filho de Harold e de Vita Sackville--West, diz que se trata da mais linda carta de amor jamais escrita, uma verdadeira oferenda que Virginia fez a Vita. Para os leitores de língua espanhola, há a vantagem de ter sido traduzido por Jorge Luis Borges*.

---

* No Brasil, *Orlando* teve sua primeira tradução feita por Cecília Meireles (Globo, 1948). (N.T.)

Com as bandeiras içadas

A partir de 1919, os Woolf instalaram-se a 75 quilômetros de Londres, na cidadezinha de Rodmell, em Sussex. Monk's House virou seu refúgio, primeiro por breves temporadas e, em seguida, de forma permanente.

Num típico ritual matutino, Virginia tomava café, conversava um pouco com Leonard sobre os rumores da cidadezinha e logo dava uma lenta caminhada até a cabana do jardim, onde escrevia. Nesse lugar, ela se concentrava na última frase que havia escrito no dia anterior. Em seguida, talvez depois de vinte minutos, via, como ela dizia, "uma luz nas profundezas do mar, e me aproximarei furtivamente porque as minhas frases são só uma aproximação, uma rede lançada sobre alguma pérola marinha que pode desaparecer; e se a ergo não será de nenhuma forma como era quando a vi sob o mar".

Sobre as casas dos escritores, Virginia escreveu um dos seus capítulos de Londres: "Pelas casas conhecemos estes homens, e parece um fato que os escritores imprimem sua personalidade em suas posses com mais força do que outros homens. Talvez careçam de senso estético, mas dá a impressão de terem um dom mais insólito e mais interessante, ou seja, a capacidade de se alojarem adequadamente, um dom de criar à sua própria imagem a mesa, a cadeira, a cortina, o tapete". Estas considerações são, sem dúvida, válidas para a casa de Monk's House, onde Leonard e Virginia viveram e conviveram durante tanto tempo. A casa, com seu pequeno jardim, é discreta, nada chamativa, simpática, diríamos, inclusive em sua sobriedade, e é habitada por uma espécie de qualidade criadora, que caracterizava a própria Virginia. Está aberta ao público alguns dias da semana. É um lugar austero, cuidadosamente preservado, que comove todos que amam Virginia. Certamente, pode-se *sentir* a presença dela e é possível imaginá-los, ela e Leonard, em sua amena vida cotidiana. Também tem um belo jardim, e o povoado é cativante.

Durante a década de 1930, e com maior ênfase à medida que a guerra se aproximava, Virginia havia traçado sua própria forma de exílio interior. Em março de 1941, escreveu em seu diário: "Não tenho a intenção de virar autista. Observar a chegada da velhice. Observar a cobiça. Observar o meu próprio abatimento. Através desse meio tudo se torna aproveitável. Ou assim espero. Insisto em passar esta época tirando o maior proveito possível. Afundarei com todas as bandeiras içadas".

A Segunda Guerra continuava e houve um momento em que na Inglaterra muitos estavam esperando a invasão e a possível vitória alemã. Isso sem dúvida teria significado para Virginia ter de deixar de escrever. Ela estava incluída nas listas dos nazistas de personalidades públicas que seriam levadas para campos de concentração ou executadas. Havia escrito contra o fascismo e, além disso, era uma figura de destaque casada com um judeu. O seu medo diante de uma possível invasão não era exagerado. O mesmo ocorria com pessoas próximas a ela; seus irmãos inclusive haviam feito um pacto suicida se os nazistas desembarcassem na Inglaterra.

Fim da viagem

Em nossa viagem por essa região ao sul da Inglaterra, percorremos um pouco mais de seis quilômetros e chegamos até Charleston, a casa de campo que era a residência da irmã de Virginia, Vanessa, e da sua família pouco convencional que, além do marido Clive Bell e dos filhos, incluía o amigo, sócio e amante ocasional, o pintor escocês Duncan Grant, que viria a se tornar um grande artista.

É uma visita recomendável, onde se podem admirar o imponente jardim e o lago criados por Vanessa e até entrar na casa, onde estão expostas belas obras de arte e decoração.

Vanessa foi uma das pessoas que deram o maior apoio a Virginia nos momentos mais dramáticos da sua vida. Em 14 de março de 1941, Virginia viajou a Londres para discutir questões relativas à editora. O editor John Lehmann estava muito entusiasmado com *Entre os atos*, mas Virginia, cujas mãos tremiam, ainda considerava a obra "muito desorganizada e incompleta". Um estranho episódio ocorreu quatro dias depois. Virginia voltou de um de seus longos passeios pelo campo completamente molhada, "sentindo-se doente e tremendo" e disse que havia caído num lago. Isso preocupou Leonard. Ela comia muito pouco, continuava emagrecendo e negava-se a fazer repouso. "Não consigo escrever. Perdi o jeito", dizia.

Tanto Leonard como a irmã Vanessa (assim como uma parente distante, Octavia Wilberforce, uma das primeiras médicas formadas pela Faculdade de Medicina e que a visitava seguidamente e a atendia) a incentivavam a aproveitar o ar livre, a despreocupar-se. Um dia, Octavia a repreendeu por seu fatalismo e por "usar a guerra como desculpa". Diziam que ela devia se acalmar, deixar de ficar obcecada pelo passado e esquecer os problemas da família. Mas para ela isso era impossível. E um dia pôs fim a tudo.

Saiu para passear até o rio Ouse, que estava relativamente próximo da Monk's House, mesmo que fosse uma longa caminhada. Quando chegou ao curso d'água, encheu os bolsos com pedras e afundou nele, como havia dito, com todas as bandeiras içadas. Demoraram quase quinze dias para encontrar o corpo.

Em suas cartas de despedida, Virginia foi sempre muito clara a respeito da sua decisão. Ao marido Leonard disse: "Tenho certeza de que estou enlouquecendo outra vez. Sinto que já não podemos atravessar outro desses terríveis períodos. Desta vez não ficarei curada. Começo a ouvir vozes, não consigo mais me concentrar. Então vou fazer o que acho que é melhor. Você me deu a maior felicidade possível. Foi para mim tudo o que uma pessoa pode ser para outra. Não acho que outras duas pessoas tenham podido ser mais felizes, até que veio esta terrível doença. Eu não posso lutar mais. Sei que estou destruindo sua vida e que sem mim você poderia trabalhar. E vai fazer isso, tenho certeza.

Percebe? Nem sequer consigo escrever esta carta corretamente. Não posso ler. O que quero dizer é que devo a você toda a felicidade da minha vida. Você foi incrivelmente paciente comigo e imensamente bom. Eu quero dizer isso, e todo mundo sabe. Se alguém pudesse ter me salvado, teria sido você. Tudo o que eu tinha se foi, exceto a certeza da sua bondade. Não posso seguir destruindo a sua vida por mais tempo".

Leonard ainda viveu por mais 28 anos. Com carinho e dedicação, cuidou do legado de Virginia, supervisionando a edição póstuma de seus textos e mantendo viva sua memória. Morreu aos 88 anos, quando praticamente todos do grupo Bloomsbury já tinham morrido. Virginia Woolf foi uma escritora revolucionária, imprescindível, necessária. Espero que este passeio pelos lugares da sua vida e obra tenha emocionado você tanto quanto a mim.

Cidade triste e alegre

A Lisboa de Fernando Pessoa

A literatura portuguesa conta, sem dúvida, com autores importantes, desde o clássico Luís de Camões, cujo poema "Os Lusíadas" foi admirado por Cervantes, passando pelo grande romancista José Maria Eça de Queirós, até os contemporâneos António Lobo Antunes, José Saramago, Antonio Tabucchi e Almeida Faria. Entretanto, há um nome que para a maioria dos leitores não especializados supera todos os demais e chega primeiro aos lábios: Fernando Pessoa. Não deixa de ser um curioso destino para um escritor pouco reconhecido em sua época, de obra intimista e sem nenhuma vocação popular (muito pelo contrário), de biografia desesperadamente cinza e rotineira, cuja obra maior foi editada postumamente não faz mais de três décadas e que gosta de um tom metafísico-surrealista que não está, sem dúvida, ao alcance da grande maioria. Quando hoje vemos os turistas fazerem fotos junto à sua simpática estátua, sentada à mesa de um café do Chiado lisboeta que ele costumava frequentar, não podemos deixar de perguntar a cara que seu fantasma faria (se é que os fantasmas têm cara) quando presenciasse essa cena habitual. Sorriria com um toque de ironia? Franziria a testa?

"O que tenho eu a ver com a vida?", Fernando Pessoa pergunta em uma de suas páginas. É uma dúvida estranha, é verdade, mesmo que não o seja para o poeta: no entanto, teria sido impossível que ele a tivesse em relação a Lisboa. Porque o vínculo de Pessoa com a vida pode ter sido de perplexidade e até de hostilidade, mas com sua cidade foi íntimo e total. Talvez só admita comparação com a relação entre Borges e Buenos Aires, mas com uma diferença fundamental entre muitas semelhanças essenciais. Borges viajou em várias ocasiões para longe de sua capital, para a Europa, para a América e até para o Japão, e inclusive morreu (parece que com resignação consciente) e está enterrado longe dela, enquanto Pessoa – depois de uma passagem quando adolescente pela África do Sul, por razões familiares – jamais se afastou de Lisboa além de uns poucos quilômetros. Todas as suas referências literárias, suas paixões, fobias e arrebatamentos estão concentrados nestas ruas, praças e botecos que conheceu como ninguém. Lisboa deve a Pessoa o fato de ter ingressado na literatura universal transformada em uma cidade simbólica, como a Paris de Baudelaire, a Praga de Kafka ou a Dublin de Joyce. Em um de seus poemas, Borges diz que o conjunto dos passos de um homem desenha um perfil que forma, no final, seu próprio rosto: os passos físicos e literários de Fernando Pessoa desenham o rosto de Lisboa, que é também, inevitavelmente, o dele próprio.

Como Antonio Machado, como Kierkegaard (com quem talvez tenha mais semelhanças do que as que foram sublinhadas, por exemplo, no trato com o feminino), Pessoa desdobrou-se em diversos heterônimos, que não tiveram como objetivo dissimular a verdadeira identidade, mas inventar outras diferentes que pluralizassem a sua obra. Alberto Caeiro, Ricardo Reis e Álvaro de Campos não são pseudônimos poéticos, mas poetas diferentes, com vida e concepções próprias. E nem falemos de Bernardo Soares, autor do *Livro do desassossego*, a obra mais importante do singular, profundo e esotérico monumento literário lavrado por Pessoa. Nele, deixou dito: "Todo o mundo, toda a vida, é um vasto sistema de inconsciências que opera através de consciências individuais". Por isso, ele multiplicou o número de suas almas, para que na trama das inconsciências estabelecidas não sobrasse nenhum canto de inquietude por explorar. Em seus 47 anos de vida (pertence ao clube fatídico do qual são membros Poe, Baudelaire, Stevenson, Kafka, Camus, Orwell…), Pessoa conseguiu o feito de ser vanguardista, reacionário, ocultista e implacavelmente racional, tarólogo e metafísico, tradutor, ensaísta, poeta... Sobretudo e sempre, o melhor analista da subjetividade humana, na qual se escondem todos os mundos e nascem ou perecem os universos. No livro que leva esse nome, ele define seu desassossego: "Existo sem que o saiba e morrerei sem que o queira. Sou o intervalo entre o que sou e o que não sou, entre o que sonho e o que a vida fez de mim, a média abstrata e carnal entre coisas que não são nada, sendo eu nada também. Nuvens... Que desassossego se sinto, que desconforto se penso, que inutilidade se quero!". Mas não nos enganemos: esse melancólico pessimismo dá lugar, em outros momentos da obra, a uma espécie de alegria provocativa e furiosa. Nisso consiste precisamente o coração do desassossego.

Conheçamos a cidade onde nasceu, viveu e morreu um escritor especial. Uma voz original, personalíssima, triste, melancólica, mas às vezes também cheia de ironia. Alguém verdadeiramente sem igual nas letras do século XX, que marcou não apenas a literatura, mas em boa medida os poetas e pensadores da Europa do século passado.

O QUE O TURISTA DEVE VER

"Para o viajante que chega por mar, Lisboa, vista assim de longe, ergue-se como uma justa visão de sonho." Assim, Pessoa explicava o encontro com esta cidade. E o fazia nas páginas de um guia turístico que escreveu em inglês em 1925 e que tinha como título *O que o turista deve ver*.

Lisboa, a capital de Portugal, junto ao rio Tejo, é uma cidade que pode ser estudada a partir da história, da estética, da etnia e da antropologia, e também a partir do mistério e, é claro, a partir da literatura e da poesia. Tem uma beleza especial, melancólica, antiga e senhorial, como diz o fado.

O teatro de São Carlos foi, e ainda hoje é, um dos principais palcos musicais da Europa. Sobretudo em seus primeiros tempos, aqui cantaram Julián Gayarre, Enrico Caruso e Tito Schipa, entre outros. Grandes diretores o dirigiram e montaram obras de autores importantes, como Verdi ou Leoncavallo. Foi um dos centros musicais da vida social e artística de Lisboa. O pai de Fernando Pessoa o frequentava profissionalmente, uma vez que era crítico musical. Mas o próprio Fernando também se tornou habitué do lugar. Ele nasceu justamente numa casa em frente ao teatro em 1888.

Tinha apenas seis anos quando inventou o primeiro de todos os seus heterônimos, Chevallier de Paz, uma espécie de cavalheiro francês que lhe escrevia cartas. Ou seja, escrevia cartas para si mesmo desde pequeno, iniciando a longa lista de heterônimos que depois o fizeram famoso.

Depois da morte do pai, quando Fernando era uma criança, a família precisou se mudar para um apartamento menos senhorial num bairro menos elegante, entre o Jardim Botânico e o Parlamento, perto do Largo do Rato. Pouco tempo depois, a jovem mãe conheceu um imponente oficial da marinha, o comandante João Miguel Rosa, que justamente nessa época foi designado como cônsul português em Durban, na África do Sul. O casal resolveu se casar e transferir a nova família ao novo destino. Fernando viveu lá até os dezoito anos e aprendeu perfeitamente o inglês, idioma no qual escreveu as suas primeiras obras.

O café Martinho da Arcada, no Terreiro do Paço, muito perto da Praça do Comércio, talvez seja um dos lugares mais pessoanos. Ali há fotografias do autor, sozinho e reunido com amigos. Pessoa frequentava o café e na mesa que dizem que costumava ocupar estão algumas lembranças alusivas a ele. De fato, o café inteiro virou uma espécie de monumento à memória do poeta. Além de muitas fotografias, há recortes de jornais, imagens e também homenagens de outros autores. É um lugar onde está conservado o ambiente e o toque da época cuja atmosfera nos permite fazer uma ideia do que era uma noitada de Fernando Pessoa.

Um dos monumentos emblemáticos de Lisboa e de todo Portugal, sempre frequentado pelos turistas, é a Torre de Belém. Pessoa vinha com frequência aqui, como praticamente todos os portugueses, e aproveitava para passear junto ao Tejo, que é o Nilo do "faraó Pessoa", muitas vezes citado em sua obra. Como é natural, hoje, às margens do rio há construções que não existiam quando Pessoa era vivo. Por exemplo, a ponte 25 de abril, que o atravessa, foi construída nos anos 60. Tampouco existia o belo monumento que celebra os grandes feitos dos conquistadores portugueses. É uma espécie de proa que adentra o mar e que tem uma estética imponente. Na ponta é possível ver Enrique, o Navegante, personagem mítico da história de Portugal, cujo regresso das terras perdidas onde desapareceu ainda é esperado por alguns. Junto à estátua de Manuel I está Luís Vaz de Camões, o autor dos *Lusíadas*, com o poema na mão; também o pintor Nuno Gonçalves, que pode ser identificado devido a uma paleta e um pincel, o grande Vasco da Gama e outros. Pessoa diz em um poema sobre o rio: "O Tejo é mais belo que o rio que corre pela minha aldeia, mas o Tejo não é mais belo que o rio que corre pela minha aldeia porque o Tejo não é o rio que corre pela minha aldeia. O Tejo tem grandes navios e navega nele ainda, para aqueles que veem em tudo o que lá não está, a memória das naus. O Tejo desce da Espanha e o Tejo entra no mar em Portugal. Toda a gente sabe isso. Mas poucos sabem qual é o rio da minha aldeia e para onde ele vai e de onde vem. E por isso, porque pertence a menos gente, é mais livre e maior o rio da minha aldeia. Pelo Tejo vai-se para o Mundo. Para além do Tejo há a América e a fortuna daqueles que a encontraram. Ninguém nunca pensou no que há para além do rio da minha aldeia. O rio da minha aldeia não faz pensar em nada. Quem está ao pé dele está só ao pé dele."

Pessoa viveu uma época tumultuada da história de seu país. Nasceu pouco antes do Ultimato de 1890, por meio do qual os ingleses proibiram definitivamente os aliados portugueses de prosseguirem com a expansão colonial na África, fato considerado pelo povo como uma humilhação. A adolescência foi marcada pela agonia da monarquia portuguesa; não tinha vinte anos quando o rei Dom Carlos foi assassinado na Praça do Comércio, e dois anos depois foi proclamada a República. Duas décadas mais tarde, os intelectuais da geração de Pessoa seguiam marcados por esses acontecimentos.

Uno e diverso
Conversa com o professor Miquel Uriondo

– Tenho a sorte de contar com Miquel Uriondo, de quem sou amigo há muitíssimos anos. Ele é professor da Universidade do País Basco e fez sua tese de doutorado, seguida de longos estudos, sobre Fernando Pessoa. Foi uma das primeiras pessoas com quem falei, já faz muitos anos, desta figura, sobretudo do Pessoa reflexivo, do pensador.

– No final das contas, minha tese e meu trabalho foram em torno de descobrir que tipo de considerações filosóficas havia por trás da obra de Pessoa. Ele sempre dizia que era fundamentalmente um poeta, mas um poeta impulsionado pela filosofia. Quando voltou de Durban, onde permaneceu durante nove anos, matriculou-se na universidade para estudar Letras e frequentou com assiduidade as aulas de Filosofia. Ali foi tomando notas, anotações filosóficas e reflexões sobre as dissertações, que em seguida foram publicadas em dois tomos. Seu professor da faculdade nessa época foi de grande ajuda para escrever os poemas e também o *Livro do desassossego*, entre outros títulos.

– *Há algo nele que de certa forma pertence a esse grupo de poetas filosóficos do século XX como, por exemplo, Borges. No entanto, enquanto Borges transforma com ironia os temas filosóficos em argumento poético, Pessoa especula filosoficamente. O Livro do desassossego, para citar um caso, é um livro de pensamento aberto, não sistemático.*

– Acredito que ele tem muitas afinidades com Borges. Sobretudo nos contos nos quais Borges se encontra consigo mesmo, quando toca no tema da passagem do tempo e o que isso significa para a identidade pessoal. No *Livro do desassossego*, Pessoa efetivamente reflete sobre as questões internas do homem. É um dos textos mais lúcidos que se aprofundaram sobre a integridade humana.

– *O que mais me surpreende é a análise da subjetividade que ele realiza.*

– Além do mais, está ligado à explosão da heteronímia de Pessoa. Afundou neste poço interno até dar com esta multiplicidade. Mas, é claro, nesse livro nos encontramos com Bernardo, um personagem cujo trabalho cotidiano parece muito com o do próprio Pessoa.

– *É o mais autobiográfico.*

– Sim, e nele alcança profundidades da subjetividade que muito poucos autores conseguiram. Nesse sentido, considero uma obra brilhante. E em relação a esse livro, assim como com outros textos de Pessoa, acontece comigo precisamente aquilo que ocorre com os grandes autores que parece que escreveram os livros para você.

– *Há ali uma predileção, inclusive neologismos convidativos, mas a precisão ao descrever é de fato surpreendente. Trata-se dessas coisas que nos acontecem a todos, que podemos comunicar aos demais com piscadelas mais do que com palavras ("você sabe do*

que estou falando"); no entanto, ele as descreve com uma fidelidade extraordinária.
– Nem todas as almas são gêmeas. Há muita gente para quem você recomenda o livro e elas o abandonam rapidamente porque lhes causa inquietude.

– *Quando você escreveu a tese sobre Pessoa e viajou por Lisboa, o rastro dele na cidade não estava tão presente. A vida de Pessoa girou em torno de Lisboa, e da mesma forma parece que agora Lisboa gira em torno dele.*
– Eu estive na cidade entre 1986 e 1989. Ia todos os anos e ficava por seis meses. Era muito difícil encontrar os seus livros, porque se bem que existissem primeiras edições, as famosas primeiras edições que eram recompilações de poemas um tanto desconexos, não havia uma ordem muito estrita. Quando estive lá, primeiro tive de encontrar os livros, algo bastante difícil, pois muitos estavam esgotados. Não havia o respeito pelo grande poeta que há agora. Lembro que quando terminei minha tese e a entreguei, uma pessoa da fundação que fornecia minha bolsa disse: "Mas Fernando Pessoa não era maluco?". Percebi essa sensação em muitas pessoas, gente que acreditava que se tratava de alguém extravagante que fazia coisas estranhas.

– *Era um personagem curioso, que contava com a simpatia dos garçons dos bares, de gente que provavelmente jamais havia lido uma linha escrita por ele. Por outro lado, o mundo intelectual não o valorizava.*
– Não, salvo alguns que haviam percebido que estavam diante de um enorme criador. Um deles foi o magnífico poeta português José Vento, que admirava muito Pessoa. É claro que então isso não ficava bem entre os intelectuais do mundo oficial, e nisso houve uma reviravolta, mas me surpreendeu naquele momento, porque me lembro de ter estado com poetas jovens que diziam, com certo desprezo: "Há poetas muito melhores em

Portugal", e na verdade referiam-se a escritores que logo caíram no esquecimento.

– *Há algum paralelismo com Yeats, outro dos autores que abordamos nestas viagens literárias, já que ambos compartilhavam o gosto pelo esotérico, pela astrologia, algo que é curioso em se tratando de mentes tão claras e discursos muito perspicazes.*
– Sim, algo que é conhecido como "filosofia hermética".
– *Há uma série de escritos sobre a Ibéria e a Catalunha.*
– Não lembro concretamente dos da Catalunha, mas é evidente a sua profunda fé no iberismo, o quinto império de cultura no qual o português seria a língua da emoção e da poesia, e o inglês, da transmissão intelectual. Ele havia sido educado em inglês em Durban. Seus textos mais reflexivos e filosóficos foram escritos em inglês, enquanto os textos de emoção e poéticos foram escritos em português.

– *Há um episódio a respeito de um livro que ele tentou publicar na Inglaterra...*
– Trata-se de um episódio que ficou conhecido não faz muitos anos, sobre *The Mad Fiddler* [*O violinista louco*], um dos livros que concluiu em vida e enviou para a Inglaterra para que fosse publicado, mas foi recusado pela editora inglesa. É preciso destacar que Pessoa publicou muito pouco em vida e que boa parte das obras que foram sendo publicadas foram reconstruções, que suscitaram muitas críticas entre os próprios especialistas: se foi um trabalho bem ou mal feito. Ocorre que ele deixou tanto sem publicar que as pessoas que tentaram organizar todo esse material empregaram critérios muito diversos. No caso de *O violinista louco*, que foi recusado, terminou no baú onde ele costumava guardar os manuscritos e depois foi redescoberto e publicado.

Tipografia e edições

O elevador de Santa Justa é também uma das visitas obrigatórias em Lisboa. Chega até uma plataforma de onde se pode apreciar uma esplêndida vista panorâmica da capital. Pode-se ver o Tejo, a Praça do Comércio, a catedral, o castelo de São Jorge e a famosa Praça do Rossio, que durante a Revolução de 25 de Abril teve tanta importância. Também se avista as ruínas da Igreja do Carmo e o convento, junto ao largo do mesmo nome, onde Fernando Pessoa teve uma de suas residências.

Os domicílios do poeta tornam-se fugazes. Desejava uma existência ascética, e a sua principal preocupação era sobreviver, conseguir um modo de vida que não atrapalhasse seu tédio inspirador. Com a morte da avó em agosto de 1907, recebeu uma pequena herança que, como todo escritor em formação, utilizou para fundar sua própria editora.

A história conta que ele estava na barbearia e, enquanto o barbeavam, leu o anúncio de que numa cidade próxima estavam vendendo uma tipografia. Nem sequer esperou que o barbeiro terminasse o trabalho. Tinha dezenove anos e sentia-se um empresário. Instalou toda a maquinaria no bairro central da Glória e batizou a oficina como Empresa Íbis, tipografia e edições. Segundo seus biógrafos, Pessoa não soube formar uma clientela nem gerenciar a empresa. Nem sequer, arriscam alguns, soube utilizar as máquinas. Terminou falido e teve de buscar outro modo para ganhar a vida.

Em 1908, começou a trabalhar como redator de correspondência estrangeira para firmas de comércio, um emprego que assegurava independência e distância. Naquela época, ouvia vozes, sentia que um braço seu ganhava autonomia, que ninguém o comandava. Defendia-se estudando, mas, acima de tudo, escrevendo. Seus primeiros artigos sobre poesia portuguesa apareceram em *A Águia*, uma publicação do chamado Renascimento português, que aderia a dois movimentos estéticos da época: o paulismo e o saudosismo.

O BAIRRO, O VINHO E OS FANTASMAS

Um dos lugares mais pitorescos de Sintra é a Quinta da Regaleira, residência de verão da família Carvalho Monteiro. A sua construção corresponde ao estilo neomanuelino, e dela participaram vários artistas e arquitetos. Talvez um dos nomes mais interessantes seja o de Luigi Manini, um arquiteto, pintor e cenógrafo que trabalhava no Scala de Milão e que também decorou o teatro São Carlos de Lisboa. A quinta é a sua última grande obra. O jardim é uma verdadeira extravagância, assim como os quartos, as dependências, as salas de jantar... É um lugar para perder-se. De um gosto que para alguns pode parecer duvidoso e para outros extraordinário, mas em todo caso não é um lugar que passe despercebido...

Todo o projeto da Quinta da Regaleira está cheio de preocupações esotéricas, herméticas. Supõe-se que o jardim seja uma espécie de viagem iniciática da alma que ascende ao céu e desce até os infernos. Há ali todo um mundo subterrâneo para atravessar, essas coisas habituais dos partidários da magia e do obscurantismo. É claro, um dos adeptos desse tipo de simbologia era Fernando Pessoa, portanto, o jardim tem muito a ver com seu imaginário, com a busca de uma poética do simbolismo, da transmigração, das viagens da alma.

O castelo de São Jorge fica no ponto mais alto da cidade de Lisboa. Dali há uma vista verdadeiramente maravilhosa que faz lembrar um dos muitos versos que Fernando Pessoa dedicou à cidade: "Outra vez te revejo, cidade da minha infância pavorosamente perdida, cidade triste e alegre, outra vez sonho aqui. Eu, mas sou eu mesmo que aqui vivi, e aqui voltei, e aqui tornei a voltar e a voltar, e aqui de novo tornei a voltar? Ou somos todos os Eu que estive aqui ou estiveram, uma série de contas, entes, ligadas por um fio-memória, uma série de sonhos de mim de alguém de fora de mim? Outra vez te revejo, com o coração mais longínquo, a alma menos minha. Outra vez te revejo – Lisboa e

Tejo e tudo –, transeunte inútil de ti e de mim, estrangeiro aqui como em toda a parte, casual na vida como na alma, fantasma a errar em sala de recordação, aos ruídos dos ratos e das tábuas que rangem no castelo maldito de ter que viver".

Chegou a hora da refeição e escolhemos um restaurante popular como os que o próprio Pessoa frequentava – não poderia ser de outro modo – que, além disso, são lugares onde se costuma comer muito melhor do que nos locais reconstruídos perto do castelo. Vamos degustar um bom vinho, desses a que se referia o próprio Pessoa quando dizia que a vida é boa, mas o vinho é melhor.

O bairro do Chiado talvez seja o mais pessoano de toda a muito pessoana Lisboa. Por aqui peregrinou o escritor e passou grande parte da vida. A cafeteria A Brasileira é um local muito antigo, fundado por Adrián Otelle em 1905, com estilo modernista, para vender o bom café brasileiro. Passou por várias remodelações, mas sempre foi um ponto essencial de encontro. Pessoa vinha aqui com frequência, e o lugar transformou-se em atração turística graças a ele. Perto está a Praça Camões, com a estátua de Luís de Camões, e muito próximo há outra estátua do grande escritor Eça de Queirós. É uma espécie de bairro das letras, muito marcado por Pessoa e também pelas lembranças e pela literatura.

Pessoa, em garrafa grande de litro
Conversa com João Pimentel
na livraria Fábula Urbis

Entre Pessoa e a cidade há algo mais do que uma simples amizade. Portanto, para tentar desentranhar esse vínculo, procuramos uma livraria especializada no estudo de Lisboa, Fábula Urbis, onde fomos atendidos por João Pimentel.

– Qual é a relação entre Pessoa e Lisboa?
– Pessoa nasceu em Lisboa, viveu na África do Sul e depois regressou a Lisboa. Em sua obra, há uma forte relação com a cidade porque ele a viveu muito. Essas conexões estão presentes tanto em seus contos como em sua poesia e prosa.

– E no guia, porque ele escreveu um guia de Lisboa.
– Há quem acredite que esse livro não foi escrito por Pessoa. E há os que têm dúvidas. É difícil determinar, porque se trata de papéis encontrados, de textos que não tinham ficado organizados. Entretanto, não sei qual seria a sua intenção em guardar algo escrito por outro.

– Pessoa vivia muito nas ruas, nos cafés. Eram lugares onde ele podia trabalhar?
– Sobre os cafés foi criado um mito. As fotografias de Pessoa na rua correspondem à época em que ele trabalhava como tradutor *freelance*. Aparentemente, não gostava dos cafés porque neles, nessa época, não era servido vinho. Para isso existiam as tabernas. Ele gostava de vinho, não de café. Em uma fotografia que deu a Ofélia, ele está no café A Brasileira, escrevendo, com a revista *Orpheu* e bebendo um coquetel de vinho Valderrío, que era uma marca, uma organização de provisões e tavernas. Trata-se da única fotografia dele com dedicatória: "Fernando Pessoa, em garrafa grande litro".

– Que atualidade têm as suas obras, não apenas entre especialistas, mas entre o público em geral? Que fervor público há sobre Pessoa?
– A diversidade dos seus textos é realmente enorme. Escreveu inclusive sobre comércio e economia. Ainda o estamos descobrindo.

Ridículas cartas de amor

Ofélia, a noiva esporádica e fugaz de Fernando Pessoa, compartilhou com ele diferentes trabalhos. As idas e vindas da relação ficaram refletidas na correspondência, nas cartas que ele enviou a ela e que seguem sendo uma fonte significativa sobre a figura do escritor. Por exemplo, em 23 de maio de 1920: "Meu bebezinho: hoje, depois de passar na tua rua, e de te ver, voltei atrás para te perguntar uma coisa, mas tu não apareceste. O que te queria perguntar era o que fazias amanhã, em vista da greve dos elétricos, que naturalmente não dura só hoje. Não te dispões, com certeza, a ir até Belém a pé? O melhor é escreveres para Belém ao dono da fábrica, explicando por que razão – aliás, evidente – tu não vais. Além de ser uma distância enorme para qualquer pessoa, é impossível para ti, que não és forte. Acabo de escrever este parágrafo, e lembro-me que há comboios para Belém. Irás de comboio. E onde tomas o comboio – em Santos, no apeadeiro? Talvez te seja difícil encontrar lugar ali, pois muita gente irá do Cais do Sodré – a gente que de manhã costuma encher os carros que vão na direção de Belém, e que te torna difícil arranjar lugar de manhã. Não sei o que faça, bebezinho. Já perguntei aqui no Café Arcada, de onde te estou escrevendo, mas não sabem as horas dos comboios da linha de Cascais, nem têm horário. [...] Escreve-me amanhã dizendo qualquer coisa, mas não esquecendo que tenho os dias muito ocupados. Seja como for, passo amanhã na tua rua, ou entre as dez e as dez e quinze da manhã, ou – o que é mais certo – às sete e meia da tarde. Fica assim combinado, bebê? Isto, salvo complicações que haja e me impeçam de aparecer. Muitos beijinhos do teu Fernando".

O intermitente noivado com Ofélia primeiro se estendeu entre 1919 e 1921 e reiniciou em 1929, mas durou apenas alguns meses até o rompimento definitivo. O relacionamento gerou muitas cartas, que têm um quê de comovente, sobretudo pela simplicidade e falta de compostura das cartas escritas por Pessoa.

Álvaro de Campos diz neste poema heterônimo: "Todas as cartas de amor são ridículas. Não seriam cartas de amor se não fossem ridículas. Também escrevi em meu tempo cartas de amor, como as outras, ridículas. As cartas de amor, se há amor, têm de ser ridículas. Mas, afinal, só as criaturas que nunca escreveram cartas de amor é que são ridículas".

Muitos dos encontros com ela aconteceram no café Martinho da Arcada, mas Pessoa sentava-se em sua mesa e pedia que deixassem livre uma próxima, porque não queria que ela sentasse com ele, para não chamar a atenção. Durante todo o seu relacionamento, Pessoa e Ofélia trataram-se com cerimônia, nunca chegaram a se tratar usando o "tu", o que é um fato estranho, ao menos para nós, dessa relação pudica e delicada e que em grande parte permanece quase em segredo.

Em outra das cartas, Pessoa escreveu: "O Tempo, que envelhece as faces e os cabelos, envelhece também, mas mais depressa ainda, as afeições violentas. A maioria da gente, porque é estúpida, consegue não dar por isso, e julga que ainda ama porque contraiu o hábito de se sentir a amar. Se assim não fosse, não havia gente feliz no mundo. As criaturas superiores, porém, são privadas da possibilidade dessa ilusão, porque nem podem crer que o amor dure, nem, quando o sentem acabado, se enganam tomando por ele a estima, ou a gratidão, que ele deixou. Estas coisas fazem sofrer, mas o sofrimento passa. Se a vida, que é tudo, passa por fim, como não hão de passar o amor e a dor, e todas as mais coisas, que não são mais que partes da vida?".

A SUPERFÍCIE E O PORÃO

A Casa Museu de Fernando Pessoa em Lisboa foi onde ele viveu os últimos quinze anos de vida, o que, para ele, significa muito tempo, se levarmos em conta que mudou de endereço dezenas de vezes – casas, apartamentos, quartinhos –, até que finalmente decidiu se instalar nesta casa com a irmã e os sobrinhos. Enquanto estava aqui, viveu a ambígua relação de noivado com Ofélia, publicou a revista *Orpheu*, soube que a sua doença era irreversível e preparou-se para morrer. Aqui também escreveu grande parte de suas obras.

É possível ver aqui a autêntica casa onde ele vivia, com a sua biblioteca, a cômoda onde ele muitas vezes escrevia em pé. A cama é uma reconstrução, mas há também uma espécie de réplica do famoso baú onde foram encontrados 28 mil manuscritos e que foi o receptáculo de sua obra.

Na sala de exposições da Casa Museu de Fernando Pessoa encontramos uma mostra de Fabio Lavadera, jovem artista português que fez uma série de ilustrações dedicadas aos principais heterônimos do autor. Álvaro de Campos, Alberto Caeiro, Bernardo Soares, Ricardo Reis são alguns dos muitos, fala-se em mais de setenta, que o poeta teria usado. Por que esse desdobramento?

Tais heterônimos não seriam simples pseudônimos? Não é que ele escrevesse e assinasse com um nome imaginado, como alguns autores fazem; ele inventava personagens reais entre aspas, com data de nascimento e às vezes data da morte, com seu lugar de trabalho, profissão, gostos. Inclusive alguns heterônimos contradizem-se entre si: uns são religiosos, outros ateus, uns são hedonistas e outros, ascéticos. Talvez a personalidade de Pessoa se explique precisamente nesse desaparecimento, nessa fragmentação de personalidades que constitui um dos traços mais característicos de sua genial obra.

De certa forma, revela que dentro de nós existem muitos homens. Que poderíamos dizer, como o demônio do Evangelho, que nosso nome é legião e que somos muitos. Pessoa atribuía essa pluralidade à sua histeria. Na verdade, ele queria viver outras vidas, a dele ficava pequena, estreita. Inclusive, muitas mortes e muitas formas de pensar e muitas artes poéticas diferentes.

Mas talvez o mais interessante daquilo que está conservado na Casa Museu de Fernando Pessoa não fique na superfície, mas no porão, onde está guardada a biblioteca pessoal dele, os livros que manuseou, que leu, nos quais escrevia. Pode-se encontrar, por exemplo, *Humanistas carneros*, de G. Robertson, livro que leu e sublinhou, mas que também utilizou para escrever um poema aproveitando o espaço em branco de algumas páginas.

Na Casa Museu de Fernando Pessoa contamos com a companhia de Inés Pedrosa, sua diretora. Ela se ofereceu para colaborar conosco e ajudar-nos a resolver algumas das muitas dúvidas que temos sobre essa figura tão enigmática que passou a vida mudando de endereço.

– *Este lugar foi o mais parecido com um lar estável que ele teve?*

– É verdade. Ele mudou de casa umas trinta ou quarenta vezes, sempre dentro de Lisboa, depois de voltar de Durban no final da adolescência. Aqui morou de abril de 1920 até que foi para o hospital para morrer em 1935.

–*Viveu com a irmã e os sobrinhos, cuidando um pouco da família...*

– Sim.

– *Porque ele, às vezes, na correspondência com Ofélia, dava como desculpa para não se casar o fato de ter de cuidar da família.*

– Desculpa e também verdade, já que sempre enfrentou muitas penúrias econômicas. Por isso seria difícil para eles terem uma vida burguesa. Alugou esta casa em seu nome, mas sempre viveu precariamente. Existem muitas coisas escritas onde dizia: "Fui ao café para me encontrar com o fulano para pedir a ele", "pensava pedir dinheiro para o almoço, mas logo começamos a beber, me pagou umas doses e não tive coragem", etc. Além disso, às vezes não comia, somente bebia, porque as bebidas apareciam na mesa.

— *Uma das questões misteriosas é a relação com Ofélia. Até que ponto esse relacionamento foi platônico?*
— Ofélia tem uma sobrinha que ainda está viva e costuma vir aos eventos da Casa Pessoa. O que eu sei é o que ela mesma me disse. Contou que a tia sempre teve a esperança de reconquistá-lo e que sentia uma enorme paixão. Uma vez, contou que a relação não era tão platônica, que ele era tímido, mas às vezes tinha alguns ímpetos, impulsos, e a abraçava contra as portas na rua. E disse também que a tia só se casou depois da morte de Pessoa.

— *Como noivos convencionais.*
— E que a coisa era intensamente carnal.

— *Além disso, alguns dos heterônimos de Pessoa são muito eróticos.*
— É verdade.

— *Há alguns muito estéticos, mas há outros, como Caeiro, que é um hedonista apaixonado.*
— E Álvaro de Campos, que além de tudo era homossexual.

— *Sim, era homossexual.*
— E há perguntas sobre a orientação sexual de Pessoa, mas o que a sobrinha de Ofélia conta é que era muito apaixonado.

— *A questão dos heterônimos é das que mais faz nos perguntarmos sobre os modelos que ele teve. Alguém falou de até setenta heterônimos.*
— E há um número inclusive maior do que esse e que chega aos cem. Também existem discussões teóricas sobre se são heterônimos ou apenas personagens momentâneos. E há quem distinga heterônimos de semi-heterônimos, porque desde muito jovem ele inventava personagens e escrevia com outros.

– *São como pseudônimos.*
– Há um heterônimo feminino muito curioso. Está na janela olhando um homem que passa todos os dias e por quem está apaixonada, mas sabe que não terá nada com ele porque está muito doente e vai morrer. Então é uma longa carta de amor.

– *Provavelmente ele era um homem sério ou melancólico, temos uma imagem de paixão severa, mas também tinha muitos traços de humor.*
– Aqueles que o conheceram dizem que sim, que havia muito humor em sua conversa. A sobrinha disse que era um tipo muito engraçado com as crianças, que brincava muito com elas, que sempre inventava gracejos. Inclusive escreveu numerosos poemas infantis.

– *Quem são e quantos são os que visitam este museu?*
– Recebemos umas três mil pessoas ao mês. São turistas de diferentes países, sobretudo do Brasil, que inclusive são mais apaixonados por Pessoa do que os próprios portugueses.

Pessoa e o barbeiro

O Palácio Castro de Guimarães é um museu, uma fundação que abriga importantes obras de arte de uma coleção particular e também guarda uma notável biblioteca de obras de história universal e ciências. Como encarregado dessa biblioteca, Fernando Pessoa tentou encontrar um trabalho menos cansativo do que escrever cartas comerciais, com um pouco mais de relevância e retorno econômico. Enviou então uma proposta oferecendo-se como bibliotecário dizendo, com mais realismo que modéstia, que sabia perfeitamente que não tinha títulos, nem uma aparência física que justificasse o emprego. De alguma maneira, traçou um perfil de si mesmo que falava com tamanha autocrítica das suas possibilidades que a sua requisição foi desprezada. Foi uma verdadeira pena. Se tivesse conseguido essa vaga de bibliotecário, teria tido mais conforto e folgas, poderia ter vivido um pouco melhor.

Luís de Camões é o poeta nacional de Portugal. O seu poema oficial trata da história, das conquistas, dos descobrimentos portugueses e, portanto, é um emblema do país. É claro que, nesses casos, criticar ou atacar um poeta nacional, seja Cervantes na Espanha, Dante na Itália ou Camões em Portugal, é algo muito malvisto. No entanto, Pessoa fez isso, talvez de uma forma no meio-termo entre a ironia e a verdade. Disse que ele não havia lhe ensinado nada e que esperava, inclusive, ser melhor que Camões. Contrapôs a tradição representada por Camões à tradição inglesa que, por outro lado, também criticava às vezes. Essa dualidade entre a literatura portuguesa e a inglesa é constante na obra de Pessoa, que começou a escrever em inglês antes que em português. Mas as suas declarações sobre esse assunto sempre foram provocativas, produziram certo rebuliço e criaram uma fama, digamos, de iconoclasta. Uma das relações mais conhecidas de Fernando Pessoa era com o seu barbeiro, com quem havia estabelecido um vínculo pessoal. Conversavam de política, da situação de Portugal, dos problemas econômicos e sociais, da decadência do país. Além do mais, segundo conta o filho do barbeiro, Pessoa era antes um homem silencioso, taciturno, alguém que não intervinha nas conversas dos outros clientes, inclusive preferia que o barbeiro fosse fazer seu cabelo e sua barba em casa.

Quando já estava muito doente, pouco antes de morrer, Pessoa foi até a barbearia e despediu-se do barbeiro. Até deixou sob sua responsabilidade algumas coisas para entregar a um amigo. Pouco depois, morreu, e o barbeiro ficou verdadeiramente consternado. O garoto guarda a lembrança do senhor silencioso, melancólico, que tinha uma relação tão especial com seu pai.

Fernando Pessoa está enterrado no Mosteiro dos Jerônimos. Ele morreu em 1935, aos 47 anos. Provavelmente de cirrose hepática, ainda que também se tenha cogitado uma doença pulmonar, já que fumava e bebia muito. De qualquer modo, ele pressentia a morte; havia escrito contra ela, temendo-a, mas também procurando essa espécie de descanso para uma alma tão peculiar e tão estimulada como a dele.

"Se depois de eu morrer quiserem escrever a minha biografia, não há nada mais simples. Tem só duas datas – a do meu nascimento e a da minha morte. Entre uma e outra coisa todos os dias são meus. Compreendi que as coisas são reais e todas diferentes umas das outras; compreendi isto com os olhos, nunca com o pensamento. Compreender com o pensamento seria achá-las todas iguais. Um dia deu-me sono como a qualquer criança. Fechei os olhos e dormi. Além disso, fui o único poeta da natureza."

Assim, podemos nos despedir desta cidade de Fernando Pessoa. Sentimos saudades dele, ainda que tenhamos a sua obra. Carlos Queirós, escritor e poeta da época que o conheceu pessoalmente, escreveu uma carta aberta cujas palavras finais talvez devêssemos fazer nossas: "Boa noite, Fernando. Não preciso dizer o muito que sinto porque tenho muita saudade de ti. Mas não peço que voltes. O que temos aqui que possa te interessar ou, ainda mais triste, que possa te merecer? Não temos nada, tu bem sabes, que não conheças melhor do que nós. O vazio sem fundo, a mentira sem remédio, a trágica inutilidade".

Inferno e Paraíso

A Florença de Dante Alighieri

Eu devia ter oito anos quando fiz minha primeira visita ao oftalmologista, que acabou me condenando a usar os óculos que ainda me acompanham. Enquanto ele e minha mãe conversavam sobre o meu caso, aproveitei para dar uma olhada no consultório. No alto de um armário, num canto escuro, vi um busto. "Olha, mamãe – disse, interrompendo-a e puxando-lhe a manga –, é Dante!". O médico, atônito, confessou que tinha lá em cima essa imagem desde não sabia quando e que ignorava quem era. E olhou para mim com certa suspeita não isenta de pavor...

Ninguém vá acreditar que fui uma criança prodígio, muito pelo contrário: o único prodígio foi a minha falta de precocidade e a minha obstinação em seguir sendo criança. Mas na biblioteca de meu pai havia uma edição de *A divina comédia*, em dois enormes e pesadíssimos volumes, que eu folheava deitado no tapete do escritório. Mas não me interessavam nem os reverenciados versos do poema (a edição era bilíngue) nem a tradução em prosa do século XIX, acho que de dom Juan de Hartzenbusch, mas as fascinantes ilustrações de Gustave Doré. E foi nelas que aprendi a reconhecer o perfil aquilino e o peculiar gorro do florentino que para mim era então o protagonista de arriscadas aventuras (fantasiadas a partir das sucintas informações do meu pai) entre monstros, demônios e vítimas torturadas por suas culpas, com as quais eu simpatizava de todo o coração. Por isso, nem bem o vi, identifiquei seu busto, como se tivesse reconhecido o Super-Homem ou o Capitão Trovão. Do poema, como disse, eu nada sabia, nem sequer aquele verso que agora me parece adequado a esta ingênua rememoração que narro: "Não há dor maior do que recordar os tempos felizes quando estamos na miséria".

Sem dúvida, graças ao grande ilustrador francês, mas também, antes dele, a Giotto e a Botticelli, para não falar da sua máscara mortuária, os traços de Dante Alighieri sempre foram memoráveis e inconfundíveis. São traços enérgicos e atrevidos como o próprio poeta, cuja peripécia vital em nada corresponde ao lugar-comum de sedentário dos eruditos, mesmo que o tenha sido, e dos mais estudiosos. No entanto, também foi guerreiro (na batalha de Campaldino, liderou um destacamento da cavalaria, algo pouco usual no grêmio literário), boticário, representante político, prior (a mais alta magistratura de Florença), embaixador, exilado... Foi um poeta lírico de recolhimento íntimo sublime, mas também um tratadista que advogou pela separação da Igreja e do Estado, assim como pela unidade dos reinos europeus. Apaixonou-se pelas lutas históricas do seu tempo: guerreou contra os gibelinos, mas conseguiu discordar com acidez dos guelfos, que teoricamente eram do seu lado. Inclusive chegou a proclamar que era do "partido de um só", ou seja, ele mesmo, sozinho e contra todos. Foi preso, condenado à morte juntamente com a família, desterrado e morreu ao regressar de uma missão diplomática a serviço do príncipe que o tinha acolhido em Ravena mais por amizade do que por convicção. Aqui está o seu túmulo, mesmo que os seus restos tenham passado por mais de um vaivém no curso dos anos. Entre tanta movimentação, intrigas e enfrentamentos, ele teve tempo de escrever uma vasta e enciclopédica obra imortal. A sua *Comédia*, exaltada justamente como "divina" por aqueles que a admiraram, ou seja, pela humanidade, reúne de tudo: altíssima poesia, é claro, mas também filosofia, teologia, análise histórica, polêmica, notícias científicas e técnicas, as mais profundas abstrações e os mais mesquinhos ajustes de contas com personagens e figuras que ninguém lembraria se não tivessem sido maltratados ou beatificados por Dante. Representa um dos pontos altos da literatura fantástica que une, com vigor admirável, imaginação transbordante e observação realista, a argumentação rigorosa e delírios inesquecíveis.

Vamos percorrer a mágica cidade, amada e ao mesmo tempo detestada pelo escritor, a Florença que o viu nascer, da qual foi desterrado e para onde nem sequer regressou como ossos e pó, apesar dos esforços póstumos dos seus concidadãos. E também a pujante Florença de nossos dias.

As duas Florenças

Florença é considerada o primeiro Estado moderno, com governo e instituições próprias e ação política independente. Aqui nasceu Dante Alighieri em meados de maio de 1265, em uma família da pequena nobreza. O pai era um homem das leis; a mãe morreu quando Dante tinha apenas oito anos de idade.

Dante viveu em plena Idade Média, um período histórico que se estendeu do século V ao XV. O Império Romano havia desaparecido, e o território que o integrava estava disperso em pequenos feudos nos quais se dividia o domínio europeu. A única instituição que compartilhavam era a Igreja Católica, que dava uma base ética e jurídica de poder unificado com sede em Roma. Os valores religiosos regiam a vida em sociedade uma vez que a administração e a difusão de conhecimentos estavam nas mãos da igreja, dona das bibliotecas. Os gibelinos queriam a unificação italiana sob a proteção do Sacro Império Romano Germânico, enquanto os guelfos apoiavam o poder do papado. Esse era o contexto político-social no qual transcorreu a vida de Dante e que influenciou seu pensamento, seus compromissos e sua obra artística.

Florença teve o apogeu durante o Renascimento. Os italianos do século XIV acreditavam que a arte, a ciência e a cultura tinham florescido na época clássica, que haviam sido destruídas pelos bárbaros do Norte e que lhes tocava ressuscitar o glorioso passado trazendo-o a uma nova era. "Renascimento" significa justamente isso, voltar a instaurar, ideia que começou a ganhar terreno na Itália de Dante. Em nenhuma cidade foi mais intenso tal sentimento de fé e confiança em que deveria haver um Renascimento do que na opulenta cidade mercantil de Florença.

Hoje em dia encontramos duas Florenças. A mais conhecida, e a que normalmente milhões de turistas vêm visitar, é a Florença renascentista, a dos Médici, de Botticelli, da Galleria degli Uffizi. Também existem vestígios da Florença medieval no centro da cidade, onde está o que se conhece como Casa e Museu de Dante, que é onde se supõe que tenha nascido o escritor. A casa é uma reconstrução e talvez não reflita o lugar exato, mas sim a região onde ele vivia com a família.

Uma das construções mais famosas é o Batistério de São João [San Giovanni em italiano], situado em frente à catedral, o Duomo. Nesse batistério, hoje conhecido pelas famosas portas cujos relevos foram talhados por Lorenzo Ghiberti em 1452, foi batizado o nosso protagonista. Giovanni Boccaccio, além de escritor excepcional, autor do conjunto de contos picantes, irônicos, sociais, com suas muitas facetas e que praticamente criou um gênero chamado *Decameron,* foi o grande animador e promotor cultural de Florença. Foi também o encarregado de reconciliar os florentinos com Dante. Eles lhe haviam guardado uma relação de amor e ódio, então Boccaccio assumiu o papel de advogado do gênio e do talento de Dante fazendo a primeira leitura pública de *A divina comédia*. Provavelmente muito do impacto posterior que Dante teve sobre a literatura se deva a Boccaccio.

A Florença medieval está cheia de lugares com histórias vinculadas à figura de Dante Alighieri, mas muitos deles não são conhecidos pelos turistas porque não são especialmente chamativos. Um deles é chamado *Il sasso di Dante* (A pedra de Dante) e marca o lugar onde se supõe que o escritor se acomodasse para contemplar a construção do Duomo, obra que demorou muito tempo e que ele não chegou a ver concluída.

A União Europeia em plena Idade Média

San Gimignano é uma das cidades medievais italianas melhor constituídas. No passado, era o começo de uma parte da Vía Romea, um caminho de peregrinação que vinha da Inglaterra, atravessava os Alpes e chegava até Roma. O trecho conhecido como Via Francígena ia de San Gimignano até Monteriggioni, e por ele levava-se aproximadamente sete horas andando e depois ele continuava até o seu destino. As torres da cidade serviam para abrigar e defender os peregrinos. Era o lugar onde os cavaleiros templários tinham sua sede para proteger esta região da Itália.

Cada uma das torres de San Gimignano tinha a sua própria história e o seu próprio nome. Uma das mais curiosas é a da Torre do Diabo, que a sabedoria popular indica como a mais alta porque o diabo em pessoa a teria construído um anexo durante a noite.

Desejando dedicar-se à política como o seu mestre Brunetto Latini, em 1295, Dante inscreveu-se no sindicato dos médicos e boticários. Até o ano seguinte foi um dos 35 membros do Consiglio de Capitano e quase ao mesmo tempo fez parte de uma comissão encarregada de reformar a lei pela qual eram eleitos os priores. Em seguida, integrou o Conselho dos Cem, instituição que funcionava, segundo alguns pesquisadores, como uma verdadeira câmara de representação popular, formada por *popolanos*, pertencentes às camadas médias da sociedade, e sua missão constituía em defender os direitos da reduzida classe média.

Foi justamente na sala de reuniões da comuna de San Gimignano onde, em maio de 1300, Dante Alighieri, que então era embaixador de Florença e estava na plenitude de sua importante atuação política, reivindicou embaixadores para a liga guelfa. Um dos seus sonhos era criar uma liga que unisse as cidades italianas o quanto fosse possível. Há constantemente em Dante essa ideia de reunião, de criar unidades maiores a partir das pequenas cidades eternamente em luta. Isso se reflete sobretudo nas obras que escreveu sobre a monarquia, um canto ao império entendido como a busca de um único governo na Europa. Ele supunha que os seres humanos enfrentam-se uns aos outros porque acreditam que lhes falta algo: riqueza, território. A sua resposta a esse problema era um governo que não lhes deixasse faltar nada, que mandasse em tudo, um governo justo que ajudasse os pobres, o desenvolvimento das cidades e sem ambições privadas. Isso é o que ele expõe no livro *Monarquia*, que em certa medida é o primeiro vislumbre do que logo foi a União Europeia ou, inclusive, uma organização mundial de nações. O princípio dessa ideia foi o célebre discurso que Dante fez aqui em San Gimignano, com um alcance menor. A história logo o levou por outros rumos, e Dante acabou exilado sem ver seu sonho realizado.

Os vinhedos de Pietro de Beconcini, perto de Florença, estão no meio de belíssimos campos que têm todas as cores do outono. É uma verdadeira sinfonia. São as terras de produção do Chianti, vinho excepcional que se bebe na cidade e provavelmente em todos os restaurantes italianos do mundo. Por esta fazenda passava o caminho dos peregrinos que vimos em San Gimignano. Eram peregrinos que voltavam de Santiago de Compostela e foram os que levaram as sementes de uva *tempranillo* que cruzaram com outras desta região e criaram um vinho extraordinário, delicado, inspirado. É uma bebida que se produz e se bebe desde os tempos em que o próprio Dante e os autores clássicos dessas regiões o tomavam enquanto pintavam, escreviam, viviam e gozavam, como nós fazemos hoje.

De San Gimignano é possível ir até Monteriggioni. A zona em que se encontra este povoado maravilhoso foi lugar de disputas permanentes entre sieneses e florentinos desde o começo do século XII, quando os sieneses decidiram que precisavam de outro castelo para defender-se dos florentinos. Assim, desde 1213 e durante cerca de um século, o castelo conheceu todo tipo de ataques e mais de uma vez esteve a ponto de desaparecer. Finalmente, os florentinos tiveram a sua revanche em 1269, e Siena foi governada pelos guelfos por cerca de oitenta anos. Esse povoado, com suas muralhas arredondadas e o aspecto gratamente medieval, que parece ainda conservar o encanto de tempos passados, é um dos lugares que não se pode deixar de visitar numa viagem à Toscana.

Doce tirano do amor

Considera-se que tenha sido o poeta bolonhês Guido Guinizelli quem inventou, por assim dizer, o *Dolce stil nuovo* [doce estilo novo]. Trata-se de uma mudança na poesia europeia que marcou um tempo novo para os cantos líricos.

Tradicionalmente, a poesia trovadoresca era composta de cantos a uma dama de estirpe elevada e grande beleza, mas em geral respeitava as hierarquias medievais. A dama ocupava o lugar do senhor feudal, enquanto o trovador era um tipo de vassalo. O *Dolce stil nuovo* de Guinizelli introduziu um elemento diferente, o *coro gentil*: agora era a escolha do coração que marcava a nova linha amorosa. Aquilo que em Guinizelli ainda era algo mais ou menos esboçado, a ideia de uma estilização e idealização do amor, inclusive de uma espiritualização do amor, encontra sua maior expressão primeiro no Dante de *La vita nuova* e, em seguida, em Petrarca. Dante transforma a relação amorosa em um caminho da salvação humana, na qual a dama vai se transformando pouco a pouco na imagem do próprio Cristo. Como logo veremos no caso de Beatriz em *A divina comédia*, seguir a dama é seguir o caminho da transcendência, da excelência da pessoa. Há muitos versos, muitos sonetos de Dante nessa linha, mas talvez um dos mais significativos, por reunir ou expor o princípio do *Dolce stil nuovo* já reforçado, seja o seguinte: "Fiel coração e Amor são igual coisa, tal como diz o sábio em sua canção, e um sem o outro ser não ousa, como alma racional sem a razão. Toma natura a Amor, se é amorosa, por dono; e gentileza, por mansão, e em seu interior dormindo ela repousa por tempo breve ou mais longa estação. Se beldade sensata dama manifesta, a vista afaga, e quer com ardor o coração a coisa complacente, e tanto dura nele, que às vezes esta acorda seu espírito de Amor. E igual faz na dama homem excelente".

É interessante que, diferentemente da poesia trovadoresca, o despertar do amor no coração gentil do cavalheiro ou do poeta é correspondido, e o mesmo ocorre com a dama: ela também se reconhece e desperta o sentimento de seu coração gentil até o homem excelente. Um dos momentos essenciais da vida de Dante, mesmo que desconheçamos se lendário e imaginário ou se real, foi o encontro com Beatriz Portinari, que se transformou em sua dama ideal, em seu sonho amoroso. Foi a pessoa que o levou ao céu e que, segundo a doutrina de uma nova forma amorosa poética, veio a ser já não somente uma parceira da alma, mas uma espécie de redentora, um novo avatar da virgem, algo religioso, transcendente.

Todos que leram *A divina comédia* (e também, é claro, *La vita nuova*, onde se refere ao encontro) perguntam-se quem foi essa figura enigmática, o amor impossível do poeta. Segundo Dante, ele a tinha conhecido um pouco antes de fazer dez anos, durante as festas de maio que eram comemoradas na casa de uma família amiga, perto do Arno, em Florença. Os biógrafos questionam esse dado. Se bem tenha sido um momento sem palavras, na memória do escritor adquiriu uma profundidade praticamente mitológica. Assim ele o descreve no célebre começo do segundo capítulo: "Nove anos depois do meu nascimento, havia dado já a volta ao céu da luz, quase a um mesmo ponto do seu próprio giro, quando diante de meus olhos apareceu pela primeira vez a gloriosa dona da minha mente, que assim foi chamada Beatriz por muitos, e nem sequer sabiam que assim se chamava. Ela já estivera tanto nesta vida que, em seu tempo, o céu estrelado havia se movido até a zona do oriente, uma parte tal que quase no princípio do nono ano apareceu diante de mim vestida de uma cor nobilíssima, humilde, honesta, da maneira que convinha à sua jovem idade. Naquele ponto eu digo, com toda a verdade, que o espírito da vida que reside na secretíssima câmara do coração começou a tremer com tanta força que horrivelmente se manifestava nas menores pulsações, e tremendo disse essas palavras. É o reconhecimento da aparição do amor, deste doce tirano que domina o coração daquele que é possuído por ele".

A igreja de Santa Margarida, também conhecida como igreja de Dante, é outro dos lugares fundamentais da nossa peregrinação em torno da figura de Alighieri. Aqui ele se casou, mas não com a sua adorada Beatriz. Desde pequeno já havia sido prometido para a filha de um homem bem-sucedido, Manetto Donati, e Gema foi a sua verdadeira esposa. Dizem que aqui também estão enterradas a própria Beatriz e a sua ama, e, logicamente, o lugar transformou-se numa espécie de espaço de culto ao amor platônico. Os apaixonados chegam e depositam um papel com algum desejo de amor ou de reencontro enquanto o órgão toca uma música relacionada com os desejos de amor. Uma série de imagens, muitas delas recentes, inclusive feitas por crianças, representam Dante em diversas atitudes e situações, em um encontro com Pinóquio, e as coisas mais surpreendentes.

Embora sejam os dados que existem sobre a figura de Dante e sua vida cotidiana, poucos escritores na história da literatura foram tão representados fisicamente como ele, a ponto de ter se transformado num ícone inclusive para pessoas que não leram sua obra. É perfeitamente reconhecível, pelo menos na vestimenta tradicional que lhe foi concedida, e então o vemos em retratos, tanto antigos como modernos, passeando. Em um dos quadros, ele é apresentado saindo furtivamente da comitiva nupcial da própria Beatriz, quando ela se casou com outro.

Na majestosa catedral de Florença, Santa Maria del Fiore, está exposto um dos quadros mais representativos e reproduzidos da sua imagem. Ostenta vários títulos; o mais usual é: *Dante explicando* A divina comédia. Foi pintado por Domenico di Michelino em 1465 para comemorar o segundo centenário da morte de Dante. O quadro representa o escritor com seu texto na mão, e à sua direita observa-se uma vista geral da cidade de Florença, onde se pode identificar a famosa cúpula de Brunelleschi, que pertence justamente à própria igreja Santa Maria del Fiore. À esquerda podem ser vistas imagens tomadas do inferno dantesco, ao fundo está o cone do Purgatório, a leste a montanha, e acima o início do Paraíso com a figura de Adão e Eva. Ou seja, em uma pequena representação encontra-se condensada praticamente a totalidade de *A divina comédia*, a sua cidade e a própria figura do escritor, tal como a iconografia tradicional a reproduziu.

A língua das ruas

Bolonha é uma das cidades mais cultas e de maior tradição histórica da Itália. Foi uma das principais dos Estados papais e, além disso, é um centro gastronômico. Inclusive fala-se de *Bologna la grassa* ou *Bologna la gorda* porque é um lugar onde sempre se comeu extraordinariamente bem. Na época medieval, havia aqui um grande número de torres, provavelmente cerca de cem. Hoje em dia só restam duas: Gariselda e Asineldi. As torres eram bases senhoriais e também cumpriam objetivos de defesa.

A cidade conta com a universidade mais antiga do mundo ocidental. Considera-se que da imitação da Universidade de Bolonha, inaugurada no século XI, surgiram universidades em Salamanca, na Sorbonne e em Oxford. Bolonha tem uma ilustríssima tradição de figuras extraordinárias que, ao longo dos séculos, estudaram aqui, como por exemplo, Francesco Petrarca, Nicolau Copérnico, Tomás Becket, alguns inclusive pertencentes à história da Espanha, como Antonio de Nebrija. Hoje segue a tradição de figuras históricas com um professor como Umberto Eco. É um centro extraordinário de cultura, sobretudo de estudos jurídicos, mas também humanísticos. Supõe-se que o próprio Dante fez seus estudos aqui.

Giovanni del Virgilio foi um professor e erudito dessa universidade, contemporâneo de Dante, que lhe escreveu uma epístola em forma de poema elogiando os primeiros cantos de *A divina comédia*, mas repreendendo-o por tê-la escrito em língua vulgar, ou seja, em toscano em vez do latim. Dante respondeu em uma égloga ao estilo de Virgílio, em latim, mas defendendo sua opção. Ele preferia a língua real, verdadeira, a língua falada nas ruas, que as mulheres podiam entender, pois somente desse modo poderiam chegar até elas os poemas de amor. Era a língua que, segundo Dante, devia ser defendida para a poesia. Nesse momento, a língua culta – o latim – era a língua de todas as universidades. Os professores daquela época podiam mudar-se de um país para o outro e dar aulas na Sorbonne, em Oxford, em Salamanca, com total naturalidade. No entanto, para a literatura enquanto instrumento de criação do mundo imaginário que logo daria origem à literatura europeia praticamente em sua totalidade, Dante defendeu a língua que era falada nas ruas, a língua materna, e esse foi um grande salto modernizador com o qual foi rompido o espartilho da Idade Média.

O cronista do Além

A divina comédia, uma sublime *summa* poética do saber medieval, é a obra-prima de Dante e uma das grandes peças literárias de todos os tempos. Combinação do pensamento histórico e político e dos conhecimentos teológicos, científicos e líricos, em certa medida, ela reúne todo o saber da época. Divide-se em três cantos: o Inferno, o Purgatório e o Paraíso. Supõe-se que Dante – que é um personagem de 35 anos – encontra-se perdido numa selva escura, acossado por feras e, ao ver a boca do

Inferno, ingressa nele. Ali se encontra com o poeta Virgílio, que o acompanha pelo Inferno e pelo Purgatório para mostrar a ele o lugar onde os pecadores são castigados. Os primeiros, por toda a eternidade, enquanto os do Purgatório, até que chegue o momento de passar para o Paraíso. Nesses lugares, vão aparecendo uma série de personagens históricos e literários que Dante havia conhecido ou de que tinha escutado falar, inclusive pessoas que ainda estavam vivas enquanto ele escrevia. Suas reflexões sobre moral, filosofia e história concentram, além de tudo, uma extraordinária virtude poética, porque Dante sabe misturar o mais abstrato e teórico com detalhes absolutamente concretos, quase carnais, que são os que dão força ao poema.

O Inferno é um cone invertido que, com círculos sucessivos, desce até as entranhas da Terra. Do outro lado, enlaça-se com outro cone, que ascende e que é a janela do Purgatório. No final dessa janela, Virgílio já não pode mais acompanhar Dante, porque ele não foi batizado, de modo que está em um limbo, onde se encontram as grandes figuras históricas que não chegaram a conhecer Cristo. Tem que retornar, e é precisamente a sua amada Beatriz, aquela à qual dedicou *La vita nuova*, que se transforma na redentora da sua vida. Ela desce do céu e acompanha Dante ao Paraíso para que ele veja o reino dos bem-aventurados, um reino que também tem diversos níveis de acordo com os méritos, a santidade e, igualmente, com a vocação na vida de cada protagonista. É uma obra de um conjunto admirável, tanto do ponto de vista poético como teórico, que verdadeiramente basta para justificar não apenas uma existência pessoal, mas a existência de uma literatura e uma língua, porque o italiano moderno descende do toscano que Dante usa em sua obra imortal.

Exílio

Durante a Idade Média, os territórios e as cidades livres que depois constituíram a Itália estavam divididos em dois grupos:

guelfos e gibelinos. Os primeiros eram, pelo menos nominalmente, partidários do papado, enquanto os gibelinos eram do Império, do poder terreno. No entanto, nem sempre esses termos eram absolutos. A maioria das localidades guelfas ou gibelinas não se enfrentava entre si tanto por questões papais ou imperiais, mas por disputas de limites, de vizinhança, desavenças entre senhores feudais de um lugar e de outro. Mas essa divisão marcou em boa medida as lutas desse período.

Os guelfos estavam concentrados em Florença e os gibelinos em outras localidades italianas, mesmo que alguns tenham mudado de lado. O próprio Dante fez isso ao longo da sua vida, ou pelo menos amenizou muitas das suas posturas e terminou formando quase sozinho um partido que não tinha nada a ver com nenhum dos outros.

Dante havia lutado na batalha de Campaldino do lado dos cavaleiros florentinos guelfos contra os gibelinos de Arezzo. Ele era *fenitore*, o que hoje seriam as tropas de assalto. Depois de derrotarem os gibelinos, os guelfos dividiram-se em duas facções: brancos, o partido de Dante, liderados por Vieri dei Cerchi, e negros, conduzidos por Corso Donati. O Papa Bonifácio VIII tinha planos de fazer uma ocupação militar em Florença. Em 1301, designou Carlos de Valois, irmão do rei Felipe IV da França, como pacificador da Toscana. Dante foi nomeado embaixador e chefe de uma delegação para propor um acordo de paz, mas ao chegar a Roma foi detido por Bonifácio VIII, que de acordo com os guelfos negros anexaria Florença aos Estados pontifícios. Assim, Dante foi condenado por ele a pagar uma grande soma de dinheiro, mas, ao ver-se impedido de fazê-lo, foi forçado a exilar-se, assim como seiscentos partidários da independência. Foi nesse contexto que começou a esboçar *A divina comédia*.

É provável que tenha começado a redigir o Inferno em julho de 1304. Nesses anos, morou em diferentes cidades, como Lunigiana, na casa do marquês Moroello Malaspina, e em Pisa, na corte do imperador Enrique VII, em cujas mãos Dante via uma possível cura para as feridas da Itália.

Em 1310, após a invasão da Itália por Enrique VII de Luxemburgo, Dante escreveu para ele em várias ocasiões incentivando-o a destruir os guelfos negros. Cinco anos mais tarde, Florença concedeu anistia aos exilados, mas para isso a cidade previamente os assinalaria publicamente como delinquentes. Dante recusou essa condição vergonhosa e preferiu permanecer no exílio. Esperou por muito tempo ser convidado a voltar à sua cidade em termos honrosos. O exílio era uma forma de morte, uma perda da maior parte da sua identidade. Ele nunca regressou. Aceitou, em troca, um convite, em 1318, da parte do príncipe Guido Novello da Polenta para viver em Ravena.

Castelos dantescos

Não é fácil desentranhar o que há de lenda e de realidade na relação de Dante com o castelo Malaspina em Fosdinovo. De fato, nem o território se chamava assim naqueles anos, nem o castelo existia como tal, pois só havia uma torre. Embora seja certo que Dante passou pelo lugar e é possível que tenha chegado a dormir na torre, é provável que não tenha sido na peça que é mostrada atualmente como sendo o seu quarto, que é mais ou menos uma reconstrução devotada. Seguindo o caminho da imaginação, e porque poeticamente tudo é possível, também seria que tivesse se debruçado na janela e visto nos Alpes o monte do Purgatório. Quando esteve preso, foi Corrado Malaspina quem interveio para libertá-lo, e Dante agradeceu colocando-o num dos pontos mais altos do purgatório, já a ponto de sair.

Nenhuma prisão é agradável, mas as prisões medievais eram particularmente sinistras. Eram espaços fechados, sem janelas, com muito pouca ventilação, onde os prisioneiros, sobretudo se eram pobres, eram atirados e esquecidos ou tratados de uma forma desumana, por isso poucos sobreviviam. Se tivessem dinheiro, tinham de pagar seus guardiões para aliviar a dramática situação. Ali se ingressava para provavelmente não mais sair. E, de certa forma, o confinamento nas cadeias que ele mesmo conheceu, a verticalidade e a arquitetura pensada em forma de torres, onde se acumulavam e amontoavam os prisioneiros em cada andar, inspirou boa parte das visões de Dante do Inferno. De fato, ele assinala que o Demônio está no fundo, numa espécie de calabouço natural, onde a justiça divina o colocou.

O castelo de Romena é outro dos lugares da Toscana vinculados à biografia de Dante Alighieri. No Inferno, quando desce a locais terríveis, encontra Adamo di Brescia, natural de Romena, que está condenado por falsificar florins de ouro. Adamo conta a ele que efetivamente fez a falsificação, que foi queimado vivo pelos florentinos por esse crime, mas que a culpa havia sido do conde de Romena, que lhe deu a ordem ou inspirou a ideia. Adamo amaldiçoa o conde e diz que para vê-lo ali, no Inferno, junto com ele, renunciaria inclusive a beber a água da fonte branda, que está precisamente aqui, a água do lugar onde nascera. De modo que esse episódio infernal está relacionado com o castelo de Romena, do qual Dante foi hóspede em várias ocasiões.

O museu de Il Bargello é um dos mais emblemáticos em Florença; durante o Medievo e começo do Renascimento foi sede do primeiro governo da cidade. Nesse lugar, Dante exerceu cargos públicos. Depois foi o centro de polícia da cidade e era a residência do chefe dessa força. Ali, além de tudo, havia calabouços e execuções. Existe aqui um afresco da escola de Ghiotto que representa Dante e tem o interesse de ser um afresco contemporâneo, um retrato dele vivo.

A SEPULTURA VAZIA

Entre Florença e seu filho mais ilustre houve sempre uma relação de amor e ódio. Dante era um florentino dos pés à cabeça, algo a que ele sempre deu importância. Ocupou cargos de destaque na vida social e política da sua cidade até que terminou caindo em desgraça, vivendo o resto da vida fora de Florença, mas sonhando e odiando a cidade que o tinha visto nascer. Foi Guido Novello da Polenta que o acolheu em Ravena e o transformou numa pessoa importante em sua corte. Quando teve uma disputa por questões econômicas com os venezianos, o enviou como figura relevante para realizar acordos diplomáticos. Dante foi até Veneza e ao regressar havia contraído uma grave febre palúdica que, naquele tempo, era praticamente incurável. Devido a isso morreu, aos 56 anos, e foi enterrado na igreja de São Francisco pelos monges da ordem franciscana. Em Florença, apesar de que o tinham exilado, personalidades como Boccaccio ou Petrarca e outros florentinos resgataram seu nome e o valorizaram como alguém fundamental.

Quando os florentinos quiseram recuperar o corpo do poeta, o Papa ordenou que o levassem a Florença, onde foi preparado um túmulo extraordinário para abrigá-lo. Mas os monges franciscanos de Ravena, que consideravam Dante como um dos seus, negaram-se, tiraram o corpo do seu túmulo e o esconderam numa caixa durante séculos.

Em fins do século XIX, um pedreiro, por pura casualidade, encontrou enterrada num fosso a caixa de veludo com os restos mortais e também um pergaminho dizendo que os mesmos pertenciam a Dante. Então foi depositado em uma sepultura de aspecto neoclássico construída especialmente para ele, numa zona que é das mais pobres e afastadas da cidade de Ravena. Apesar da simplicidade, a sepultura tem uma série de detalhes importantes: é revestida com fragmentos de mármore procedentes de várias partes da Itália, como um símbolo de todo o país. Na hora da morte de Dante, tocam treze badaladas de sino – ele morreu à uma hora da tarde do dia treze – e um deles foi fabricado com bronze também trazido de diferentes regiões da Itália. Há um carvalho plantado pelo grande poeta Giosuè Carducci, primeiro

Prêmio Nobel italiano, localizado atrás do túmulo, e uma lamparina de votos arde as 24 horas do dia alimentada com azeite da Toscana.

Os ossos de Dante tiveram uma história quase novelesca, que poderia ser descrita como um verdadeiro *thriller*. No entanto, para todos nós, e fetichismos à parte, a verdadeira tumba de Dante são suas obras, *A divina comédia* e *La vita nuova*. Aí é onde nos espera e onde entramos em contato com ele quando o lemos.

A divina comédia de Botticelli e de Michelangelo

No centro de Florença está a livraria Feltrinelli, uma das mais conhecidas e populares da cidade. Aqui conversei com o encarregado.

– *Qual é a importância dos livros de Dante hoje em dia?*
– Os livros de Dante sempre são vendidos. Estranhamente, não são os florentinos os que mais compram, mas sim os estrangeiros. Embora muitos não falem a língua e isso seja bastante complicado, porque grande parte de *A divina comédia* está escrita em italiano vulgar.

– *A obra é estudada na escola?*
– Sim, mas são utilizadas edições resumidas, com facilidades para a aprendizagem e com notas explicativas. Existem edições para crianças; e também há outras em italiano corrente, não em italiano vulgar.

– *E os jovens, fora da escola, demonstram interesse por Dante?*
– Digamos que nem tantos assim.

Ainda no século XV, muitas cidades italianas haviam criado grupos de especialistas dedicados ao estudo de *A divina comédia*. Durante os séculos que se seguiram à invenção da imprensa, apareceram mais de quatrocentas edições diferentes do poema somente na Itália. A epopeia dantesca inspirou, além disso, numerosos artistas, até o ponto de aparecerem edições ilustradas pelos mestres italianos do Renascimento Sandro Botticelli e Michelangelo, pelos artistas ingleses John Flaxman e William Blake, e pelo ilustrador francês Gustave Doré.

Os três mosqueteiros, de Dante
Conversa com o escritor Mario Vargas Llosa

Sempre contamos com um leitor da obra do autor em questão, um leitor especial. Neste caso, estamos além de tudo diante de um autor de exceção, que teve a enorme generosidade de falar sobre alguém que merece de verdade que lhe prestemos atenção, porque Dante Alighieri não é simplesmente um escritor.

– *Dante é uma referência de civilização.*
– Mais do que um escritor, é uma literatura, uma época, um modelo, um mundo de enorme riqueza. Tentei ler Dante quando ainda era uma criança. Tinha menos de dez anos, vivia na Bolívia e devorava os livros de uma editora argentina chamada Thor, que publicava Alexandre Dumas, Julio Verne e Emilio Salgari. Entre esses livros, de repente descobri um que tinha uma capa muito chamativa: era *A divina comédia*, de Dante, traduzida ao espanhol por Bartolomé Mitre. Tentei lê-lo pensando que iria encontrar um equivalente de *Os três mosqueteiros* e, claro, foi um choque, em primeiro lugar porque estava em verso, e eu nunca havia lido um romance tão longo em verso. E, além disso, era muito complexo para mim. Foi a minha primeira tentativa de aproximação de Dante e fracassei. Acho que um adolescente pode tentar lê-lo, mas sem aproveitar, sem gozar da imensa riqueza que tem.

– *É um livro muito narrativo.*
– Está cheio de historietas. Contém situações muito novelescas.

– *Borges dizia que A divina comédia é uma obra da literatura fantástica, na qual Dante narra com muita verossimilhança. Um exemplo é a descida por onde estão os demônios, que voam e roçam as asas nele, e ele tem medo de cair no abismo.*
– Uma das coisas que mais me impressionaram quando pude fazer uma leitura mais séria é a maravilhosa confusão existente entre os personagens: os reais, os históricos e os fantásticos, com personagens que saem da literatura e que são castigados ou premiados ou colocados no Purgatório. Um dos episódios mais bonitos é o de Ulisses. T.S. Eliot escreveu um ensaio maravilhoso sobre Dante, que eu lembro muito porque o li mais de uma vez. Ali diz que a linguagem de Dante é fácil porque, ao contrário de outros grandes clássicos, não precisamos de um conhecimento regional, já que por detrás do italiano que escreve há uma mentalidade europeia. Um europeu do século XIV pensava mais ou menos da mesma maneira, mesmo que falasse em línguas diferentes, sobretudo se sua língua procedia do latim. Por esse motivo, ele diz, Dante é tão acessível para um leitor espanhol, inglês ou francês, e eu acho que isso é absolutamente verdadeiro.

– *Trata-se de uma obra teológica cheia de humanismo.*
– Mesmo que as pessoas sejam apresentadas por meio de virtudes e pecados, são convincentes, reais, e com elas nos identificamos assim como quando nos identificamos com as personagens de um romance. Agora, há uma coisa muito interessante: por que o Inferno é tão superior ao Purgatório e ao Céu?

– *Acho que é porque é mais crível.*
– E porque, na literatura, o mal tem muito mais força do que o bem, é muito mais verossímil, muito mais autêntico. E isso, provavelmente, começa com Dante.

– *Sem dúvida. Qualquer sensação ou situação prolongada transforma-se em infernal por prazerosa que tenha sido no começo.*

– A divina comédia foi escrita faz tantos séculos e, no entanto, quando a lemos, reconhecemos uma realidade humana absolutamente atual. As grandes paixões, os grandes medos que produzem monstros, a criação de um mundo fictício em função de ignorâncias ou desejos, tudo isso é absolutamente vigente, apesar dos séculos transcorridos.

– *E, além disso, no fundo, cada um dos castigos é o próprio pecado transformado em sanção.*

– Há um aspecto que acho muito interessante em Dante, e é o fato de que ele passou mais da metade da vida no exílio e tenha sido nessa condição que escreveu a sua obra-prima.

– *O que ele conta também é uma espécie de exílio, o exílio da terra, o ir embora do mundo e se encontrar no estranhamento absoluto, em outro mundo.*

– Essa condição de exilado é a que o salva do provincianismo, da visão regionalista. E é por esse motivo, com certeza, que ele é um dos primeiros escritores absolutamente europeus do seu tempo.

– *Há outra coisa muito interessante, e é quando no Inferno e no Purgatório aparece gente que ainda está viva no mundo, isso devia impressionar muito as pessoas que eram religiosas. O fato de pegar um livro e ver-se já no Inferno, quando ainda se está aí, caminhando pela Terra...*

– Uma pergunta muito interessante, sobretudo relacionada com a *Comédia* é: um cético, um agnóstico, um ateu, pode gozar profundamente de um livro que está estruturado de modo tão visceral sobre a fé? Ou um leitor como eu e você perde alguma coisa?

– *Que bela reflexão. Obrigado, Mario.*

Pesadelo genial

Como vimos nesta viagem, Dante foi condenado ao exílio em grande parte da sua vida. Talvez essa circunstância tenha tido um aspecto benéfico, já que lhe permitiu conhecer a Itália, entrar em contato com o restante da Europa e ser testemunha de muitas coisas além daquelas que teria conhecido caso apenas tivesse passado a vida na sua Florença natal. Nem a sua literatura nem ele mesmo teriam sido quem foram, mas tampouco a Europa seria o que é hoje se Dante não tivesse existido, tampouco a sua política, nem certa forma de ver o que em seguida foi chamado de Modernidade. Sem dúvida, Dante é, em uma necessária e importante medida, o pai de todos os europeus.

Desde muito cedo, surgiram biografias de Dante Alighieri. A primeira de todas foi escrita pelo próprio filho e depois surgiram outras breves, mais ou menos interessantes. A primeira biografia sólida, que teve peso devido à importância de seu autor, foi a de Giovanni Boccaccio, que vira Dante em pessoa nos seus últimos anos de vida. Boccaccio tinha nove anos, essa idade emblemática na história de Dante, a mesma com que se encontrou com Beatriz. Ele o viu passar por Florença e ficou fascinado pela figura do grande homem. Ao longo de toda a vida, Boccaccio manteve esse culto a Dante, primeiro como biógrafo e em seguida como leitor em público de *A divina comédia*, como promotor da obra e, sobretudo, convencendo os florentinos de que a figura do poeta não pertencia a um partido ou a outro, mas era um patrimônio de todos de Florença. Hoje nós sabemos que é patrimônio de todos os europeus e da humanidade inteira.

Graças a Dante, estivemos no Além e, como ele, voltamos vivos, cheios de inegável espanto e duvidosa esperança. Mesmo que seja apenas como um pesadelo genial, a viagem vale a pena.

Províncias florais

O País Basco de Pío Baroja

Dá-se como certo que a Grã-Bretanha conta com uma incrível literatura de aventuras porque os ingleses foram navegantes, colonialistas e, muitos, piratas em seus dias de glória, o que alimenta esse tipo de narrativa. Mas não deixa de ser curioso que os espanhóis, que também um dia pensaram que navegar era mais necessário do que viver, somente tenham contribuído com esse gênero – o que sem dúvida não é pouco – com as magníficas crônicas das Índias. A partir de então, a decadência do império arrasta também ao final os relatos de aventuras exóticas em terras distantes. No século XIX e na primeira metade do século XX, o romance espanhol aburguesa-se e torna-se urbano, com muito poucas exceções: algumas histórias de Ramón del Valle-Inclán protagonizadas pelo marquês de Bradomín, Ramón J. Sender e, é claro, Pío Baroja.

Parece lógico que seja um escritor basco quem tenha deixado a melhor narrativa de aventura contemporânea em espanhol. Desde antes dos tempos do descobrimento e da conquista da América, como pioneiros da pesca e da caça à baleia, os bascos foram navegantes ousados e intrépidos. Mais tarde, durante a epopeia americana, tornaram-se especialistas insubstituíveis no trato com a tecnologia de ponta da época, como a navegação das recém-inventadas caravelas ou a cartografia. E, pouco depois, graças ao ímpeto dos jesuítas, tornaram-se colonizadores no novo continente e também no Oriente mais distante. Muito diferente, é claro, do atual modelo de basco acalentado pelo nacionalismo, fechado nos limites do seu casario e definido pela oposição frontal a essa Espanha cuja lenda coletiva tanto contribuiu para criar.

No entanto, os aventureiros de Pío Baroja são de uma índole especial, diríamos que muito mais desencantada e, portanto, mais moderna do que os clássicos do século XIX. O que conta para eles não é a vitória institucional, o botim ou a glória, mas o dinamismo de uma peripécia que toma a própria inquietude como objetivo e recompensa (uma de suas melhores novelas intitula-se *Las inquietudes de Shanti Andia*).

Para o escritor, a ação pela ação é a meta de todo homem sadio. Não tanto o projeto coletivo, do qual pode participar a partir da sua personalidade irredutível, mas a aposta que ganha até quando perde pelo que cada um tem de único: "O individual é a única realidade na Natureza e na vida", afirma em *César o nada*. Aqui, como em outras ocasiões em Baroja, ouve-se um eco de Nietzsche. "O que importa não é a vida eterna, mas a eterna vivacidade."

Para privilegiar o dinâmico, Baroja procura os seus protagonistas não só entre marinheiros e guerrilheiros, mas também em todo tipo de marginais vagabundos e anarquistas por doutrina ou vocação: o escombro social para os bem-pensantes, inadaptado e inconformista. Dom Pío foi uma pessoa do tipo a quem só interessavam literariamente os propagadores da desordem. Elogiou a energia bárbara daqueles que racham a crosta da sociedade para encontrar ar livre. Ortega y Gasset, que sentiu um misto de fascinação e repulsão por sua obra, reconhece que o burburinho de enxame dos seus personagens, seu vaivém ("entram e saem do romance como se sobe e desce do ônibus"), reproduz o ritmo veloz da própria vida, a sua contingência, falta de sentido e mudança constante e vulgar. E, no entanto, mesmo que suas tramas às vezes desconcertem, jamais aborrecem. É o narrador puro, que conta sem parar, como se não entendesse muito bem aonde vai e por isso mantém também aberta no leitor a intriga existencial que palpita enquanto ocorre.

Pío Baroja definiu-se como "homem humilde e errante". Uma apresentação modesta, de perfil baixo, que contrasta com os contundentes impropérios, os juízos inapeláveis e as impertinências ferozes (o que Ortega y Gasset chamou de "opiniões de metralhadora") que marcam sua obra. Foi repreendido pelo descuido de seu estilo e pela desatenção quase provocativa às normas do bom gosto literário. Mas ninguém pode discutir a eficácia da sua prosa, que envelheceu muito menos do que a de qualquer um dos seus contemporâneos, rivais ou críticos.

Para muitos, o nome de Pío Baroja é desconhecido. Mas asseguro que vale a pena recuperar esse escritor fundamental, cheio de nuances e contradições, que marcou a literatura de sua época e a que ainda hoje é feita na Espanha. Seguir os rastros de sua vida permite, além do mais, conhecer as belas paisagens do País Basco, a cidade de San Sebastián e a boemia da Madri do começo do século XX.

Um asceta careca cheio de ternura

Desde seu nascimento, em 1872, Pío Baroja manteve relação com o País Basco. Sua atitude, seu olhar sobre o mundo e o particular sentido da história estão ligados à paisagem, à memória e à mentalidade desse lugar.

Em San Sebastián – Donostia na língua basca – nos deparamos com a singularidade de suas praias, de suas montanhas e da arquitetura *Belle Époque*, além de descobrir uma vida cultural agitada pelos reconhecidos festivais de jazz e de cinema. O atual prédio da prefeitura era originalmente um grande cassino construído no início do século XX, crucial para o desenvolvimento da cidade. Até então, era uma cidadezinha de pescadores e marinheiros. Em seguida mudou e passou a ser uma cidade-balneário.

Assim, nos anos 1920, foi lançada a nova San Sebastián e o cassino foi um local visitado por personalidades de todos os tipos: Alexander Alekhine, o mítico campeão mundial de xadrez, ou a famosa bailarina e espiã Mata Hari, que pouco depois foi fuzilada na França. Quando Francisco Franco proibiu o jogo, o prédio deixou de ser cassino, mas ainda guarda toda a atmosfera e o espírito do passado.

Um dos lugares mais famosos de Donostia é La Concha, considerada a praia urbana mais bonita da Europa, e, se a paixão não me cega, diria que é um dos lugares mais bonitos de toda a Espanha. Tem o conforto da proximidade: está a poucos passos das casas. No verão, é um lugar de reunião dos turistas e dos moradores da cidade, mas não são poucos os que se banham nestas águas durante todo o ano, mesmo quando as temperaturas estão baixas. A verdade é que San Sebastián foi sempre um balneário frequentado pela elite. Foi o lugar que a rainha María Cristina da Espanha escolheu para passar os verões entre 1893 e 1928.

Outro dos pontos de referência de Donostia é o Boulevard, perto da Rua Oquendo, onde estão os fundos do emblemático teatro Victoria Eugenia. Aqui, no número seis desta rua, nasceu Pío Baroja y Nessi num 28 de dezembro, o Dia dos Inocentes. Muito próximo daqui está o rio Urumea e sua foz no mar Cantábrico. Baroja sempre esteve muito unido a San Sebastián, mesmo tendo vivido também em Madri, Pamplona e Valência.

Em frente à sua casa há um busto no qual se pode perceber o caráter forte de dom Pío. A sua extensa autobiografia é um documento essencial para conhecê-lo, mas também, como diz Eduardo Mendoza, para interpretá-lo de forma errada, porque tudo o que conta nessa obra passou pelo filtro da visão do velho queixoso que lembra os fatos da sua vida com a perspectiva dos anos.

O seu pai foi Serafín Baroja y Zornoza, engenheiro mas também homem de letras muito ligado à vida intelectual da cidade. A família paterna havia exercido atividades como a tipografia e a farmácia. A mãe, Carmen Nessi y Goñi, era de origem italiana. Os Goñi eram vinculados ao mar, marinheiros, e é provável que daí viesse o entusiasmo e o romantismo marinho de Pío. Os Nessi haviam sido artistas, litógrafos, ourives e joalheiros.

Formado em medicina, Pío Baroja exerceu a profissão durante algum tempo, mas em seguida renunciou para dedicar-se à literatura. Teve uma vida passiva, a de escritor, mas na mente tudo era aventura. Viajava ao fundo do mar, e era um dândi europeu que passeava pelas grandes cidades, rodeado de damas refinadas, visitando belos lugares. Essas duas vidas – a real, do escritor, e a sonhada, do aventureiro e dândi – integram sua personalidade polifônica. Segundo o descreveu José Ortega y Gasset, Pío Baroja era "um asceta careca, cheio de bondade e ternura, que perambula para cima e para baixo na Rua de Alcalá e deseja preencher-se construindo personagens que se pareçam com sua ambição". Eduardo Mendoza disse que "foi anarquista e homem ordeiro, inimigo de toda a autoridade e partidário dos regimes mais totalitários, humanista e racista, liberal e intolerante. E não de forma sucessiva, mas simultaneamente".

Do ponto de vista ideológico, Baroja apenas sentiu simpatia pelo anarquismo, mas em um sentido relativo, compreendido segundo a sua própria interpretação. A sua atitude foi existencial, próxima do individualismo, e não de uma utopia ou de um projeto de sociedade.

Um basco que amava seu país

Em 1900, Baroja publicou o primeiro livro, *Vidas sombrias*, uma compilação de diversos textos. Ele disse sobre esse trabalho: "Os contos que integram este volume eu escrevi quase todos quando era médico de Cestona. Tinha um caderno grande [...], e como sobraram muitas folhas comecei a recheá-lo com contos". Nesse mesmo ano apareceu o primeiro romance, *La casa de*

Aizgorril, com o qual iniciou a trilogia *Tierra vasca*. Baroja organizou sua obra em ciclos narrativos, trilogias principalmente, mas também tetralogias ou séries mais amplas. Uma das trilogias mais conhecidas é *La lucha por la vida*, integrada por *La busca* [A procura], *Mala hierba e Aurora roja*. Em seus romances aparecem três elementos fundamentais: ação, descrição e reflexão. Quanto à técnica e ao caráter, o próprio Baroja explica em *Ciudades de Italia* que os seus romances "são de observação da vida, com realismo e um pouco de romantismo também". Um estilo sóbrio, direto, de múltipla e vigorosa eficácia expressiva. Ele também foi um assíduo e polêmico colaborador de jornais e revistas da época. Sua obra é enorme. Somente as memórias foram publicadas em sete volumes com o título *Desde la última vuelta del camino*. Baroja não descansava nunca. Para Mendoza, a chave da personalidade de Baroja teria de ser buscada em sua mais patente contradição: a de oferecer ao mundo a imagem de um indivíduo quase inexistente, dedicado unicamente à tarefa de escrever um livro após o outro numa mesinha auxiliar e, ao mesmo tempo, desejar ser confundido com os homens de ação cujas emocionantes aventuras ele nos relata, com os cavaleiros filosóficos e mundanos que passeiam o seu desencanto por todas as capitais chuvosas da Europa do entreguerras. Provavelmente, arrisca Mendoza, Baroja sonhou em ser ambas as coisas, mas algo o impediu: talvez o temperamento, talvez as circunstâncias, talvez a tarefa que ele mesmo havia se imposto.

A renúncia de Alfonso XIII e a ascensão da República em 1931 não o entusiasmaram. Estava na sua casa em Vera de Bidasoa quando começou a Guerra Civil. Prenderam-no durante 24 horas e em seguida foi colocado em liberdade. Imediatamente, atravessou a fronteira e radicou-se na França, de onde voltou para viver em Madri.

O próprio Baroja disse de si mesmo quando esteve na inauguração do mencionado busto em sua homenagem em 1935: "Caso se apaguem as lembranças sobre mim, e este busto permaneça em seu lugar, me contentaria, caso fosse possível, que as pessoas que o contemplassem no futuro soubessem que quem serviu de modelo para esta estátua era um homem que tinha entusiasmo pela verdade, ódio à hipocrisia e à mentira e que, mesmo que dissessem o contrário em seu tempo, era um basco que amava intimamente o seu país".

A PADARIA E *GUERNICA*

Em 1879, a família Baroja instalou-se em Madri na Rua Real, hoje continuação de Fuencarral, um bairro que era ocupado principalmente por operários da indústria e pessoas da pequena burguesia. O propósito dessa mudança era assumir a famosa padaria Viena Capellanes, onde toda a família trabalharia. Depois se mudaram para a Rua do Espírito Santo, justamente ao norte do que hoje é a Gran Vía. Era uma zona onde se podiam ver vendedores de água e soldados licenciados de Cuba e das Filipinas que se dedicavam a pedir e cantar. É o bairro onde ambienta grande parte do romance *Aventuras, inventos y mixtificaciones de Silvestre Paradox*. Ele teve três irmãos: Darío, vivaz e extrovertido, que morreu de tuberculose em plena juventude, em 1894; Ricardo, pintor e escritor; e Carmen, também escritora e mulher de Rafael Caro Raggio, que se transformou no principal editor das obras de Pío Baroja. Uma das tias dos irmãos por parte dos Nessi propôs a Ricardo que cuidasse da padaria – que havia introduzido o pão de Viena na Espanha –, e esse sugeriu a ideia de convidar o irmão Pío, que desejava ser escritor profissional mas não tinha uma renda fixa, e assim dividirem o trabalho para viverem sem sufoco e disporem de tempo livre para seus interesses.

Em *La busca*, Baroja descreve o ambiente da padaria: "Na panificadora, para começar a aprender, o colocaram no forno para ajudar o encarregado da pá. O trabalho era superior às suas forças. Tinha que levantar às onze da noite e começava a limpar com um regador as latas untadas de manteiga. Feito isso, ajudava a tirar as brasas do forno com um ferro; em seguida, enquanto o forneiro assava os pães, ia recolhendo tábuas pesadíssimas carregadas de pãezinhos, e as levava do local de amassar até a boca do forno, e quando colocavam os pães lá dentro Manuel voltava com as tábuas. À medida que o pão saía do forno, ele o molhava com uma escova empapada de água para dar brilho à casca. Às onze da manhã o trabalho era concluído e, nos intervalos, Manuel e os trabalhadores dormiam".

De 1902 até a Guerra Civil a família Baroja viveu quase sempre sob o mesmo teto, no bairro madrileno de Argüelles, na Rua Mendizábal. Pío Baroja, nas memórias, diz que sentiu a vocação de escritor em seu tempo de estudante de medicina em Madri. O atual Museu Rainha Sofia era originalmente o prédio do Hospital Geral, onde Baroja teve inspiração para várias de suas ficções. Hoje é possível ver aqui magníficas obras de arte, como a *Guernica*, de Picasso, mas, no tempo de Baroja, o local era um terrível exemplo da desatenção a que estavam submetidos os madrilenos em matéria de saúde. Em sua autobiografia, Baroja faz um retrato do estado lamentável da saúde na Espanha daqueles anos: "A imoralidade dominava dentro daquele vetusto edifício. Desde os administradores da câmara de deputados provincial até uma sociedade de internos, que vendiam quinina do hospital nas boticas da Rua Atocha, havia todas as formas de fraude. Nas guaritas, os internos e os capelães dedicavam-se ao jogo, e no depósito funcionava um antro onde a menor aposta era uma cadela gorda". Referindo-se especificamente ao Hospital Geral, diz em *Aventuras, inventos y mixtificaciones de Silvestre Paradox*: "Era silencioso, tétrico, iluminado com lampiões a gás". Os funcionários "levavam o rancho como soldados, em grandes marmitas dependuradas em uma vara, que exalam um cheiro repugnante".

A BOEMIA MADRILENA

Sobre as características literárias do tio, Julio Caro Baroja diz: "Rompeu com os modelos e quebrou as formas! Foi impossível segui-lo. Não deixou um discípulo de verdade porque não deixou receitas".

Pío Baroja sempre foi um individualista, uma pessoa muito independente e, diferente de outros literatos boêmios, não gostava de atravessar a noite. Era retraído e, quando parou de trabalhar na padaria da família, dedicou-se exclusivamente a escrever. Fazia isso durante as manhãs e, depois do almoço, saía para passear. À noite, lia até altas horas da madrugada. Preferia as reuniões em casa ou na casa de amigos às tertúlias nos cafés, mas também se reunia nesses lugares. Os cafés eram espaços-chave na boemia madrilena. Por exemplo, os escritores da Geração de 98 faziam suas tertúlias, com um coro de pessoas que os escutava mais ou menos extasiado. E não apenas lhes pagavam o café, mas também riam de suas anedotas, mesmo que não tivessem graça. Eram conhecidas as tertúlias do Café Gijón, do Gato Negro, do Fontana de Oro, do Parnasillo ou do Pombo, esse último talvez o mais famoso. Um dos mais assíduos participantes era Miguel de Unamuno, mas devido a seu caráter dominador não era muito afeito a falar e conversar. Ortega y Gasset dizia que "Unamuno chegava e içava a bandeira do seu eu, e então todos os demais presentes tinham que se submeter a esse eu". O Café Gijón é o sobrevivente de toda essa época. Aqui chegaram a se reunir Benito Pérez Galdós, Federico García Lorca, Antonio Machado e, em anos recentes, figuras como Francisco Umbral e Gabriel Celaya. Aqui foi comemorada a vitória do Prêmio Nobel de Literatura por Mario Vargas Llosa. O Gijón é um sobrevivente da época áurea dos cafés madrilenos. Permanece ativo hoje, com um sarau literário às segundas-feiras. E, é claro, é um lugar muito frequentado por turistas.

Uma raridade na história da literatura espanhola
Conversa com Ignacio Latierro, proprietário da livraria Lagún

A livraria Lagún de San Sebastián é um dos centros emblemáticos da cultura e do civismo, e também da resistência política no País Basco. O antigo endereço ficava na Praça da Constituição, em pleno centro conhecido como a parte antiga, no local em que ficava a gráfica dos Baroja, onde, entre outras publicações, havia sido editada a *Prensa Liberal*. Durante o período do franquismo, a Lagún foi o ponto de referência onde era possível conseguir obras impossíveis de se achar em outros lugares. Tratava-se de um centro de encontros para discutir assuntos da atualidade por aqueles que formavam a sociedade antifranquista. Uma vez reinstaurada a democracia, sofreu ataques, incêndios e fechou as portas algumas vezes devido às posturas dos proprietários a favor da democratização ou devido ao terrorismo e à violência no País Basco.

Hoje, a Lagún mudou suas instalações para uma zona próxima à catedral de San Sebastián. Mas a livraria sempre manteve o perfil comprometido com as luzes, com a ilustração, com a liberdade e com o civismo democrático.

– *Hoje, Pío Baroja ainda desperta curiosidade como autor?*
– Ele é, com certeza, o clássico espanhol mais editado e mais seguido desde o século XX. Isso não quer dizer que estejamos falando de um best-seller, mas sim que praticamente toda a sua obra está disponível para os leitores.

– *A primeira edição de* Zalacaín el aventurero *completou um século, um livro que li na escola e que talvez seja um dos mais emblemáticos de Baroja. É curioso, porque na escola costumam recomendar livros que são pouco apropriados para as crianças. Por exemplo,* O estrangeiro, *para um garoto de quatorze anos, é um pouco desconcertante, isso sem falar em* Crime e castigo *e em outros títulos espantosos que são propostos pelos professores. Mas, ao contrário,* Zalacaín *é perfeito. Lembro esse livro como muito adequado para as minhas preferências, que também incluíam Stevenson e Kipling.*

– Concordo com tudo que você disse. Continuo pensando que foi um dos grandes livros de Pío Baroja. A figura do liberal basco, que ao mesmo tempo está enraizado, suscita sentimentos muito variados. A personagem de Zalacaín apela ao espírito libertário que se rebela em pleno franquismo. Muito antes de ser livreiro, por volta de 1956/1957, quando havia terminado a escola primária, tive meu primeiro incidente político. Juntamente com outros companheiros que tinham muitas inquietações, editávamos a revista de um centro paroquial. Então um dia tivemos a ideia de publicar um artigo pedindo que San Sebastián tivesse uma rua em homenagem a Pío Baroja. Desencadeou-se um gigantesco escândalo, primeiro na paróquia e depois nas instituições oficiais. É claro que mais tarde ficamos mais críticos e conhecemos melhor Baroja, mas o que notávamos naqueles anos nos enchia de entusiasmo pela identificação que fazíamos entre dom Pío e Zalacaín.

– *Com uma espécie de ceticismo, de anticlericalismo. Eu sempre lembro aquele livro do padre Garmendia de Otaola chamado* Leituras boas e ruins. *Era um guia que os jesuítas publicavam todos os anos no qual eram listados os títulos editados, acrescidos de comentários. No momento em que chegavam a dom Pío, costumavam esclarecer: "Procure-se em 'ímpio Baroja' o quão ruim é esse autor". Nesse sentido, é curioso como um homem que passou por um conservador foi, por outro lado, um inconformista clássico. Nunca parecia estar à vontade, nem entre os seus, nem com os outros. Quando está no mar, sonha com a tranquilidade da terra, e quando está na terra, sonha em embarcar. E acho que esse inconformismo pleno é o que o une com a juventude.*

– O problema de Baroja é quando o inconformismo fica simplesmente no terreno da irritação.

É verdade. Tinha um gênio péssimo e apesar disso tinha um lado terno e humanista. Além disso, escreveu muito sobre sua terra, o País Basco, e deu muita informação. Seu livro sobre esse tema segue sendo uma obra muito interessante e digna de ser lida. É, na verdade, quase um guia que inclui esportes, jogos e costumes. Por isso, há uma frase que o define. Quando inaugurou o busto dedicado a ele em San Telmo, disse, com muita emoção: "Sou um homem que odeia a hipocrisia e é amante da verdade. E, sobretudo, e mesmo que muitos não acreditem, um apaixonado pela terra basca".
Outro dos temas interessantes em Baroja é seu estilo antirretórico, que era muito moderno e ainda o é. Mesmo na forma um pouco atropelada e apressada da sua escrita, que às vezes Ortega repreendia, sua narrativa é muito eficaz. E devido à brevidade e à contundência, com a mistura de ação, descrição e reflexão que está presente em todos os seus livros, é inimitável. Hoje há alguns romancistas, de Eduardo Mendoza a Juan Marsé, que o reconhecem como uma influência. Mas a literatura deles não é barojiana, eles são barojianos de coração, assim como tantos outros.

– Diante das sucessivas críticas ao estilo de Baroja – que teve poucas variantes com o passar dos anos –, dom Pío dizia que a maioria dos escritores que lhe interessavam havia deixado a impressão de que não tinha mudado depois das primeiras obras. Ele supunha que em literatura não se aprende nada, e que o que se aprende vale pouco.

– Devido à sua economia de meios, Baroja me lembra – apesar das muitas diferenças – alguns escritores norte-americanos, como Ernest Hemingway, por exemplo. Todos são muito diferentes, mas têm a mesma vocação e vontade de contar coisas da maneira mais direta e precisa possível. Na literatura espanhola, mesmo tendo morrido muito jovem, o continuador mais fiel de Baroja foi Ignacio Aldecoa.

– *Aldecoa devido à narrativa, mas, mesmo que seja curioso porque parece a antítese, Juan Benet escreveu coisas fabulosas sobre Baroja. Não era barojiano, mas sim um grande leitor de dom Pío. É uma situação similar à que ocorria com Henry James, que admirava e lia com entusiasmo Stevenson: nada mais distante do que a literatura de Stevenson e a de James. Sempre achei que a relação entre esses escritores anglo-saxões era parecida à de Benet com Baroja.*

– Pelo caráter de suas personagens, pela rebeldia permanente e pelo estilo, Baroja permanecerá sempre como uma raridade na história da literatura espanhola.

A tempestade
Conversa com o neto de dom Pío

Saindo de San Sebastián, e por uma paisagem de verde intenso, viajamos de carro até Vera de Bidasoa, uma das cinco vilas da montanha, localizada a 75 quilômetros de Pamplona. Aqui, em Itzea, Pío comprou uma casa que se transformou numa espécie de *Sancta Sanctorum* da família. Depois de dar muitas voltas por um povoado belíssimo, rodeado de montes, encontramos o local onde o escritor morou durante muitos anos. Aqui conversamos com seu neto, que nos levou para conhecer os recantos mais íntimos da casa.

– *Esta é a peça verde?*

– Exatamente. Chamamos de "o quarto verde", e é onde estão todas as lembranças dos marinheiros da família do ramo dos Goñi. Goñi tinha sua casa no porto de San Sebastián, e ali guardava as recordações de seus tios e parentes marinheiros. Aqui há alguns daguerreótipos deles. Todas as lembranças do além-mar. No capítulo dedicado à tia Úrsula, ele descreve muito bem este quarto, que não é outro senão o que ficava no porto, na casa de sua tia Cesárea.

– *E este barco?*
– É uma pintura da fragata "La Bella Vascongada", que fazia a rota de Cádiz até as Filipinas. Os Goñi passaram por uma tempestade na qual estiveram a ponto de naufragar e morrerem todos.

– *Eram os tempos anteriores à construção do Canal de Suez, e os barcos tinham de contornar toda a costa africana, passar pelo Cabo da Boa Esperança e enfrentar grandes tempestades. Baroja faz seu personagem Shanti Andía dizer algo que ele certamente pensava: "Gosto de olhar, tenho avidez nos olhos; ficaria contemplando horas e horas o passar de uma nuvem ou o correr de uma fonte. Talvez vivendo em terra tivesse desenvolvido em mim este sentido musical, como em muitos dos meus conterrâneos; no mar ampliou-se, alargou-se o meu sentido da visão".*
– Esta é a sala de jantar da casa, que está igual ao tempo em que era utilizada nas grandes tertúlias.

– *Quem vinha às tertúlias? Pessoas daqui, de Vera?*
– Sim, gente aqui do lugar, mas também os veranistas. Aqui estiveram algumas vezes, por exemplo, José Ortega y Gasset e Gregorio Marañón. Muita gente aproveitava o veraneio e vinha visitar Pío.

– *E esta carpideira?*
– É uma carpideira gótica que Azorín deu de presente para Baroja. Parece que foi um presente de casamento que Azorín recebeu e achou que iria trazer azar, então a repassou para Baroja.

Andando pela casa vem à minha mente uma frase de Baroja sobre seu cânone literário: "Nunca escondi quem admirava na literatura. Foram e são Dickens, Balzac, Poe, Dostoiévski e Stendhal". Isso é importante, porque em seus ódios e predileções Baroja era taxativo e até arbitrário. Colocava em seu santuário Cervantes e Calderón, mas não Lope de Vega nem Quevedo. Venerava Kant, mas não Hegel. Sentia grande admiração por Dickens e incomodava-se – acho que com justiça – com os ingleses que pretendiam se comparar a Thackeray. Desde jovem falava com entusiasmo de Claude Bernard e com desdém de Charcot. E era difícil saber a razão dessas antipatias e predileções, porque nisso sim era um basco típico, ou seja, muito pouco amigo dos raciocínios extensos.

Mesmo que tenha sido um homem influenciado pela filosofia, autodenominava-se como "um amante". Disse: "Não li livros de filosofia de uma forma ordenada e sistemática. O que não entendi de primeira, pulei. Os livros que li bastante bem e que me influenciaram profundamente foram *O mundo como vontade e representação*, de Schopenhauer, e *Introdução ao estudo da medicina experimental*, de Claude Bernard".

– *Esta biblioteca tem várias singularidades. Há uma boa coleção sobre os viajantes românticos, aqueles que vieram à Espanha do século XIX, e muitos guias. Informação que ele usou em seus romances.*

– Também há uma seção de livros sobre o País Basco, cancioneiros, litografias...

– *Além disso, dom Pío tinha uma coleção sobre bruxaria...*

– Sobre bruxaria e sobre quiromancia. Também há peças singulares, únicas ou quase únicas. Por exemplo, um livro de botânica de Leonhart Fuchs, totalmente desenhado à mão, e de que só existem três exemplares no mundo. Mas este é o único que algum dia passou pelas mãos de alguma criança que, como se pode ver, pintou óculos e fez anotações sobre as gravuras.

Chegamos à biblioteca de seu tio Julio. Originalmente era um desvão, como tinham todas as casas daquela época, onde entre outras coisas depositavam batatas e secavam o milho.

– Há um dos livros do argentino Ricardo Güiraldes, que era nosso parente: *El cencerro de cristal*. Deve ter sido um fracasso absoluto, mas tem uma dedicatória: "Ao senhor Pío Baroja, humano e forte, estas linhas de um parente americano distante. Respeitosamente, Ricardo Güiraldes". E entre parênteses: "Goñi", que era o sobrenome que nos unia.

Um enterro barojiano

No final da vida, Baroja tinha como rotina levantar-se ao amanhecer e dar um passeio pelo Parque do Retiro. Como lembra Francisco Umbral, "passeava com uma boina que não chegava a ser uma chapela [boina típica do País Basco], um cachecol, um casaco velho e botas. A perna direita era um pouco torcida para dentro, pois era um desses homens de caminhar um pouco simiesco que escondem levemente a ponta de um pé". O passeio pelo Retiro era pensativo e pessimista, solitário. Logo, ao cair da tarde, recebia amigos e curiosos na sua casa da Rua Ruiz de Alarcón.

Nessa casa, onde passou os últimos anos, seguia escrevendo e aceitava a contragosto as homenagens que lhe faziam. À noite, tinha pesadelos. Às vezes levantava-se e fugia do quarto. Numa dessas fugas, caiu e quebrou o fêmur. Sobreviveu à cirurgia e ficou vários meses em coma. Os familiares impediram que lhe dessem a extrema-unção para assim voltar ao seio da Igreja Católica. Tinha o gesto furioso, esquivo, mas ao mesmo tempo sensível que se pode ler nas suas obras.

Morreu em 20 de outubro de 1956 e foi enterrado no cemitério civil de Madri. Somente quatro pessoas foram ao seu enterro. Ao menos, como refletiu Umbral, teve um enterro barojiano.

Sua carreira literária estendeu-se por mais de cinquenta anos, integrada por obras de diversos gêneros: jornalismo e crônicas, contos e romances, teatro, ensaios e memórias. Uma obra monumental, ambiciosa, que ainda hoje pode ser lida em novas edições críticas e que influenciou um grande setor da literatura espanhola contemporânea.

Cidade inabarcável como uma galáxia

O México de Octavio Paz

O Distrito Federal dos Estados Unidos Mexicanos tem uma das histórias mais fascinantes do mundo inteiro. Quando o conquistador espanhol Hernan Cortez chegou a estas terras no século XVI, o nome da cidade era Tenochtitlán e era a capital do Império Asteca, uma das civilizações mais incríveis que a América pré-colombiana conheceu.

A derrota asteca pôs fim a um lugar cortado por canais, que foram arrasados e aterrados para serem construídos novos prédios, muitos deles com o material de demolição dos originais.

A história da antiga Tenochtitlán sempre foi intensa e chave nos anos seguintes à conquista, e continua sendo na atualidade. Foi a sede do vice-reinado da Nova Espanha a partir de 1535, que chegou a ter sob sua órbita a totalidade do atual território mexicano, centro e sul dos Estados Unidos, América Central e as Antilhas.

Nos primeiros anos do século XIX, começou a rebelião dos mexicanos contra a Espanha, seguida da independência após a guerra e a derrota contra os Estados Unidos, que resultou na perda de metade de seu território. Mais tarde, enfrentou a invasão das tropas francesas de Napoleão III, que tinham à frente Maximiliano da Áustria. Ele proclamou-se imperador, mas terminou derrotado e fuzilado.

Tudo mudou no começo do século XX com o início de um movimento político, social e cultural: a Revolução Mexicana, com seu primeiro presidente, Eduardo Madero, e os míticos caudilhos Pancho Villa no norte e Emiliano Zapata no sul. Foi uma sucessão de atos violentos e constantes mudanças de governo, até a institucionalização da revolução no Partido Revolucionário Institucional. A partir dos anos 70, houve uma explosão demográfica, e no México de hoje vivem mais de doze milhões de pessoas.

Um dos grandes problemas do centro histórico da cidade é que está afundando anos após ano. Os astecas não imaginaram que a zona pantanosa onde haviam assentado seu império teria de suportar os enormes edifícios que existem hoje. A vida cultural do DF foi e é de uma intensidade pouco conhecida em outros lugares. Nestas ruas, um dos protagonistas foi Octavio Paz.

Teu ventre, uma praça ensolarada

Octavio Paz nasceu em 1914 no México DF, na Avenida Porfirio Díaz, número 125, em frente ao Parque Hundido, numa casa que ainda conserva o ar daquela época, com seu gradeado e o pequeno jardim. Era filho de um advogado com raízes indígenas e de uma espanhola, Josefina Lozano. O avô havia sido jornalista e, como o pai, foi simpatizante de Emiliano Zapata. Na casa havia uma boa biblioteca, à qual Octavio Paz teve acesso desde muito pequeno.

O pai de Octavio viajava constantemente devido ao trabalho e ficava pouco em casa, por isso o futuro escritor viveu a infância num mundo feminino, rodeado pela mãe, as tias e as irmãs. A presença feminina, em particular da mãe, é muito importante em sua obra e ele a projetou inclusive na história do México. Dizia que os mexicanos sempre vivem entre Chingada e Malinche, ou seja, entre a mulher violada ou forçada pelos conquistadores espanhóis que arrasaram os povos originários e a amante de Cortez, considerada o símbolo da traição. Tudo isso ele analisa e comenta com profundidade no livro *O labirinto da solidão,* no qual estuda a condição dos mexicanos.

Devido às idas e vindas que ocorriam na revolução de 1918, o pai de Octavio teve de se exilar em Los Angeles, onde a família se reencontrou anos depois. Octavio Paz chegou aos Estados Unidos sem falar uma palavra de inglês e, ao retornar a seu país, começou a estudar no colégio francês Lasalle. Ali não teve um bom relacionamento com os colegas mexicanos. Ele dizia: "O fato de eles saberem que eu era recém-chegado dos Estados Unidos, e minha aparência – cabelo castanho, pele e olhos claros – poderiam talvez explicar a atitude deles".

A grande praça conhecida como El Zócalo é o centro da Cidade do México, o Distrito Federal. Também foi o centro de Tenochtitlán, a cidade dos astecas. Aqui ficava o grande templo maior, de cujas ruínas se descobre mais a cada dia. Era o grande altar onde eram realizadas as cerimônias mais importantes. Toda a vida do império asteca girava em torno dessa praça. Cortez destruiu o templo, assim como tantas outras construções de Tenochtitlán, e com as pedras edificou a catedral, que é uma das maiores igrejas do mundo. É um prédio imponente, de mais de cem metros de largura e setenta de altura em alguns pontos. É grandiosa. Sua construção durou praticamente da chegada dos conquistadores até a época da independência do México. Paz viveu muito perto desse lugar.

A poucos metros da praça estava o colégio San Ildefonso, onde Paz cursou a escola secundária, depois do regresso dos Estados Unidos e da preparação no Lasalle.

Começou como colaborador no jornal *El Nacional* aos dezessete anos. Nesse período também fundou a revista *Barandal*. Em 1933, publicou *Luna silvestre* e, sete anos mais tarde, *No pasarán!*, lema utilizado pelos republicanos na Espanha quando as tropas franquistas tentavam tomar as cidades durante a Guerra Civil. A partir desse momento, vieram à tona em seus textos os temas-chave de sua obra: a política, o Eros, a crítica poética e o ser mexicano.

Em 1937, fundou em Mérida, Yucatán, uma escola para trabalhadores. Assim, deixou sua casa e os estudos no México. Naquele lugar, mostrou a dramática situação dos camponeses que haviam recebido terras após a revolução, mas sem que nada tivesse melhorado.

Nesse mesmo ano, foi convidado a participar do Segundo Congresso Internacional de Escritores e Intelectuais Antifascistas em Valência, na Espanha. Antes de partir, voltou à cidade do México e casou-se com a escritora Elena Garro. Viveram juntos por mais de vinte anos e tiveram uma única filha, Helena. O congresso transcorreu em pleno auge do nazi-fascismo e da intensidade da Revolução Russa. Os temas tratados foram os limites da liberdade, a consciência crítica e outros que Paz sempre resgataria em sua obra. Ao regressar a seu país, publicou *Bajo tu clara sombra* e *Raíz de hombre*:

> Morreste, camarada,
> No ardente amanhecer do mundo.
> Morreste quando apenas
> teu mundo, nosso mundo, amanhecia.
> Levas nos olhos, no peito,
> depois do gesto implacável da boca,
> um sorriso claro, um amanhecer puro.

Em 1949, o livro *Libertad bajo palabra* já era conhecido. Mas foi a publicação em 1950 do ensaio *O labirinto da solidão*, escrito em Paris entre 1948 e 1949, que lhe trouxe reconhecimento internacional.

A morte é um dos temas-chave de *O labirinto da solidão*. Paz assegura que os habitantes de cidades como Paris, Londres e Nova York não pronunciam a palavra "morte" porque queima os lábios. O mexicano é diferente: ela a frequenta, brinca com ela, a acaricia, dorme com ela, a festeja; é uma de suas brincadeiras favoritas e seu amor mais permanente.

Salsicha com lentilhas
Conversa com Alberto Peña,
do restaurante Champs Elysées

Octavio Paz era um homem que gostava de comer e beber, e era uma boa companhia, como sabem os que tiveram a sorte de se relacionar e dividir a mesa com ele em certas ocasiões. Queixava-se de que no DF de sua juventude havia mais vida cultural, bares, onde os grupos de escritores se reuniam, como os contemporâneos do Grupo Taller, ao qual ele pertencia. Isso foi se perdendo com o tempo, de modo que na idade madura, em torno dos sessenta anos, restavam muito poucos lugares desse tipo, como os que existem em Buenos Aires ou em Santiago do Chile. No entanto, costumava reunir-se com os amigos ou almoçar com a mulher em algum bom restaurante que fosse perto de sua casa. De fato, um dos que ele frequentava era o restaurante Champs Elysées, localizado no número 300 do Paseo de La Reforma. Dom Alberto Peña atendeu Octavio Paz várias vezes neste lugar desde 1970.

– *Ele vinha aqui com outros escritores?*
– Sim, veio com García Márquez e com Carlos Fuentes. Também trouxe o primeiro-ministro espanhol Felipe González.

– *Quais eram os gostos gastronômicos habituais de Octavio Paz?*
– Pratos franceses, e gostava muito de comida caseira. Havia um pratinho que adorava e que às vezes pedia à dona. "Você pode me preparar salsicha com lentilhas?", ele dizia a ela. E gostava muito de beber, mas não em excesso. Em especial, gostava do vinho tinto da região francesa da Borgonha.

– *Eles permaneciam após o jantar por um bom tempo?*
– Chegavam aqui por volta das oito e meia e iam embora à meia-noite. Ficavam conversando, e eu ali, escutando coisas

bonitas, como as que os escritores que o acompanhavam geralmente contavam. Sempre vestidos em traje esporte, muito simples e amáveis, nada de gravata. Tudo com um tom muito alegre. Um tempo depois de receber o Prêmio Nobel, chegou aqui e então aconteceu algo muito bonito: todos os que estavam no restaurante levantaram-se e o aplaudiram, como homenagem. Foi emocionante. Dom Octavio era uma bela pessoa, muito simples. Muito sério, isso sim, mas muito amável.

LUCIDEZ, COMPROMISSO E POESIA

O intelectual não deveria evitar a intervenção política, mas talvez tampouco se lançar diretamente nela. Sobretudo, deveria seguir o conselho que o filósofo Gianni Vattimo dá a seus colegas: "Se você é um democrata, deve antes de tudo produzir aquilo que se chama teoria, ou seja, ideias, atitudes culturais". Sem dúvida, um dos intelectuais que melhor responderam a esse critério foi o mexicano Octavio Paz. Foi um artista com múltiplas contribuições essenciais para a poesia e o ensaio, mas também trabalhou como diplomata, promoveu revistas de importância fundamental na América de fala hispânica, apadrinhou vanguardas tanto literárias como das artes plásticas, orientou quase profeticamente seus leitores em questões históricas e políticas, cometeu equívocos e voltou atrás, e utilizou meios como a televisão para manter um estimulante contato intelectual com uma ampla audiência. Resumindo, transformou as ideias e atitudes culturais clamadas por Vattimo numa sugestiva aventura histórica compartilhada por seus concidadãos, em primeiro lugar da América e, em seguida, do mundo, por meio da projeção que o Prêmio Nobel lhe deu.

Diferentemente de outros criadores que se distanciam e se desvinculam das correntes intelectuais de sua época, Paz mostrou-se sempre em interação com elas. Não apenas com as ocidentais, mas também com as orientais, da Índia ou do Japão. Não se limitou ao cosmopolitismo no tocante estrito dos conteúdos culturais (por acaso se pode ser culto dentro de exclusivismos regionais ou nacionalistas?), mas gozou realmente de um cosmopolitismo espiritual, configurador da sua própria personalidade. Demonstrou isso tanto na juventude durante o Congresso em Defesa da Cultura, ocorrido em Valência em plena Guerra Civil Espanhola, como mais tarde estudando as vanguardas poéticas europeias, o cerne simbólico do mexicano, dialogando com Sartre ou Lévi-Strauss, com a geração *beat* ou traduzindo haicais e comentando o *Ramayana*. Sobretudo, uniu os elementos ancestrais da sua tradição com os mais significativos da modernidade, demonstrando praticamente que não são tão diferentes nem tão distantes. Toda a obra de Paz é um vigorosa alegação a favor da continuidade essencial do espírito humano, que não se deixa encarcerar em cronologias nem latitudes.

Lembro que me disse uma vez: "Nada traz mais inimizade do que haver tido razão antes dos demais". E, efetivamente, muitos não o perdoaram por cedo ter apoiado as denúncias sobre os campos de concentração soviéticos e o stalinismo, assim como um tempo depois a duração tropical da ditadura comunista. Sobretudo, não o perdoaram os que mais tarde não tiveram outro remédio senão subscrever suas teses... Mas Paz não se resignou simplesmente a voltar ao amparo político conservador, como fizeram outros tantos: quando em 1968 ocorreu a matança de Tlatelolco, ele renunciou ao posto de embaixador na Índia. E, por meio da revista *Vuelta*, um projeto emancipatório de primeira grandeza, deu voz a importantes pensadores progressistas antitotalitários, como Cornelius Castoriadis ou Kostas Papaïoannou, e organizou um debate sobre o desgaste do marxismo ortodoxo e a busca por uma nova esquerda que incorporasse elementos não só libertários, mas também liberais.

Em 1968, houve uma série de revoltas e protestos juvenis em praticamente todo o mundo. A juventude levantava-se, rebelava-se em todos os lugares contra a guerra do Vietnã, contra as injustiças e as desigualdades, contra um mundo desenvolvido, evoluído, cientificamente avançado, de abundância e que, no entanto, aceitava as profundas diferenças, a ausência de direitos civis, a discriminação racial e o atraso em muitos outros locais. Os jovens foram para as ruas em Paris, Londres, Madri, Praga. Também no México, onde o protesto tomou um rumo essencialmente social, contrário à desigualdade, pela reivindicação de oportunidades iguais de educação e vagas para todos nas universidades Tudo isso deu à revolta um peso e um respaldo social muito importante. O governo de Gustavo Díaz Ordaz, que havia organizado os Jogos Olímpicos e que queria a todo custo manter um ar de normalidade e de homogeneidade no país, reprimiu as manifestações de uma forma muito dura. A Praça das Três Culturas, em Tlatelolco, transformou-se num lugar emblemático, onde policiais, militares e paramilitares provocaram uma grande matança e cujas vítimas nunca foram contabilizadas com exatidão. Os meios de comunicação praticamente não deram informação, silenciaram sobre esse acontecimento. Somente devido a alguns testemunhos marginais e ao trabalho de jornalistas estrangeiros é que se soube do que ocorreu em Tlatelolco.

Essas notícias chegaram até Octavio Paz, que era embaixador na Índia, e imediatamente ele enviou ao governo uma carta de renúncia. Essa atitude condenatória à repressão serviu de apoio e de amparo ético para a revolta de Tlatelolco. Na carta, Paz dizia: "Ontem à noite, pela BBC de Londres, soube que a violência havia estourado de novo [no México]. A imprensa indiana de hoje confirma e amplia a notícia da rádio: as forças armadas dispararam contra a multidão, composta em sua maioria por estudantes. Como resultado, mais de 25 mortos, várias centenas de feridos e cerca de mil pessoas presas. Não descreverei a você o meu sentimento. Imagino que é o da maioria dos mexicanos: tristeza e cólera. Há 25 anos pertenço ao Serviço de Relações Exteriores do México. Fui chanceler, secretário da Embaixada, conselheiro, ministro e embaixador. Nem sempre, como é natural, concordei com todos os aspectos da política governamental, mas essas discordâncias nunca foram tão graves ou tão agudas a ponto de me obrigar a fazer um exame de consciência. [...] É verdade que o país progrediu. Sobretudo em seu setor desenvolvido, constituído talvez por mais da metade da população. Também é verdade que a classe operária participou desse progresso, ainda que não na proporção desejável e justa, e que surgiu uma nova classe média. Mas esse avanço econômico não se traduziu no que, acredito, deveria ter sido sua consequência lógica: a participação mais direta, ampla e efetiva do povo na vida política. Concebo essa participação como um diálogo plural entre o governo e os diversos grupos populares. É um diálogo que, de antemão, aceita a crítica, a divergência e a oposição. Penso não apenas no processo eleitoral e em outras formas tradicionais e predominantemente políticas, tais como a pluralidade de partidos. Tudo isso é importante, mas não é menos que esse diálogo manifeste-se, diariamente, através dos meios de informação e discussão: imprensa, rádio, televisão. Pois bem, seja por culpa do Estado ou dos grandes interesses econômicos que se apoderaram desses meios em nosso país, o diálogo desapareceu quase por completo de nossa vida pública. Basta ler a imprensa diária e semanal do México nestes dias para sentir vergonha: em nenhum país com instituições democráticas pode-se encontrar esse elogio quase totalmente unânime ao governo e esta condenação também unânime a seus críticos. Não sei se esses últimos terão razão em tudo; tenho certeza de que não têm acesso aos meios de informação e discussão. Essa é, a meu ver, uma das causas, talvez a mais importante, das desordens destes dias. [...] Diante dos acontecimentos, tive de me perguntar se poderia seguir servindo o governo com lealdade e sem reservas mentais. A minha resposta é a petição que faço chegar ao senhor: peço que me coloque em disponibilidade, tal como aponta a Lei do Serviço de Relações Exteriores do México. Procurarei evitar toda a declaração pública enquanto permanecer em território indiano. Não queria dizer aqui, onde representei meu país por mais de seis anos, o que não terei vergonha de dizer no México: não concordo em absoluto com os métodos empregados para resolver (na realidade, reprimir) as demandas e problemas colocados por nossa juventude".

Essa renúncia de Paz não foi tão silenciosa como ele pretendeu. O governo assegurou que o tinham afastado do cargo, então Paz teve de esclarecer que havia renunciado em protesto. Durante os três anos seguintes, manteve-se fora do país, vivendo de conferências e publicações, viajando pela Europa e pelos Estados Unidos.

Mas, para Octavio Paz, a verdadeira força emancipatória foi a poesia: sempre a considerou a subversão mais profunda contra as rotinas que nos empurram para a morte e contra a resignação diante do abuso que nos escraviza. Ele disse assim: "A poesia é conhecimento, salvação, poder, abandono. Operação capaz de salvar o mundo, a atividade poética é revolucionária por natureza; exercício espiritual, é um método de liberação interior. A poesia revela esse mundo, cria outro. Pão dos eleitos, alimento maldito...". Ele foi um desses escolhidos: repartiu o bendito pão em sua incessante atividade criadora.

Como Jean-Paul Sartre ou Albert Camus, foi o que na linguagem da época era chamado de um escritor comprometido. Ou seja, uma pessoa que expressava publicamente suas opiniões ou posturas e as explicava. Além de ser diplomata, não somente interveio em ocasiões específicas da política, mas, sobretudo, tinha a preocupação teórica de raciocinar sobre o mundo em que vivia: a violência política, o subdesenvolvimento na América Latina e outros temas fundamentais.

Para poder desencadear essa ação, criou a revista *Plural*, um espaço de discussão política sobre teorias, projetos e, também, é claro, temas da literatura e da poesia. Amparada pelo jornal *Excelsior*, cujo diretor era naquele tempo Julio Scherer – um jornalista de grande influência no México –, no começo a publicação vinha incorporada ao jornal. Scherer foi quem respaldou o projeto de

Paz, e o primeiro número surgiu em 1971. Figuras como Tomás Segovia, Gabriel Sahí, Salvador Elizondo e mais tarde outros, como Enrique Krauze, integraram uma das publicações mais importantes da América Latina e cujo impacto transcendeu esse continente. Não se restringiu a um círculo, mas influenciou também políticos e a opinião pública em geral. Devido a uma série de problemas trabalhistas e sindicais no jornal, depois de quinze anos deixou de ser publicada.

Em diferentes números, de 1973 e 1974, Paz escreveu uma série de artigos sobre a violência política. Ele tinha sua própria visão poética desta intervenção intelectual nos assuntos políticos. Podemos citar, por exemplo, alguns versos nos quais se nota esse espírito que o animava na tarefa: "Estou onde estive, vou atrás do murmúrio, passos atrás de mim, ouvidos com os olhos, o murmúrio é mental, eu sou meus passos, ouço as vozes que eu penso, as vozes que me pensam ao pensá-las, sou a sombra que lança minhas palavras".

A RUA ONDE NINGUÉM ME ESPERA
CONVERSA COM O ESCRITOR JUAN VILLORO

Octavio Paz foi um intelectual e um poeta com enorme influência não somente sobre seus contemporâneos, mas também sobre as gerações posteriores, tanto locais como internacionais. Suas ferramentas foram as revistas *Plural* e *Vuelta*, seus textos, o magistério e o carisma pessoal. Vou conversar com um dos melhores escritores do México de hoje, romancista, ensaísta, jornalista e um pensador cultural de primeira ordem: Juan Villoro.

– *Como nasceu a relação que seu pai, Luis, um grande pensador e filósofo, teve com Octavio?*

– Em meados do século XX, houve em todo o México um movimento de recuperação da identidade nacional, encabeçado pelo filósofo Samuel Ramos, que tinha que ver com a pintura, com o muralismo mexicano – que é uma recuperação da história do México nos muros da cidade – e com a psicanálise. Naquele tempo, o meu pai era um jovem filósofo que fazia parte do grupo Hiperión e, na sombra de Samuel Ramos, iniciou essa busca ontológica, esse questionamento sobre a identidade mexicana. Ao mesmo tempo, Octavio Paz escreveu e publicou em 1950 *O labirinto da solidão*, o livro mais conhecido em que é discutida essa condição. O ponto de partida de Octavio Paz, essencial para essa exploração de quem somos nós, os mexicanos, é pensar o que nos distingue dos outros povos. Isso não implica um afã de separar-nos dos demais, mas aponta, em troca, para o reconhecimento da nossa especificidade, o rompimento com os complexos, para nos inserirmos na comunidade das nações. Paz termina esse livro dizendo: "Se fizermos isso, no final poderemos ser contemporâneos de todos os homens". O meu pai já havia escrito um livro sobre a independência e havia se dedicado muito aos grandes momentos do indigenismo no México e o pensamento pré-hispânico. A relação entre meu pai e Paz teve a ver com essa circunstância de explorar a identidade nacional. Isso posto, a busca de Octavio Paz era guiada por um olhar essencialista, que se compreende pela época, que tenta retirar as sucessivas máscaras que nós, os mexicanos, havíamos colocado até achar nosso verdadeiro rosto. Um pouco como a ideia de Dostoiévski e Tolstói de tentar definir a essência da alma russa.

– *São perguntas teológicas aplicadas a entidades políticas.*
– Definitivamente, e o próprio Paz reconhece alguns anos depois, no livro *Posdata*, que há algo exagerado em se buscar a essência do mexicano, porque finalmente a essência não é uma, mas múltipla e cambiante. Em *Posdata*, diz algo importante: o mexicano, no final das contas, não é uma essência, mas uma história, está se configurando sempre, está em permanente contradição. Não há identidade em si.

— *Foi muito bom leitor de Ortega y Gasset, e nesse ponto foi fiel a seu postulado segundo o qual o ser humano não tem natureza, mas história.*
— Esse foi o primeiro contato, digamos, familiar. Paz apoiou muito o meu pai, que era dez anos mais jovem, nessas buscas.
— *Também colaborou desde o começo na Plural.*
— Na *Plural* e depois na *Vuelta*. Octavio Paz foi para a minha geração a figura dominante da cultura mexicana desde 1968 até sua morte. O ano de 1968 o situou como o grande intelectual mexicano que havia renunciado à embaixada na Índia, que fez uma profissão de fé independente em relação ao Estado – coisa muito rara no México, onde os intelectuais sempre estiveram muito vinculados ao Estado. Ele iniciou uma carreira conflituosa, polêmica, posicionando-se como um liberal numa época em que isso não estava na moda. Criticou tanto os excessos do PRI e a sociedade de consumo como os excessos do socialismo: os *gulags* e a repressão das individualidades e a consciência dissidente. A minha geração também se caracterizou pela busca de uma transformação do México, um país autoritário que durante 71 anos teve o mesmo governo e onde havia uma grande atração pela sublevação, seja armada ou democrática de esquerda. Octavio Paz sempre foi uma figura complexa e em tensão, uma referência muito importante.

— *Quando cheguei aqui pela primeira vez, faz já trinta anos, eu admirava Paz; mas descobri que, efetivamente, e sem negar seu peso e talento, a projeção da figura de Paz era maior. Tratava-se de alguém com quem havia uma relação de amor e ódio. Encontrava gente tão apaixonadamente anti-Paz como a que era a favor de Paz, e às vezes a mesma pessoa era anti-Paz e pró-Paz, de acordo com a época.*
— Foi uma figura belicosa. Era de Áries, o signo da guerra por excelência. Gostava de embates. Trabalhei durante três anos

no jornal *La Jornada*, onde você colaborou conosco, e era o jornal da esquerda mais combativa. Pois bem, mesmo quando Octavio Paz não se situava mais na esquerda, gostava de publicar conosco. Como uma espécie de purgante contínuo, precisava desse diálogo polêmico. Nesse sentido, era uma figura muito necessária. Muitas de suas considerações e atitudes podiam ser compartilhadas ou não; deu trabalho entender que é possível admirar um pensador e não concordar com ele em tudo, que não se trata de uma questão teológica. O próprio Octavio Paz dizia que ele não havia aprendido a pensar dentro da dissidência, e isso nos fez falta, certamente. O vínculo que ele tinha com a Televisa, de certa complacência com os governos do PRI, como o de Carlos Salinas de Gortari, não era evidentemente o melhor dos seus traços, mas isso é secundário comparando com a análise profunda que ele faz do Estado político mexicano, ao qual define como "o ogro filantrópico", que além do mais é um título maravilhoso.

— *Maravilhoso...*
— Esse monstro que o devora e ao mesmo tempo o presenteia, que foi o Estado assistencialista e ao mesmo tempo antidemocrático que tivemos durante mais de setenta anos. De modo que acho que Octavio Paz foi, para nós, por um lado uma figura inquietante, mas ao mesmo tempo abriu, como Borges fez na Argentina, o nosso horizonte intelectual para zonas que jamais havíamos previsto. Foi uma lição civilizatória muito ampla. Interessou-se pelo erotismo, a arte tântrica, e também, é claro, pela cultura da Índia e pelo expressionismo abstrato na pintura norte-americana.

— *A tradição do novo. A modernidade.*
— A tradição do novo, como dizia Alejandro Rossi. Era um apaixonado pelas vanguardas, pela crítica, pela música de John Cage, ao mesmo tempo em que fazia uma reconsideração da arte pré-hispânica mexicana. Esse rio de culturas ampliou o repertório

de uma maneira extraordinária; graças a Octavio Paz lemos Fernando Pessoa, cujos textos ele traduzia; líamos Charles Tomlinson, John Astbury e muitos poetas que lhe interessavam. Nesse sentido que a sua lição foi civilizatória.

– *E para você, que viajou tanto, qual é a consideração que fica agora sobre Octavio Paz, depois de tantos anos? Os escritores passam por este purgatório famoso, que às vezes é tão longo quanto maior for o prestígio que teve em vida. Eu acho que o problema de Paz é que era um intelectual muito intelectual; não era somente poeta, nem só escritor. A sua vontade de intervenção pública era enorme, por isso alguns dos que, digamos, também queriam intervir publicamente sentiram que primeiro deveriam se comparar com ele, como com o pistoleiro, o velho pistoleiro do salão a quem antes é preciso encarar.*

– A figura de Paz era como a estátua que está no centro da praça intelectual mexicana: uma estátua incômoda, provocativa, um pouco como Sartre na França. Mas essa dimensão intelectual faz com que, às vezes, alguns de seus leitores evitem sua verdadeira obra, que é a escrita, são os textos e, fundamentalmente, a poesia. Como poeta, também foi profundamente intelectual. Tem livros muito especulativos, como *Blanco* ou *Ladera Este*, mas pessoalmente gosto do Octavio Paz muito próximo da paisagem mexicana, da sensualidade e da confusão de ambos os elementos. Por exemplo, lembro os versos de *Piedra de sol* que identificam a mulher com a cidade: "Vou pelo teu corpo como pelo mundo, teu ventre é uma praça ensolarada, teus peitos duas igrejas onde o sangue oficia seus mistérios paralelos". E nessa alusão à cidade está presente a sua primeira casa, que fatalmente é necessário deixar, algo que aconteceu com todos nós.

– *É claro, aconteceu conosco.*

– E que é um momento emocionante, o momento em que deixamos o lugar que foi nosso.

– *Sim...*
– O lugar onde nascemos...

– *A porta do mundo...*
– Exatamente. Atrás desse pórtico está a história. Antes, o mito, a origem. E ao sair de casa, nascemos para a história. Prosseguindo com esse tema, muitos anos depois ele escreveu um de seus maiores poemas, "Pasado en claro", onde relembra a história de sua família. Versos famosos de família, nos quais fala de forma crítica dos mais velhos ("criadouros de escorpiões"); do pai atado ao cavalo do álcool, da mãe, que era como um pão que pedia que o filho dividisse. E ao mesmo tempo fala desta pequena aldeia que foi Mixcoac, onde ele nasceu, onde havia uma igreja com uma única torre. Este mundo insignificante, precário, do qual emergiu toda a sua poesia, também me interessa muito enquanto habitante da cidade do México.

Outra das suas crônicas poéticas posteriores é o famoso "Nocturno de San Ildefonso", a escola mexicana onde fez o preparatório para a universidade, e no qual fala do bairro, do centro da Cidade do México. E, por último, nos poemas tardios, é um poeta, não diria apocalíptico, mas sim o grande poeta da decadência ecológica do Vale do México, e isso é uma tradição pela qual tenho muito interesse. Acredito que é possível fazer uma maravilhosa antologia poética sobre o desaparecimento do céu no México.

– *Sim, da região mais transparente até a menos transparente...*
– Isso mesmo. Eu começaria pelo século XIX por Ignacio Manuel Altamirano visitando a Candelária dos Patos e descobrindo uma atmosfera deletéria onde tudo se esfumaça. Pouco depois, Amado Nervo interrogando: "O que fizeram do meu céu azul? Foi roubado", e o céu desaparecendo. Em seguida, Alfonso Reyes dizendo: "O que vocês fizeram do meu Alto Vale Metafísico, a região mais transparente do ar?", e finalmente Octavio Paz,

com o extraordinário poema "Ciudad de Mexico", incluído em seu livro *Vuelta*, no qual expressa: "São os homens os executores do pó, destruímos o vale, o transformamos neste deserto". Ele gostava muito do momento em que Nervo, levantando os olhos, havia dito: "O céu transformou-se num deserto porque já não há anjos"; ele também olhou para o céu na Cidade do México e viu que também era um deserto, mas um deserto literal, de pó. E escreveu sobre esse pó, escreveu *Os filhos do barro*. Trata-se de uma crônica poética da cidade onde vivi e sobre esta identidade de vida, a sensualidade e o espaço físico.

– Talvez para o leitor europeu, uma coisa interessante é que em O labirinto da solidão, *mas também em outros momentos da poesia e do ensaísmo de Paz, é central o papel da mulher como mito, como símbolo da consciência mexicana, da culpa e da redenção do México. Confesso que, na Europa, a dicotomia entre Malinche e Chingada é algo desconcertante, difícil de compreender.*

– Octavio Paz foi um grande psicólogo dos arquétipos mexicanos, e um deles, é claro, é o da mulher. Sem dúvida, é mais fácil compreender a mulher como objeto de desejo do que entender seu papel como fator de poder, aparentemente subjugado, que é uma das dialéticas que Octavio Paz estuda. Malinche é a traidora, uma escrava oferecida a Cortez, a primeira mulher que teve um filho com um espanhol. De forma mítica, representa a traição. Ao mesmo tempo, a Chingada é esse mesmo destino terrível de caráter feminino e, no entanto, um imóvel sol secreto na cosmogonia do lar, em torno do qual gravitam todas as coisas. A mulher que permite que os homens partam, porque o México foi sempre um país de homens fugitivos, de pais que abandonam os filhos, que não se responsabilizam por nada, e onde existe um matriarcado funcional. No México, a sociedade é o desastre criado por homens, enquanto a comunidade é o paraíso que as mulheres conservam, e é aí que há um elemento de resistência por parte das mulheres, um fator de poder. Para todos os mexicanos, é muito mais interessante e significativo ter uma boa relação com a mãe do que com o pai, porque ela simboliza a subsistência.

– *A mãe está aí.*
– Exatamente. Então, essa definição de Octavio Paz da mulher como "imóvel sol secreto" faz parte da cosmogonia clandestina dos mexicanos. Ele sabia disso muito bem.

– *Nesses momentos, qual é o país que segue conferindo a Octavio Paz, no século XXI, o papel que ele verdadeiramente tem?*
– Ele teve uma comunicação muito feliz com diversos países. O melhor exemplo é a França, onde viveu por muito tempo e onde teve contato muito próximo com o surrealismo e as vanguardas. A relação entre pintura e literatura também foi muito importante para ele nos Estados Unidos, porque sempre admirou a energia democrática desse país. Nunca concordou com a vocação imperial norte-americana, mas em épocas em que era politicamente incorreto falar bem da contribuição que os Estados Unidos haviam feito para a democracia, ele fazia isso. Por exemplo, nos anos 1960, quando o anti-imperialismo estava na moda.

– *Era obrigatório...*
– Era obrigatório, mas ele mantinha sua posição. Ao mesmo tempo interessava-se muito pelas propostas pictóricas desse país. Teve também uma relação privilegiada com o Japão, porque ali havia uma vertente mística contemplativa, de alguma forma zen. Praticou a tradução de poesia japonesa, dos haicais e, ao mesmo tempo, conseguiu certos momentos de meditação. Por último, a Índia, que tem tantas coisas em comum com o México: trata-se de duas civilizações tumultuadas, sustentadas e estimuladas simultaneamente por um passado muito rico e, ao mesmo tempo, abertas à modernidade, eu diria, fascinadas pelo moderno.

– *Isso sem mencionar, e falo como espanhol, sua relação com a Espanha, sobretudo com a Espanha da República, com seu apoio tão generoso. Tenho uma imagem dele no dia em que Felipe González venceu as eleições. Ele, que era um homem bom, já um pouco cético e crítico a todos os governos, nesse dia parecia uma criança. Vivia a emoção desse progressismo não dogmático.*

– Há uma crônica muito bela de Octavio Paz quando esteve no Congresso de Valência. Fez uma excursão e se aproximou de uma zona em que havia confrontos militares e disparos e ao chegar a um pequeno povoado, logo lhe disseram: "Não se aproxime mais porque do outro lado da parede estão os inimigos". Ele ficou escutando em silêncio e ouviu que os adversários riam, compartilhavam cigarros, faziam anedotas, e disse: "Então aprendi pela primeira vez e para sempre que também o inimigo tem voz humana". Ele, que foi um apaixonado pela alteridade, em outro dos hendecassílabos de "Piedra de sol", diz: "Os outros todos que nós somos". Esta busca de si mesmo no outro está plasmada perfeitamente num momento de guerra: "Bom, o inimigo pode me matar, mas é homem como eu".

Vuelta, o Nobel, a Fundação e a noite enorme

No bairro de Nonoalco do DF, onde as ruas têm nomes de grandes pintores de todas as épocas, precisamente o número 17 da Rua Leonardo da Vinci foi a sede da revista *Vuelta*. Quando a rica e importante experiência da *Plural* acabou de forma brusca e infeliz, Paz quis continuar. Então em 1976, com sessenta anos, e já sendo uma figura consagrada, fundou a *Vuelta*. O título tem origem na ideia de que era como o regresso da *Plural*. Nessa publicação reuniu os melhores colaboradores que havia tido na *Plural* e algumas novas incorporações. O subdiretor era Alejandro Rossi, um escritor finíssimo, pensador, falecido infelizmente em 2010. Também participaram autores como Salvador Elizondo e

Tomás Segovia. Ali voltou a ser gerado o clima de debate, de polêmica, de verdadeira experiência intelectual que havia existido na *Plural*. *Vuelta* também gerou uma editora, que publicou uma série de livros. Um dos críticos que escreveu mais assiduamente, Christopher Domínguez, resumiu o espírito daquela experiência: "*Vuelta*, e antes dela *Plural*, foi uma revista em movimento, uma constelação de individualistas e, talvez, também de sonhadores, mas sonhadores práticos".

Paz sempre foi uma figura controversa. Os anti-Paz e os adeptos dele renovaram o embate com mais intensidade a partir do momento em que o Comitê Nobel decidiu entregar o prêmio de Literatura a Octavio Paz. Ao aceitar o Nobel, Paz disse em Estocolmo: "A busca da modernidade nos levou a descobrir nossa antiguidade, o rosto oculto da nação. Inesperada lição histórica que não sei se todos aprenderam: entre tradição e modernidade há uma ponte. Isoladas, as tradições petrificam-se e as modernidades tornam-se voláteis; juntas, uma anima a outra, e a outra responde dando peso e seriedade".

Num artigo de outubro de 1990, Octavio Paz escreveu que "na esfera da cultura, todos nós afirmamos a liberdade de pensar, escrever e publicar obras literárias. Uma liberdade que se estende a outras artes. A literatura moderna nasceu, no século XVIII, diante das pretensões do Estado absolutista e das diferentes igrejas. No século XIX, não sem eclipses, a literatura livre cresceu e fez a descrição, a crítica dos poderes estabelecidos e das mentiras e ilusões da sociedade civilizada. O século XX foi um período de grandes criações literárias e de um ousado pensamento filosófico e científico, mas também foi o das grandes perseguições intelectuais e artísticas, sobretudo pelos dois grandes, intolerantes e cruéis totalitarismos. A Segunda Guerra acabou com o nazismo. A revolução pacífica dos povos da União Soviética e da Europa Central derrubou a pirâmide burocrática comunista".

O QUE AS ESTRELAS ESCREVEM

O bairro de Coyoacán é uma das zonas mais pitorescas, belas e também históricas do DF. Nele viveram muitos intelectuais e artistas, personalidades como Leon Trótski e Frida Kahlo. Foi onde Hernan Cortez, logo depois de tomar Tenochtitlán, estabeleceu seu quartel-general. Ainda hoje é possível ver muitas das construções do século XVII ou XVIII. Entre elas, encontra-se a Casa de Alvarado, na Rua Francisco Sosa, número 383, no bairro de Santa Catarina, que em algum momento supôs-se que devia seu nome a Alvarado, o conquistador que deu aquele famoso salto que Bernal Díaz del Castillo conta. Na verdade, parece que foi um comerciante cujo sobrenome era Alvarado e que tinha menos feitos heroicos no currículo.

O prédio de Alvarado foi uma casa de família e em seguida foi transformado na Fundação Octavio Paz. Aqui ele viveu os seus últimos anos, já muito doente. A casa da Avenida Insurgentes havia sofrido um incêndio em que Paz perdeu parte de sua biblioteca, algo que o afetou muito e possivelmente acelerou sua rendição ao câncer. Foi então que as autoridades ofereceram a ele a possibilidade de se mudar para esta casa, junto com o que restava da biblioteca. Assim nasceu a Fundação Museu Octavio Paz.

Atualmente, este prédio abriga a Fonoteca Nacional. Tive o triste privilégio de visitar Octavio Paz aqui nesta casa pouco antes de sua morte em 1998. Em mais de uma ocasião, estando eu no DF por assuntos de trabalho, me atrevi a telefonar para a mulher dele, Marie Jo, para perguntar por Octavio. Com generosidade, ela me convidou a visitá-los.

Cheguei muito emocionado, temendo ver meu amigo em estado de sofrimento. Octavio já estava muito consumido, praticamente não podia falar, e o transportavam em cadeira de rodas somente algumas horas do dia em que saía da cama. Mas ainda assim, ao me ver, deu um sorriso com o afeto e a cumplicidade que havíamos tido durante muitos anos. Eu não sabia o que dizer, tal era a comoção que sentia. Então Marie Jo teve um gesto maravilhoso e passou a mão por seu cabelo, enquanto dizia com ternura: "Olha que cabelo mais bonito ele ainda tem". Essa carícia me desconcertou, mas também me encheu de vida. Foi a última vez que o vi. Isso me faz lembrar uns versos que ele escreveu, quase como uma espécie de epitáfio póstumo, para Ptolomeu, o famoso astrônomo renascentista, ainda que provavelmente este epitáfio possa servir para o próprio Paz: "Sou homem, duro pouco, e é enorme a noite. Mas olho para cima, as estrelas escrevem, sem entender, compreendo. Também sou escritura, e neste mesmo instante alguém me soletra".

Residência terrena de Zeus

A Edimburgo de Robert Louis Stevenson

Na história da literatura, há autores poderosos, capazes de erguer enormes catedrais narrativas; há também os sutis, revolucionários, experimentais. Mas existem uns poucos que têm uma qualidade indefinível que os torna simpáticos: encanto literário. Trata-se de uma rara condição que faz com que, mesmo quando são de primeira ordem no sentido filosófico ou experimental, tornem-se muito mais próximos do leitor do que os demais. São autores cujos textos podem ser lidos da infância até a velhice. Que se transformam nesses amigos pessoais que a literatura nos dá e dos quais Borges fala. Sem dúvida, um deles é Robert Louis Stevenson, o grande autor escocês do final do século XIX.

Que verde era o meu vale. O bondoso e paternal Walter Pidgeon reconforta o garoto Roddy McDowall, que acaba de escutar o médico dizer que talvez perca para sempre o movimento das pernas: lembra a ele da fé evangélica no Salvador, que fez andar os paralíticos e os cegos enxergarem, aponta através da janela o lugar onde verá florescer os narcisos na Primavera, e o presenteia com *A ilha do tesouro* dizendo com um sorriso: "Eu não me importo de ler este livro outra vez". O milagre, a Primavera, a aventura é o mundo de Stevenson.

Mas não todo o seu mundo. Sem dúvida, Robert Louis Stevenson quis ser *advocatus iuventutis*, como afirma no começo de seu belo livro de ensaios *Virginibus puerisque*. Ser o advogado da juventude e não o advogado do diabo significa não dizer nunca uma palavra contra o esplendor da vida, apesar dos dissabores da doença que conheceu muito cedo e também da presença inocultável da maldade e da injustiça, contra as quais sempre se rebelou. Porque ser o *advocatus iuventutis* não consiste apenas em fazer o elogio dos exercícios ao ar livre, mas também das virtudes do ar livre: coragem, alegria, veracidade, piedade, camaradagem, lealdade... No entanto, não se limitou a uma literatura de bons sentimentos, contra a qual tantas justificadas suspeitas podem ser levantadas: ainda que tenha se negado a caluniar a vida, não escondeu as suas sombras, sem as quais nenhum quadro alcança profundidade.

Não somente foram as sobras de Jekyll e Hyde – mais que um relato, a criação definitiva de um mito –, mas também a obscura mensagem de *O Morgado de Ballantrae** – um romance angustiado, de incrível sutileza na sua proposta ético-passional –, a tenebrosa meditação sobre a justiça que deixou inacabada em *Weir of Hermiston*, o espanto de *Olalla*, o vampiro feminino mais crível da literatura, ou a análise – digna do melhor Conrad – que faz do fracasso e do fanatismo em *The Ebb-Tide*. Mas inclusive em sua obra mais canonicamente para jovens, *A ilha do tesouro*, o edificante triunfo final da lei vem acompanhado de um velado elogio a um dos bandidos menos escrupulosos, mas dos mais atraentes que já sulcaram os mares... Stevenson acredita nas normas éticas, mas sabe também que aquelas que estão escritas nos céus (ou no coração dos homens retos) diferem frequentemente das que são promulgadas pelos códigos terrenos.

Sua vida transcorreu na Escócia natal – de onde sua imaginação nunca partiu totalmente –, mas também na França, na Califórnia e nos remotos mares do sul, em cujas ilhas encontrou

---

* Além de *O morgado de Ballantrae* (Editora Vechci, 1946), esse livro também foi editado no Brasil com o título *Minha espada, minha lei* (Editora Vecchi, 1955). (N.T.)

seu lar mais duradouro e sua sepultura. Em todos os lugares, deixou uma marca leve e acentuada, ao mesmo tempo romântica e reflexiva. Seus antepassados haviam construído faróis, e de certa forma ele também foi algo assim como um farol: uma luz remota e atrevida que desafia e ajuda o peregrino, mesmo que não possa garantir sua salvação.

Para nós que o conhecemos no momento certo, quando começávamos a travessia literária, é um amigo que nos acompanha sempre. E cada vez que escutamos seu nome ou o vemos na capa de um livro de que gostamos e nunca perdido de todo, algo sorri dentro de nós.

Em Edimburgo procurei suas marcas: os lugares onde viveu, onde escreveu e onde gozou de uma infância que o nutriu durante toda a vida. Também os lugares onde sofreu os revezes da tuberculose, doença que finalmente o levou, em seus últimos anos, aos mares do sul, até Samoa, onde morreu ainda jovem, aos 44 anos. Em Edimburgo tentarei reproduzir a vida literária que tanto alegrou a nossa primeira juventude.

A chaminé de Stevenson

Se fizermos um pouco de história, podemos dizer que, na baixa Idade Média, Edimburgo começou sendo um pequeno forte que os ingleses capturaram e chamaram *Eiden's burgh* (antigamente, *burgh* queria dizer "forte"). Foi apenas no século X que os escoceses recuperaram essa zona. Com os anos, a cidade ganhou o apelido carinhoso de *Auld Reekie*, "velha chaminé", porque durante a época vitoriana, quando somente eram usados o carvão e a madeira como combustíveis, havia milhares de chaminés que expulsavam continuamente uma densa fumaça que enegrecia a cidade.

Na casa do número 8 de Howard Place nasceu em 1850 Robert Louis Stevenson. Viveu aqui pouco mais de dois anos, já que, quando começou a manifestar uma saúde frágil, a família mudou-se para uma casa próxima e, em seguida, para o número 17 de Heriot Row, onde ele passou a maior parte da infância e adolescência. Poderia dizer a maior parte da vida, quase 25 anos. Essa casa faz parte do inconsciente das recordações ligadas a Stevenson: o jardim da frente, a vista através das suas janelas da paisagem urbana de uma cidade tão importante para ele. Sem dúvida, esse lugar foi decisivo na trajetória do futuro romancista.

Uma vez, Borges falou da breve e valorosa vida de Stevenson. Efetivamente, a sua existência foi marcada desde muito cedo pela doença, uma doença cruel e permanente. Seu estado de saúde delicado o impediu de frequentar o colégio até os nove anos. A mãe e a babá liam histórias e contos para ele. Quer dizer que esta primeira paixão chegou de forma induzida, foram os outros que leram para ele até que se acostumou e se afeiçoou enormemente à leitura.

Talvez a pessoa mais importante na casa tenha sido a babá, Alison Cunningham, que tinha quatorze anos quando começou a servir os Stevenson e que viveu muitos anos mais do que o próprio Robert Louis. Ela foi uma figura fundamental, que cuidou e atendeu o menino nos momentos terríveis da doença e a primeira a lhe contar histórias. Ele mesmo refere-se a ela e a esta casa quando lembra os momentos de angústia que passou e padeceu, quando a tuberculose o atacava e o deixava à beira da morte. Naquela época era um mal incurável; só era aliviado com viagens a regiões mais secas, e o clima de Edimburgo era totalmente o contrário: "A minha saúde ruim dava conta por si só das terríveis e intermináveis noites que passava em claro, a garganta rasgada por uma tosse esgotante, rezando do mais fundo do meu corpinho convulsionado para que chegassem o sono ou o amanhecer. Associo aquelas noites principalmente com nossa terceira casa, e não posso mencioná-la sem um testemunho de gratidão à incansável e abnegada compaixão que minha boa babá teve comigo em uma centena de ocasiões. Acho que teria morrido ali se ela tivesse me abandonado exausto e tossindo no escuro. Quão nitidamente lembro quando ela me tirava da cama, me levava até a janela e me mostrava uma ou duas janelas com luzes acesas na Queen Street, do outro lado do cinturão escuro dos jardins. Também ali, nós nos dizíamos, certamente havia crianças doentes que, como nós, esperavam o amanhecer".

A babá foi uma personagem-chave na formação de Stevenson. Calvinista, para ela os romances e o teatro eram pecaminosos. Adorava ler para o garoto histórias de fantasmas e folhetins do jornal, sem deixar nunca de lado passagens da Bíblia. Ele evoca aqueles anos: "Lembro, já faz tantos anos, da criança doente que, ao sair do seu breve sonho com o suor de um pesadelo sobre a testa, jazia desperto e escutava e desejava os primeiros sinais de vida nas ruas silenciosas... Oprimido pela escuridão opaca e quase palpável, agucei o ouvido à espera de que algo quebrasse a quietude sepulcral. Mas não se ouvia nada, salvo talvez o enérgico rangido da velha vitrine da Deacon Brodie ou o estalido seco das brasas do fogo extinto".

Stevenson escreveu um pequeno livro, *Jardim de versos de uma criança*, o qual, mesmo que os poemas não tenham uma qualidade extraordinária, reflete de uma forma luminosa e positiva as lembranças da infância, as brincadeiras e também seus medos e angústias noturnas. São rimas fáceis de memorizar, que viraram um sucesso extraordinário, poemas que se tornaram quase canções populares para crianças. E justamente esse livro ele dedica a Alison Cunningham, a babá que teve tanta importância em sua vida. Significativamente, diz: "Dedicatória: para Alison Cunningham, do seu menino. Pelas tantas noites acordada junto a mim, velando minha saúde incerta. Pela mão estendida, sempre amável, guiando meus passos instáveis, por cada livro lido comigo, pela dor que aplacavas, pelo sofrido, porque te chateaste, por algum dia bom e tantos tristes, segunda mãe, primeira mulher, foste o anjo da minha infância. Quem dera o céu desse a todos uma babá parecida com a minha e que nos seus lares meninos e meninas escutem uma voz ler as minhas rimas, que os encante como tu fazias em cada dia dos meus dias de criança".

A ilha da infância

Em frente à casa de Heriot Row fica o Queen Street Garden, um dos lugares que Stevenson mais visitou. Nesta espécie de minisselva urbana, teve suas primeiras aventuras e enfrentou os primeiros piratas. Da janela de seu quarto de doente via esse jardim desejando estar ali brincando, mesmo que fosse só na fantasia. Há um pequeno lago, e no meio dele uma ilhota. Às vezes penso que nesse lugar, que é ao mesmo tempo real e mágico, fica a verdadeira ilha do tesouro da memória, da infância, a ilha da ilusão que nunca se perde totalmente.

Apesar do amor por Edimburgo e do enorme vínculo que tinha com a cidade, desde muito jovem Stevenson percebia os contrastes e as diferenças sociais e de todo o tipo que existiam ali. Escreveu, mostrando como pensava: "Há esquinas de ruas vulgares, rincões sem história, casas acomodadas em pobres campos do subúrbio cor de café, bairros miseráveis e chuvosos engolidos por quase quarenta anos e que ainda sobrevivem, sensações complexas, dilacerantes, da mesma essência da alma do lugar. Devido à melancolia, poderia supor que pertencem aos selvagens e amargamente infelizes dias da minha juventude, mas não; a maioria deles remonta à minha infância, contemplei-os enquanto caminhava levado pela mão de minha babá, olhando boquiaberto o universo e lutando inutilmente para expressar em palavras sensações profundas. Dir-se-ia que nasci com o sentimento de que há algo comovente nas coisas, de uma fascinação e um horror infinitos e inseparáveis".

A mãe de Stevenson era filha do pároco de Collington, um local perto de Edimburgo. Stevenson costumava passar ali os verões, quando brincava com os primos no pequeno cemitério.

A Edimburgo de Robert Louis Stevenson

Adorava as velhas lápides e as imagens de ossos e caveiras, que logo surgiam em seus pesadelos. Sempre se sentiu atraído pela "silenciosa poesia dos verdes túmulos e das lápides enegrecidas". A poucos quilômetros de Edimburgo encontra-se a igreja de Glencorse, rodeada por um dos cemitérios que mais emocionaram Stevenson. "Eu estava então, como agora, em uma encruzilhada, longe de qualquer moradia humana e profundamente enterrado sob a folhagem de seis enormes cedros."

Hawes Inn é uma bela pousada em frente ao mar, um dos lugares preferidos do jovem Stevenson e aonde ia com frequência. O local serviu de inspiração para uma de suas melhores novelas: *Raptado*. Nela, o adolescente David vai procurar o tio, único parente que tem, para cobrar a herança do pai, que acaba de morrer. Quando chega, encontra-se com um desses personagens de melodrama do século XIX: malvado, que não quer lhe dar absolutamente nada e, inclusive, conspira para que seja levado como escravo para a Indonésia. David consegue escapar dos piratas que querem raptá-lo com a ajuda de uma personagem que é praticamente o centro da novela, Alan, um lutador escocês, rebelde, fanfarrão, valentão, com quem trava uma grande amizade. Nessa pousada é que Stevenson ambienta o começo da trama.

É curioso que essa relação entre um adolescente comportado, desses que não saem da linha, como se costuma dizer, e outro mais ou menos obscuro, rebelde, ocorre várias vezes na obra de Stevenson. A mais famosa é a amizade entre Jim Hawkins e o pirata John Silver em *A ilha do tesouro*. Mesmo que Alan não seja um personagem tão obscuro, também é um rebelde. Essa amizade entre o menino educado para cumprir as regras e o personagem que está fora da lei, mas cuja vitalidade e energia seduzem o rapaz, é um dos grandes temas da obra de Stevenson.

Stevenson estudou Direito na Universidade de Edimburgo, onde foi aceito em 1875 com o objetivo de satisfazer o desejo do pai, porque praticamente não exerceu a advocacia. Oito anos mais tarde foi publicada *A ilha do tesouro*, depois de ter aparecido como folhetim na revista *Young Folks*. O livro foi um sucesso entre os adolescentes, mas também encontrou leitores entusiastas entre os representantes mais característicos da Inglaterra vitoriana: médicos, religiosos, magistrados funcionários do Estado etc. Nos dois anos seguintes, foi traduzido para diferentes idiomas, apareceu em forma de folhetim em vários países e – como sempre acreditei, com uma grande dose de justiça poética – foi "pirateado" de todas as formas imagináveis.

    Stevenson criou essa história com o propósito de tentar entreter o filho adolescente de sua mulher durante umas férias no campo. Assim, começou a contar, noite após noite, a história que em seguida se transformou no famoso livro. Começou quase como um jogo, porque Stevenson gostava muito de desenhar mapas e fez um de uma ilha, e daí começou a contar histórias. O relato, que no princípio iria chamar-se *O cozinheiro do mar* – devido à figura de John Silver, o cozinheiro do barco –, pouco a pouco tornou-se mais complexo. Stevenson continuou escrevendo durante os meses seguintes, quando foi com a mulher para os Alpes suíços para se restabelecer de sua eterna infecção pulmonar. Foi um êxito extraordinário, virou um clássico quase instantâneo. Começaram a chegar elogios de todos os lugares. Houve gente que disse que desde *A Odisseia* ou de *Moby Dick* não tinha lido nada tão extraordinário. Em que pese o sucesso, chegou uma quantidade relativamente modesta de dinheiro até o autor, mas ele fez seu nome e deu início a um estilo: começaram a fazer imitações, os piratas entraram na moda e ocorreu uma verdadeira revolução. A partir de então, transformou-se em uma referência permanente das leituras juvenis.

    Há anos escrevi, e hoje confirmo, que se trata da narrativa mais pura que conheço, a que reúne com perfeição mais singular o iniciático e o épico, as sombras da violência e do macabro, com o fulgor incomparável da audácia vitoriosa; o perfume da aventura marinha – que sempre é a aventura mais perfeita, a aventura absoluta – com a sutil complexidade da primeira e decisiva escolha moral. Em uma palavra, a história mais bela que jamais me contaram é *A ilha do tesouro*. É raro o ano em que não a releio ao menos uma vez, e nunca passam mais de seis meses sem que pense ou sonhe com ela. Não é fácil apontar a raiz da magia inesgotável desse livro pois, como toda boa narrativa, somente quer ser contada uma e outra vez, e não ser explicada ou comentada.

Escócia por três

Na literatura escocesa há três célebres Roberts, que além de tudo se admiraram mutuamente. Em ordem cronológica, o primeiro foi Robert Fergusson, uma espécie de Rimbaud do século XVIII escocês. Era alcoólatra, jogador e também tuberculoso. Morreu aos 24 anos. Sua poesia, figura e boemia marcaram os que vieram depois dele. Seu grande admirador foi Robert Burns, o poeta mais canônico da Escócia. Burns diz que deve tudo a Fergusson e que é seu herdeiro. Ambos escreveram fundamentalmente em escocês. Depois deles, veio Stevenson, que admirava Fergusson por sua boemia, independência e rejeição de tudo que era acadêmico, e, quando estava em Samoa, ele mesmo cuidou para que o túmulo estivesse em boas condições, que os versos que Burns havia mandado gravar na lápide fossem mantidos. Na lápide acrescentou uma referência a essa vida pouco acadêmica, sem reconhecimento oficial, inclusive com perseguições, que Fergusson havia sofrido: "Nem mármore esculpido, nem pomposo romance, nem história da urna, nem vívida efígie. Que esta simples pedra indique à pálida Escócia onde derramar o seu pesar sobre o pó do seu poeta". Com o passar do tempo a lápide e o túmulo ficaram abandonados e foram se estragando, e foi justamente Stevenson quem se encarregou de restaurá-los. Para explicar a afinidade com Fergusson, Stevenson escreveu: "Aquele pobre garoto pálido, bêbado, dado ao vício, que morreu delirando no manicômio de Edimburgo, com ele tenho muitos laços: a mesma cidade, ambos doentes, ambos perseguidos, um quase até a loucura e outro até o manicômio, a censura e a condenação de um credo. Robert Burns se entregou ao mundo, venceu e nunca desaparecerá, o mesmo digo de Fergusson". E, naturalmente, Stevenson calou que o terceiro Robert, para quem quisesse essa continuidade na dinastia literária, era ele próprio. Os três foram fugazes na vida terrena, mas permanentes na história da literatura.

Pitoresca e trágica

Uma das obras mais famosas de Robert Louis Stevenson é sem dúvida *O médico e o monstro*. É uma história de terror, mas também metafísica, uma antecipação dos relatos de ficção científica. Quem a leu, dificilmente a esquece. Foi levada inúmeras vezes ao cinema, e foi praticamente um dos textos que mais fama deram a Stevenson em vida, porque Jekyll e Hyde tornaram-se dois epítomes, dois modelos. Nos sermões das igrejas, nos textos dos filósofos, utilizavam essas duas figuras como representantes do bem e do mal.

O relato é sombrio, tenebroso e é ambientado em Londres, mas todos os especialistas e leitores atentos chegam à conclusão de que essa cidade transfigurada onde a história transcorre é, na realidade, Edimburgo. Esses closes de Edimburgo, essas ruelas escuras, úmidas, escorregadias, somente iluminadas por pequenas lâmpadas da rua, são o mais parecido com o ambiente desse relato inesquecível. Stevenson disse: "Alguns lugares falam por si só. Alguns jardins úmidos parecem pedir aos gritos um crime; algumas casas velhas querem estar enfeitiçadas; certas coisas revelam-se como cenários de um naufrágio".

Das muitas tavernas com nomes literários que existem em Edimburgo, célebres por mil razões, uma das mais conhecidas e que, além disso, fica em plena Royal Mile, é a Deacon Brodie. Deacon Brodie era um diácono, um homem da lei, uma pessoa muito respeitada, até que se descobriu que durante a noite ele comandava um grupo de ladrões e assassinos. Essa vida dupla impressionou muito os habitantes de Edimburgo. Alguns dizem que Stevenson se inspirou nele para escrever Jekyll e Hyde, um personagem também com uma vida dupla: uma dedicada ao bem e ao respeito à lei, outra consagrada ao mal e ao crime.

Stevenson não somente foi um nativo de Edimburgo, mas também um apaixonado por sua cidade natal, que aparece de uma ou outra forma em muitas das suas narrativas. Talvez esse apego tenha se intensificado nos últimos anos de sua vida, quando estava longe, no Pacífico Sul. Ali escreveu considerações e recordações sobre Edimburgo, algumas delas tão significativas que não devem ser ignoradas: "Nasci entre os muros daquela querida cidade de Zeus, também cantada por muitos poetas. Nasci entre os limites de uma cidade terrena, ilustre por sua beleza, por suas associações trágicas e pitorescas e pela fama de algum dos seus valorosos filhos. Mesmo quando escrevo num estranho confim do mundo e num dia avançado da minha idade, ainda hoje contemplo o perfil de suas torres e chaminés, e o longo rastro de fumaça que se recorta contra o crepúsculo; ainda hoje escuto essas migalhas de música marcial cujo som se deita terminando todos os dias como um ato de ópera com notas de clarins. Ainda hoje posso evocar, graças a um esforço da memória, uma centena de belas e enganosas circunstâncias que me gratificaram, e que teriam gratificado qualquer um, de um passado que só lembro em parte".

No cemitério da ladeira de Carlton, próximo ao monumento a Robert Burns, está enterrada praticamente toda a família de Stevenson. Estão o avô – engenheiro, também chamado Robert –, a mulher, os pais e uma série de familiares menores e uma pessoa importante da vida de Stevenson, o primo Bob, que foi talvez seu melhor amigo, a pessoa mais próxima a ele. Todos estão enterrados aqui, menos o próprio Robert Louis Stevenson. Ele morreu no Pacífico, em Samoa, onde era chamado pelos nativos da ilha de *Tusitala*, "o que conta histórias". Ali foi enterrado, no alto de um monte que a domina. Ele fez constar, num epitáfio em verso que havia escrito bem antes, que não o transladassem à sua querida Escócia. Talvez seja um dos textos mais conhecidos de Stevenson: "Sob o imenso e estrelado céu cava a minha cova e deixa-me dormir. Alegre vivi e alegre morro, mas ao cair quero fazer um pedido, que coloquem sobre meu túmulo este verso: "Aqui jaz onde quis. De volta do mar está o marinheiro; de volta da montanha está o caçador".

Castelos, faróis e o mar perigoso

A Escócia é um terreno cheio de castelos. Qualquer passeio pelas terras altas ou baixas convida a um encontro com ruínas de castelos enormemente evocativos, quase mágicos, e também com outros que ainda estão conservados num estado muito aceitável, que podem ser visitados e até habitados, como o Castelo de Balmoral, onde a rainha da Inglaterra passa longas temporadas. O mais significativo e provavelmente mais conhecido é justamente o de Edimburgo, que está no alto do penhasco que domina a cidade e que pode ser avistado de quase qualquer parte dela. Ali Stevenson ambientou uma de suas novelas, *St. Ives,* protagonizada por um oficial francês que nas guerras napoleônicas cai prisioneiro dos ingleses e é transferido com outros companheiros até que descobre que sua fazenda corre perigo porque um impostor quer se passar por ele e cobrar a herança da família. Então decide fugir, atravessar toda a Escócia, voltar à França e reconquistar sua herança. Há muitos outros castelos que aparecem na obra de Stevenson. A sua obra é uma evocação da história escocesa.

Também os faróis tiveram muita importância na vida de Stevenson. "Por amor às belas palavras e em memória daqueles parentes e compatriotas meus que se esforçaram noite e dia no oceano ventoso para colocar uma estrela para os marinheiros onde antes se encontrava a espumosa guarida de focas e aves marinhas. Por isso e sobre o dintel desta cabana inscrevo o nome de uma resistente torre." A família Stevenson Balfour vinha de dois ramos profissionais: os Stevenson tinham sido desde o século XVIII engenheiros construtores de faróis, e os Balfour, o ramo materno, haviam sido clérigos, teólogos e curas protestantes. O mais destacado dos engenheiros foi o avô de Stevenson, um grande construtor de faróis. De fato, a costa escocesa é repleta de faróis construídos pelos Stevenson.

De todos os construídos por Robert, o mais difícil e complicado foi o Bell Rock. Em 1804, um barco chocou-se ali e morreram quinhentas pessoas. Então, decidiu-se levantar um farol. Mas era muito difícil, era preciso erguê-lo sobre uma rocha situada a onze milhas da costa, banhada pela arrebentação das ondas e que muitas vezes desaparecia coberta pela água. O avô de Stevenson finalmente o construiu. Foi uma obra extraordinária, que demandou sessenta operários em luta permanente contra os elementos. Houve acidentes, e alguns deles morreram. Foi a tal ponto importante para o avô de Stevenson que mandou gravar em sua lápide: "Construtor do Bell Rock", porque ele considerava que havia sido uma verdadeira façanha. O neto acabou escrevendo um livro sobre os faróis que a família havia construído. Não é de surpreender que Stevenson fosse uma pessoa fascinada pelo perigo e a aventura que o mar implica. O que atrai em Stevenson tem a ver com sua ambiguidade constitutiva e também com sua frustração. A Inglaterra do século XIX teve autores com maior vigor ou profundidade, mas não houve alguém tão sedutor como Stevenson. Sempre existe algo malogrado nele, que abrange desde a finalização de algumas de suas melhores narrativas (*O morgado de Ballantrae, The Merry Man*), até sua própria existência, que foi demasiado breve, deixando inacabada aquela que poderia ter sido sua obra-prima: *Weir of Hermiston*. Stevenson é querido tanto por sua exaltação do lado ativo e generoso da existência quanto pela permanente impressão de fraqueza que sua figura humana e sua prosa oferecem.

Vidas escritas
Conversa com o escritor Javier Marías

– Para comentar a obra de Stevenson do ponto de vista do leitor, tenho a sorte de contar com um grande romancista e tradutor como é Javier Marías, a quem conheço há muitos anos e sei que a sua paixão por Stevenson não é algo recente.

– Ao contrário, é remota, e na verdade está um pouco enferrujada. Já comentei uma vez que cheguei em Stevenson sobretudo por *A ilha do tesouro* e também por *Raptado*. Ficou um pouco como se fosse um autor para jovens, e a verdade é que se começamos a pensar nesses livros, para não falar de outros posteriores, não sei se os jovens seguem lendo Stevenson.

– *Suponho que não tanto como nós.*

– Provavelmente não tanto, mas creio que, se esse livro tivesse sido escrito agora, é possível que muitos pais desaconselhassem sua leitura por crianças. Por sua moral ambígua, porque os maus não são suficientemente maus, porque há certa simpatia e uma inegável influência do personagem mais negativo. É uma das coisas que fascinavam as pessoas da nossa geração e, além disso, é um dos maiores ensinamentos que se pode dar aos jovens.

– *Lembro que o pequeno ensaio que lhe dediquei em* La infancia recuperada *a Stevenson chamava-se "Um tesouro de ambiguidade" justamente por isso, porque em parte é uma história de aventuras: os bons ganham, os maus perdem, mas claro, essa é a primeira impressão...*

– Com certos elementos superficialmente edificantes. Há personagens sem nenhum sentido de lealdade e uma série de situações que, se pensarmos agora, é possível que pareçam incorretas para muita gente. É uma das características extraordinárias de Stevenson. Lembro que intitulei a peça que lhe dediquei faz já quase vinte anos em *Vidas escritas*, se não me falha a memória, de "Stevenson entre criminosos". E comentava que uma das coisas que ele havia feito ao longo da sua vida foi ter certa fascinação por um grande homem, reto, digamos assim. Um de seus lemas que eu citava naquele texto e de que sempre gostei muito é "Coração Grande foi enganado. 'Muito bem', disse Coração Grande". Há vezes em que não apenas temos de aceitar que nos enganem, inclusive devemos nos deixar enganar. Há certa dignidade em se deixar enganar. Mas ao mesmo tempo em que há essa figura reta, nobre, que todos compartilhamos, Stevenson teve uma boa amizade com um francês, um indivíduo nada recomendável que havia se refugiado na Inglaterra, a tinha abandonado por ter sido acusado de assassinato, e então se refugiou na Escócia. Parece que era um tipo ao mesmo tempo com inquietações literárias, que citava Molière de memória e coisas desse tipo. Segundo Stevenson, era alguém que poderia ter vencido em qualquer ramo, mas lamentavelmente sempre acabava por se dedicar a despachar pessoas do mundo. Stevenson soube disso quando o tipo finalmente foi detido em Edimburgo por assassinato, e digamos que Stevenson teve uma espécie de visão do mal como algo que não necessariamente é preciso combater, mas que vale a pena observar.

– *A história de O médico e o monstro é um pouco isso. Jekyll é um senhor muito respeitável, mas com gostos brutais ou pelo menos pouco recomendáveis. O lógico seria supor que um homem tido por todos como bom, ao tomar a droga dissociadora do bem e do mal, se transformasse num santo e perdesse a parte má, mas curiosamente é potencializada a parte má e portanto Stevenson revela que a parte ruim estava ali, desejosa de surgir, e que o Dr. Jekyll não era tão bom como se supunha.*

– Inclusive um dos motivos pelos quais ele leva a cabo a experiência é porque justamente detesta sua dualidade, da qual ele é consciente. A sua intenção inicial é conseguir uma criatura sem mistura, por assim dizer, desprovida do que ele percebe em si mesmo. Procurava uma criatura purificada.

– *Quando percebe que o mal não se purificou, mas que, ao contrário, tornou-se mal puro, diz: o problema que eu tinha é que sendo um homem muito conhecido podiam me ver. Em troca, agora tenho a oportunidade de fazer tudo impunemente.*
– Uma das coisas que sempre me chamaram muito a atenção é que Hyde tem uma enorme vantagem em relação a Jekyll: Jekyll tem a memória do que Hyde faz. Em troca, Hyde não se lembra de nada.

– *Nem tem nenhum tipo de gratidão. Jekyll, de alguma forma, sente algo por Hyde porque é ele mesmo...*
– Realmente, me parece um dos elementos mais fascinantes dessa história. Dos dois indivíduos, que são o mesmo, há um que tem a bênção do esquecimento, que é Hyde, e outro que tem a maldição de recordar, que é Jekyll, com o qual está em inferioridade de condições.

– *Você traduziu a poesia de Stevenson. Como também tem o olhar de tradutor para o restante da obra, há alguns que dizem que a obra de Stevenson tem um inglês enganosamente fácil; que em seguida, no momento de traduzi-lo, não é assim tão fácil...*
– A poesia nunca é fácil. Traduzindo a poesia de Stevenson, me ocorreu algo curioso: é que ao passar para o espanhol alguns dos poemas e vê-los em minha própria língua, me pareceram reminiscentes de poemas de Borges. Borges dedicou-se muito a Stevenson, mas não lembro que tenha falado da sua poesia.

– *Borges dedicou poemas para Stevenson.*
– E diria que Borges confessou muitas das suas influências, mas talvez não todas. Há um poema no qual, sobretudo no início, há uma enumeração que me soa como borgeana. Chama-se

"N.V.D.G.S.". E começa dizendo: "O insondável mar, e as lágrimas, e o tempo, as façanhas dos heróis e os crimes dos reis nos separam, e o rio dos acontecimentos durante a eternidade dos anos de leste a oeste balançou os nossos berços com mais força. Tu me pareces estrangeira, como quando os marinheiros ao amanhecer avistam uma terra ao longe sem saber qual é. Assim, me aproximo vacilante, sem apego, em torno à tua ilhota misteriosa e contemplo arrecifes e grandes montanhas e vazios fluviais imponentes. E ouço, vindas da margem, vozes que me chamam terra adentro. Estranho é o coração do marinheiro; espera, teme, se aproxima e se distancia da costa. Por fim, repara as suas velas desgarradas e rumo ao alto-mar dirige sua destroçada proa, retirando-se inquieto. No entanto, ao partir pensa sobre o timão naquela ilha brilhante, ali onde temia tocar. Volta o seu espírito a se aventurar e durante muitos anos, ali onde dormita junto à sua mulher a salvo em casa, pensamentos dessa terra voltam a visitá-lo. Vê que as montanhas eternas tornam-se sinais e desperta com o desejo daquele lar que podia ter sido".

Com frequência encontramos em Stevenson uma sensação de conformidade e ao mesmo tempo de lamento pela oportunidade perdida. Quase nunca sem dor. Como se fosse por aventuras perdidas. Acho curiosa sua amizade com Henry James.

– *Henry James talvez tenha sido um dos que melhor viram esse lado complexo em Stevenson. Diz: "Cuidado que esta moralidade de Stevenson não é algo tradicional, nem nada disso". James, que era um amante da complexidade psicológica, era um grande admirador dele.*

– E era um estilista muito exigente. James escreveu também, de forma teórica, sobre a arte do romance, sobre o ponto de vista, sobre a perspectiva e sobre muitas questões que chamaram a atenção em Stevenson, e parece que isso não é levado muito em conta pelos que despacham Stevenson assim, com grande alegria: "Ah, sim, é um escritor de aventuras". Não levam em conta que um dos homens que sabiam o que era a literatura tinha por ele um enorme apreço pessoal e literário. Lembro a correspondência entre os dois, que é extraordinária e na qual James se queixa a todo o momento: "Como você foi para os mares do sul; você é uma cortesã que se faz de difícil. Já chega, você tem de voltar para cá, estou entediado". Algo muito afetuoso.

– *Porque, se havia duas pessoas muito diferentes, eram James e Stevenson.*
– Em princípio, pensamos que tendiam a ser muito diferentes, mas têm suas afinidade e uma moral ambígua, ou uma contemplação do mal como algo que ronda por aí.

– *E, sobretudo, que é inextirpável do mundo.*
– E que em certas ocasiões é preciso observar, e de certo modo de uma forma muito atual, que é o que poderíamos chamar vagamente de "a fascinação do mal". Simplesmente, é algo que ronda e que não é de se admirar.

– *Essa turbulência contra a corrente, porque às vezes é o mal que introduz o dinamismo.*
– Digamos que uma das coisas que devem agradecer a ele é ter sido o contrário de um puritano.

– *O ensaio versa sobre a moral ortodoxa no sentido religioso, mas nada puritano.*
– Nem um pouco. E há um ensaio bem curtinho, muito breve, que deve ter duas ou três páginas, chamado *Ética do crime*, que também é muito curioso porque diz: "Nossa sociedade considera crimes ou delitos uma série de coisas, mas isso sabemos que muda e, então, na verdade, para que haja verdadeiros crimes, é preciso haver duas coisas: uma espécie de condenação popular, da moral popular, e também ser sancionado pela lei. Essas duas coisas nem sempre coincidem, às vezes a moral popular se escan-

daliza por ações que a lei, por sorte, não condena". Ele escreveu isso faz mais de um século. Acabava de acontecer o episódio do Sudão, com o general Gordon, e ele diz: "O abandono do Sudão me parece um crime e, no entanto, quem levou tudo a cabo foi o Estado inglês e a lei não o condena".

– *Há outra coisa que também é bonito ressaltar: ele foi um homem efetivamente doente durante toda a vida, alguém que lutou com uma saúde ruim crônica. Mas isso se reflete muito pouco em sua literatura, na qual há uma espécie de audácia. Aproveitava cada bom momento para se lançar na escrita.*

– E morreu aos 44 anos.

– *Um de meus momentos preferidos é uma carta que o médico lhe escreve da Inglaterra quando ele está em Samoa e na qual faz uma espécie de plano de vida: não coma, não fume, não passeie, não dance, não se excite, assim você não corre o risco de morrer jovem. Então Stevenson responde: "Ai, doutor, todos os homens morremos jovens". Eu acho que isso diz muito da sua própria vida.*

– Lembro de ter lido muitos testemunhos de pessoas próximas de Stevenson, e a imagem que me ficava dele era a de um indivíduo que me lembrava vagamente o que me contaram os que conheceram García Lorca. Diziam que era um homem alegre e que, além disso, animava todos. Entrava numa reunião e imediatamente dava umas palmadas em alguém, fazia uma brincadeira com outro, nunca de forma grosseira, e levava alegria aonde ia. Stevenson deixa uma impressão assim. Lembro de um caso em que visita um casal recém-casado, que tinha pouco dinheiro, a ponto de ter apenas alguns móveis, e parece que Stevenson disse: "Isso é magnífico, é preciso ver a imoralidade das cadeiras e das mesas". Improvisou um discurso sobre a imoralidade dos móveis.

– *Pouco tempo depois da publicação de* A ilha do tesouro, *saiu um plágio muito evidente, e dizia: "Segundo a ideia do senhor*

Robert Stefenson". Isso o incomodou muitíssimo, e Stevenson disse: "Não sei por que não se dão o trabalho de aprender o nome do autor a quem plagiam".
– Pelo menos copiar bem o nome. Em uma entrevista com ele na Austrália, uma das poucas que concedeu, contou que na semana da publicação de *Raptado* havia nada menos que 25 edições piratas nos Estados Unidos. Então o que vivemos agora não é nada novo. Dá a impressão de que era um homem encantador, de se queixar pouco, que, ao contrário, tentava alegrar as pessoas, com senso de humor, mas sem ser um astuto oficialesco, como Oscar Wilde, que imagino que na vida real era um pouco enfadonho. Parece que ele tinha bom humor, bom caráter, um pouco distraído.

– *Se você tivesse que levar para a ilha do tesouro algum livro de Stevenson, qual seria?*
– Se tivesse que levar apenas um livro de Stevenson, levaria *O médico e o monstro*, pois, na sua brevidade, é um desses livros em que, como o *Quixote*, sempre se encontra alguma coisa.

– *Sim, voltamos a ler e ele nos pega outra vez.*
– E, sobretudo, encontramos nele algo que não tínhamos pensado, algo que não está estritamente no livro, mas que nos ocorre ao lê-lo.

– *É a definição do clássico.*
– Exatamente, é o tipo de livro que contém mais do que o livro sabe de si mesmo. Há um tipo de livro cujo autor é consciente de tudo o que está nele, e há outros nos quais cabe a dúvida se realmente era consciente ou não, mas existe a possibilidade de que ocorra a alguém, e esses eu chamo de livros férteis. Como escritor, sempre me perguntaram sobre Shakespeare, citei-o tantas vezes nos meus livros e tenho vários títulos que procedem de Shakespeare, e com Shakespeare é absurdo se comparar, ficaríamos deprimidos se o fizéssemos. Mas é que, para mim, longe de

me induzir a não escrever, pois realmente é tão rico, tem tantos caminhos inexplorados que me traz ideias, me ajuda a forjá-las. E com esse livro de Stevenson especificamente acontece um pouco o mesmo.

– *Eu talvez escolhesse* A ilha do tesouro *porque é um livro emblemático. Mas é verdade que há autores a quem você inveja e autores pelos quais apenas sente gratidão. É claro que, no caso de Shakespeare, devido à sua grandeza, mas também, no caso de Stevenson, sentimos antes de tudo gratidão.*

– Efetivamente, há nele um elemento de ingenuidade que se mantém em todos os seus textos. Bem, o próprio *Réquiem*, que imagino que você leu. São uns poucos versos no fundo agradecidos, "morro contente"...

– *"Alegre vivo, alegre morro"...*

– Como se tivesse uma espécie de conformidade, um dizer: "Bem, tive essa sorte e a aceito". Há uma mistura de ingenuidade e de integridade que o torna querido por seus leitores, e há um elemento enorme de gratidão por sua literatura que eu considero, e nos últimos anos ele está sendo considerado um dos grandes do seu tempo também por parte do mundo universitário, que acaba misteriosamente sancionando quem é grande de verdade e quem não é tanto.

"Ó! Por que abandonei o meu lar?"

Muitos escritores são cosmopolitas e se estabelecem comodamente no exílio, mas outros nunca deixam para trás o lugar em que nasceram, mesmo que só continuem unidos a esse lugar pelas lembranças e pela imaginação. Talvez para alguns pareça exagero dizer que Stevenson nunca saiu da Escócia, mesmo tendo vivido pouco lá. Isso é mais notável porque não foi em nada um escritor folclórico, nem um devoto das sagradas essências nacionais.

Quando já não voltaria mais a Edimburgo, escreveu: "Não há nada especialmente amável nesse país cinza, com seu arquipélago chuvoso fustigado pelo mar, seus campos de montanhas escuras, seus recantos de escassa visibilidade, negros de carvão, suas terras sem árvores, tristes e pouco amistosas, sua estranha, cinza, encastelada cidade, onde os sinos enfrentam o seu badalar aos domingos e o vento uiva, e salobras chuvaradas voam e açoitam. Eu nunca soube se desejava viver ali; mas quando ouço, em alguma terra distante, uma voz infantil cantando, 'Ó! Por que abandonei o meu lar?', sinto como se nenhuma beleza sob os céus amáveis, nenhuma companhia dos sábios nem dos bons poderiam me compensar da ausência da minha terra... Direi sinceramente, esse sentimento cresce em mim ano após ano: não há estrelas tão dignas de serem amadas como os faróis de Edimburgo".

Em seus últimos dias, Stevenson fixou-se em Samoa, onde morreu cinco anos depois de sua chegada. Foram os mesmos índios que haviam preparado o terreno para que o escritor construísse sua casa que abriram o caminho até o cume da colina onde foi enterrado. Naqueles anos finais, escreveu poemas com temas escoceses, e nesse mesmo âmbito se desenvolve a novela que deixou inacabada. Assim foi que ele regressou de seu exílio para as rochas e os arbustos da terra natal.

Sempre disse que ler um livro de Stevenson é como voltar a viver as tardes de sábado dos anos de escola: é auspicioso, incitante, nostálgico, misterioso, neve nunca pisada e, no entanto, familiar, recorrente, confirmador, intimamente exaltador do que acreditamos que somos em nossos melhores momentos. As coisas que sabe, sabe da forma que nós queremos pensar que devem ser sabidas. Do muito que ignora, nunca sentimos falta, até depois de ter acabado a leitura.

Capital do Século de Ouro

A Madri de Cervantes, Lope de Vega e Quevedo

Desde que em meados do século XVIII o ilustrado Marquês de Valdeflores empregou pela primeira vez o conceito de "Século de Ouro" para referir-se ao momento de maior esplendor das artes e das letras na Espanha, a denominação nunca perdeu a aceitação tanto erudita como popular.

Os espanhóis costumamos chamar assim o momento de maior esplendor do nosso passado histórico, um período na verdade inserido entre dois séculos, nos quais transcorreu o reinado dos Áustrias. Corriam tempos de uma Espanha orgulhosa, monárquica, de cunho católico, onde não faltava o ouro, fruto das conquistas territoriais. E embora Valdeflores se referisse somente ao século XVI sua expressão não tardou a se estender para a maior parte do século XVII. Aqueles que, como assinala o hispanista alemão Ludwig Pfandl, consideram que se deveria aplicar somente ao século XVI sustentam que jamais o idealismo conseguiu tão esplêndida manifestação como então. Todo esse século foi um tempo de contínua e radiante ascensão, porque – sustentam – nem na economia nem na ética social foram sentidos indícios de degradação ou decadência. Neste caso, os fundadores e impulsionadores do denominado Século de Ouro seriam Carlos V e Felipe II, que assentaram as bases para uma Espanha grande em todos os sentidos. Nesses anos se cruzaram Lope de Vega e o *Quixote*, romance publicado em 20 de dezembro de 1604, que fecha o período com a expressão mais alta, a quintessência e a plenitude da espiritualidade hispânica.

Por outro lado, aqueles que pensam que na verdade o Século de Ouro foi o XVII partem da suposição de que, apesar de haver iniciado naquela época a decadência política e econômica, esse período compreende e sintetiza não somente o mais alto grau de perfeição formal – como o século anterior – mas, além disso, a concentração do espírito nacional e a plenitude da arte e da literatura. Também nessa etapa se reclama a inclusão do *Quixote*. Trata-se de uma época que abarca, digamos, da chegada de Felipe II ao trono até a morte de Calderón, uma etapa que compreende, mais ou menos, desde 1550 a 1681.

Seja como for, foi aproximadamente no meio do período, com a data emblemática de 1580 como referência, que aflorou com todas as credenciais uma nova poética, marcada por um signo anticlássico e com uma forte orientação a um gosto e uma recepção popular que nada tinham que ver com o componente do programa humanista. Quando jovens como Góngora e Lope de Vega começaram a dar mostras da sua escrita, o fizeram no âmbito de um gênero novo, o romanceiro artístico, que começou a ser formado a partir da tradição medieval e nacional e surgiu vinculado diretamente à difusão da imprensa.

O fato de que este romanceiro novo tenha recebido também a caracterização de "artístico" não supõe a negação do seu caráter popular, mas a tendência ao hibridismo, à contaminação de formas e níveis, própria da estética que despontava no horizonte. E isso ocorre também no caso dos gêneros que fundem suas raízes na tradição clássica, como ocorre com a épica culta, submetida a um crescente processo de nacionalização (incluindo o aspecto métrico), e com a comédia renascentista de imitação latina, em vias de se transformar no "teatro nacional". A existência de canais consolidados e estáveis de difusão massiva – a imprensa e o *corral de comédias*, respectivamente – não foi um fator alheio a essa tendência que com traços incipientes da cultura barroca (massiva, urbana, de algum modo conservadora, no dizer do historiador e ensaísta espanhol José Antonio Maravall) conviveu com uma poética cultista, na qual se inseriam os traços do maneirismo. Por isso, mais que uma questão cronológica, devemos ver nessa dicotomia estética uma distinção sociocultural, ligada a diferenças genéricas, de canais de transmissão e, em última instância, de estruturas de emissão e recepção.

Referindo-se às suas *Novelas exemplares* (1613), Cervantes afirma no prólogo: "O meu engenho as engendrou e minha pluma as pariu, e vão crescendo nos braços da estampa". Nessas palavras estão as chaves de uma parte substancial das letras do período: a invenção, a elaboração artística de acordo com determinadas regras e, finalmente, a sua difusão dominada por um meio impresso que ainda mantinha no começo do século XVI um caráter de novidade e não poucas reticências de grande parte dos letrados.

A nominata das grandes figuras que o Século de Ouro abarca em todos os campos da criação é realmente espantosa. Mas no que diz respeito à literatura, torna-se impossível superar o trio formado por Cervantes, Lope de Vega e Quevedo, que durante anos devem ter se encontrado e, sobretudo, se desencontrado nas ruas de uma Madri transformada então em verdadeira capital do mundo.

Madri está localizada no vale do rio Manzanares, no centro da Espanha seca, no mesmo lugar em que há 25 mil anos estava o assentamento humano mais numeroso do Paleolítico na Europa. Foram os celtas, os romanos e os visigodos seus primeiros habitantes.

Ao se tornar a capital da Espanha, em 1561, Madri começou a seduzir personalidades relacionadas com a corte e os artistas. Aproximadamente vinte mil pessoas se mudaram para a cidade, que havia se transformado num lugar de empregos e favores, de cortesãos e caçadores de cargos, de ociosos ilustres e de valentões. Hoje, com mais de três milhões de habitantes, é uma cidade moderna e cosmopolita.

Três de ouros

Além de um talento extraordinário, Cervantes, Lope de Vega e Quevedo pouco tiveram em comum. Miguel de Cervantes teve uma existência difícil e atribulada, foi prisioneiro dos infiéis e, depois, da injustiça do seu país; sofreu em uma família bastante desastrosa; alcançou a popularidade, mas não a glória nos gêneros mais "nobres", nos quais ele gostaria de se destacar. E sempre passou por apuros econômicos, não tanto por culpa dos piratas berberes, mas da recém-inventada pirataria editorial (que tanto progrediu desde então). Seu humor sempre tem um fundo dolorido, mas não agressivo nem desesperado. Os dissabores da vida lhe deram finalmente uma rara tolerância madura e viril numa terra propensa aos fanatismos.

Lope de Vega foi um "escritor de sucesso", que é um papel social que não implica grandeza literária, nem a exclui. Foi fácil, pródigo, inclusive torrencial. Cabe dizer em seu favor o que o ensaísta e romancista francês André Maurois argumentou em defesa de Alexandre Dumas: "O reprovam por ter uma obra copiosa, mas teria sido maior se escrevesse pouco e com economia?". Lope soube contabilizar admiravelmente o sucesso controlando a rede teatral de Madri em benefício das suas peças: certamente, se vivesse hoje, teria sido um eficiente produtor cinematográfico ou de séries de televisão para grandes audiências. Mas não apenas dominou os recursos da prosa do cotidiano como soube renovar a poesia dramática e tornar mais ágil e atraente uma cena teatral preguiçosa e atrofiada.

Quanto a Francisco de Quevedo, encarna melhor entre os três o paradigma do autor incômodo e genial. Com certo exagero, mas não sem motivos, Borges disse que ele não era tanto um escritor, mas uma literatura. Esteve confortável – ou melhor, desconfortável, porque era o que ele preferia – tanto na poesia metafísica como na sátira crua ou na prosa picaresca, assim como na especulação fantástica ou na reflexão moralizante, área na qual foi uma espécie de precursor de Montaigne, mas intransigente. Precisamente é o tom de moral de muitas das suas composições que nos leva a julgá-lo com medidas éticas e, sem dúvida, aplicando os princípios atuais contra a xenofobia e os arrogantes delírios imperiais. Não dá muito certo. É mais fácil admirá-lo como escritor do que amá-lo como ser humano e, menos ainda, como ideólogo, mesmo que não deixe de impressionar a sua sinceridade atribulada e desafiante, que tantos problemas lhe trouxe.

Vamos conhecer os lugares e os céus desses três escritores insubstituíveis.

O príncipe das invenções
Miguel de Cervantes Saavedra

A obra-prima de Cervantes, e provavelmente de toda a literatura em língua espanhola, é *O engenhoso fidalgo D. Quixote de La Mancha*. Cervantes escreveu a primeira parte dessa novela no final do século XVI e começo do XVII, criando uma personagem humorística, um leitor sem limites de um povoadinho da Mancha. No entanto, era muito improvável que, vivendo nesse lugar, tivesse a biblioteca que Dom Quixote possuía.

Mas, enfim, inventa que esse fidalgo, de idade já mais do que madura, de tanto ler essas obras fantásticas termina transtornando os miolos e quer se tornar um cavaleiro errante, como Amadís de Gaula. Assim, sai pela Mancha, um lugar muito diferente das paisagens frondosas, cheias de precipícios e de lugares exóticos e românticos que aparecem nos livros de cavalaria. A região da Mancha é completamente plana, seca, castigada pelo sol, e nesse mundo tão pouco glamoroso Dom Quixote tenta reproduzir mentalmente as grandes aventuras e atravessa todo tipo de episódios burlescos.

A primeira parte do *Quixote* foi editada em Madri na gráfica de Juan de La Cuesta, em 1605, e imediatamente se transformou num best-seller. Hoje em dia temos tantos preconceitos contra os best-sellers e pensamos que todos são ruins e vulgares. Pois justamente o *Quixote* foi um grande best-seller, e por isso também foi depreciado em sua época. Houve gente que fez chacota, entre eles Lope de Vega, pois considerou uma obra muito fácil, humorística, sem categoria.

A silhueta de Dom Quixote – este personagem alto, magro, sem garbo e vestido de forma estranha, acompanhado de um baixinho, gordinho montado em um asno – é conhecida em todas as partes do mundo e por pessoas que nunca abriram o *Quixote*. Já faz parte da nossa imaginação coletiva: um mito, uma figura da mitologia da humanidade, eu diria.

As novelas de cavalaria foram o gênero literário mais acompanhado e popular no século XVI. Todo mundo lia essas novelas, inclusive os analfabetos, que pediam para outros lerem para eles. As pessoas desfrutaram dessas aventuras absurdas, gigantescas, um gênero que se originou na França. Na Espanha, os gêneros fantásticos nunca criaram verdadeiras raízes. A não ser a novela realista, ou a picaresca. O tamanho dos heróis do gênero cavalheiresco superava o normal; eram muito parecidos com os das histórias em quadrinhos de hoje. Nessas novelas aparecem batalhas gigantescas e monstros extraordinários. Elas influenciaram tanto o imaginário coletivo, que até deram nome a terras americanas. Por exemplo, quando Magalhães com sua expedição chegou onde hoje conhecemos como a Patagônia, encontrou alguns índios altos e então os chamou de "patagones" devido ao gigante Patagón, que aparece em *Primaleón*, uma das mais conhecidas novelas de cavalaria. E mais: "Califórnia" é uma denominação que foi tirada de outra novela de cavalaria da época. De modo que esses nomes e personagens fantásticos chegaram a influenciar a geografia e a história daquela época porque havia um verdadeiro entusiasmo por esses relatos que logo foram satirizados por Cervantes no *Quixote*. Um dos episódios mais famosos das aventuras de Dom Quixote é a poderosa aventura que ocorre aqui, na caverna de Montesinos, situada junto às Lagunas de Ruidera, sobre as quais também há lendas que nos lembram de Cervantes. As lagoas eram damas: Ruidera, suas sete filhas e as duas sobrinhas, que foram enfeitiçadas pelo mago Merlin e transformadas em lagoas. O escudeiro que as defendia e guardava, Guardiana, foi transformado em rio, também como castigo por se opor aos desígnios do mago, e aqui está a caverna de Montesinos que Dom Quixote se empenha em descer. Desce atado a uma corda e não sabemos o que ocorre, mas, quando volta à superfície, conta uma aventura magnífica. Viu centenas de personagens: damas, cavaleiros, o próprio mago Montesinos, que o reconheceu como o cavaleiro mais extraordinário, o cavaleiro da triste figura. Ele conta uma história que, naturalmente, seus ouvintes não chegaram a acreditar. É curioso, porque se trata da única vez no romance de Cervantes que Dom Quixote, que normalmente é o enganado, pretende, por sua vez, enganar. É uma compensação que o protagonista faz, da qual todos fazem troça. Nesse sentido, é uma aventura de grande comicidade e ao mesmo tempo com um toque melancólico que dá um sabor extraordinário à obra de Cervantes.

Gigantes de braços longos

Até quem não leu o romance conhece a aventura de Dom Quixote com os moinhos de vento. Esse episódio ficou marcado na imaginação de praticamente todo mundo, e é mais curioso ainda se levarmos em conta que o romance, nas suas duas partes, forma um volume considerável de umas longas mil páginas e esse episódio, no entanto, preenche poucas páginas.

Os moinhos de vento haviam sido trazidos da Holanda para a Espanha relativamente pouco tempo antes. Ainda eram algo surpreendente na paisagem da Mancha, enquanto hoje, ao contrário, nos surpreenderia se não estivessem ali. Na época, eram algo novo, daí porque Quixote os confundiu com gigantes. Vamos ler nem que seja por um instante essas linhas imortais e que arrebataram milhões de leitores: "Nisso descobriram trinta ou quarenta moinhos de vento que existem naquele campo, e assim que Dom Quixote os viu disse ao seu escudeiro:

"– A ventura vai guiando as nossas coisas melhor do que podíamos desejar; pois vê ali, amigo Sancho Pança, trinta ou mais desaforados gigantes, com os quais penso travar batalha e tirar de todos a vida, com cujos despojos começaremos a enriquecer, pois esta é uma boa guerra, e é grande serviço de Deus tirar tão má semente da face da terra.

"– Que gigantes? – disse Sancho Pança.

"– Aqueles que ali vês – respondeu seu amo –, de longos braços, que alguns chegam a ter quase duas léguas.

"– Veja, vossa mercê – respondeu Sancho – que aqueles que ali estão não são gigantes, mas moinhos de vento, e o que neles parecem braços são as asas, que, empurradas pelo vento, fazem rodar a pedra do moinho.

"– Bem se vê – respondeu Dom Quixote – que não és versado em coisas de aventuras. São gigantes; e se tens medo afasta-te daqui, e reza no tempo em que vou com eles me bater em feroz e desigual batalha.

"E, dizendo isso, deu de esporas em seu cavalo Rocinante, sem atentar os gritos que o escudeiro Sancho lhe dava advertindo-lhe que sem dúvida alguma eram moinhos de vento, e não gigantes, aqueles que ia atacar. Mas ele ia tão certo de que eram gigantes, que nem ouvia as vozes do escudeiro Sancho nem via o que eram, embora já estivesse bem perto, antes ia dizendo em voz alta: 'Non fuxades, covardes e vis criaturas, que um só cavaleiro é este que vos ataca'. Então se levantou um pouco de vento, e as grandes asas começaram a girar, em vista do que, disse Dom Quixote: 'Ainda que movais mais braços que os do gigante Briaréu, haveis de pagar-me'. E, isso dizendo, e encomendando-se de todo coração à sua senhora Dulcineia, pedindo a ela que em tal transe o socorresse, bem coberto da sua rodela, com a lança em riste, arremeteu a todo o galope de Rocinante e investiu contra o primeiro moinho que estava à frente. E, ao acertar uma lançada na asa, o vento a empurrou com tanta fúria que despedaçou a lança, levando consigo o cavalo e o cavaleiro, que foram rodando pelo campo muito estropiados."

Visitando a casa de Dulcineia

Assim como todo bom muçulmano deve fazer a peregrinação a Meca uma vez na vida, todo leitor do *Quixote* deve ao menos uma vez na vida fazer uma peregrinação às terras de La Mancha, onde são ambientadas as aventuras do fidalgo imortal. E, seguindo esse plano, essa peregrinação, viemos a La Mancha, a estas planícies, procurar lugares onde ocorrem, imaginária ou fisicamente, as aventuras de Dom Quixote.

A casa museu de Dulcineia, situada na localidade do Toboso, é uma típica casa de fazenda de La Mancha, que segundo a tradição pertenceu a dona Ana Martínez Arcos de Morales. Dizem que Cervantes imortalizou a doce Ana com o nome de Dulcineia de Toboso. Por esse motivo, o Estado adquiriu o local em 1967 com parte dos fundos do Museu de Santa Cruz e inaugurou esta casa museu. A fazenda abriga utensílios de valor etnológico, pátio com uma carroça, uma carreta, um moinho com sua moega, arados e mobiliário do século XVII, ou seja, contemporâneos de Dom Quixote.

O museu cervantino tem uma biblioteca magnífica e, sobretudo, uma coleção interessante que reúne edições curiosas do *Quixote* de todo o mundo, dedicadas a personalidades de todo tipo, que vão de Benito Mussolini e Adolf Hitler até gente com mais méritos. Entre todas, destaca-se a primeira edição do *Quixote* em euskera [língua basca] e uma edição escrita em alfabeto celta, procedente da Irlanda. Seria desejável que escritores, intelectuais e poetas enviassem edições do *Quixote* assinadas por eles para fazer parte dessa coleção, em vez de deixar essa honra exclusivamente para os políticos. De toda forma, é um museu muito interessante de se visitar.

Realismo quixotesco

Já no Século de Ouro, Alcalá de Henares era, juntamente com Salamanca, uma cidade universitária. Ou seja, a vida intelectual da Espanha daquele tempo passava por aqui. Nas ruas desta cidade de grande riqueza arqueológica podem ser admiradas construções impressionantes do Renascimento e do Barroco. Desde 1976, os reis da Espanha entregam nesta universidade o prestigioso Prêmio Cervantes da literatura em língua espanhola.

Em nove de outubro de 1547, Rodrigo Cervantes e Leonor Cortina batizaram Miguel, o quarto de seus sete filhos, na paróquia de Santa Maria La Mayor, em Alcalá de Henares. Era uma família muito modesta, cujo chefe, médico, ganhava a vida como cirurgião. Em Alcalá de Henares fica a casa museu de Cervantes, uma reconstituição do lugar onde Miguel nasceu. Rodrigo teve problemas com a justiça e foi preso por dívidas, algo que mais adiante ocorreria também com o próprio Cervantes.

Sua vida foi marcada por dissabores, prisões e falta de dinheiro. Aqui passou seus primeiros anos, depois se mudou para Madri, onde se sabe relativamente pouco dele. Estudou na Vila de Madri, orientado pelo gramático Juan Lope de Hoyos, e ali aprendeu não só as primeiras letras e adquiriu os primeiros conhecimentos, mas também provavelmente se afeiçoou às novelas de cavalaria, que logo viriam a ser tão determinantes na criação de seu personagem mais conhecido.

Cervantes procurou padrinhos para o Quixote, como costumava se fazer na época. Eram poetas que lhe dedicavam algumas linhas no começo da obra, o que hoje seria o prólogo. Eram poemas que abriam as edições dos livros de autores relativamente pouco conhecidos. Cervantes não era um escritor famoso e, quando procurou um poeta para a introdução, não encontrou. Inclusive Lope de Vega gozou cruelmente dele dizendo que não havia nenhum poeta tão tolo para elogiar uma obra tão ruim. Finalmente, Cervantes terminou por fazer ele mesmo os poemas que abrem seu livro. Escreveu de forma burlesca, fazendo com que os próprios personagens, inclusive o cavalo Rocinante, contassem suas vivências no livro.

O sucesso fez com que a primeira edição se esgotasse rapidamente e fosse reimpressa, mas, além disso, apareceram edições piratas. (Já nessa época os sucessos literários tinham seus ladrões, o mesmo que ocorre agora na Internet.) Logo se sucederam as edições e, em seguida, as traduções, praticamente em quase todos os países europeus. A relação entre escritores e livreiros era de desconfiança.

A dúvida sempre estava presente com respeito a quantos exemplares eram impressos, quantos eram vendidos e quantos eram dados ao autor. Cervantes refere-se a esse assunto em *O licenciado Vidraça*: "Os artifícios que os livreiros fazem quando compram os direitos de um livro e o abuso que fazem ao seu autor se acaso imprimem pelas suas costas, pois em vez de mil e quinhentos, imprimem três mil livros, e quando o autor pensa que estão vendendo os seus, despacham os alheios".

A segunda parte do *Quixote* convence Cervantes de que a verdadeira grande descoberta de seu romance são as figuras de Dom Quixote e de Sancho. Essa estranha história de amizade entre um idealista e um prosaico, entre um sonhador que quer viver aventuras extraordinárias quando nem seu físico nem as possibilidades históricas lhe permitem e alguém realista, mas que pouco a pouco vai se contagiando pelo idealismo do companheiro.

Assim, a segunda parte leva mais a sério a figura de Dom Quixote. Embora não seja menos humorística, é mais dramática, porque relata o fracasso de um ideal que se choca com uma realidade adversa. E se a primeira parte era muito mais caricatural e ali Dom Quixote se diluía em várias outras personagens e histórias fora do contexto, na segunda ele é mais protagonista do romance e, além disso, adquire maior peso, de modo que no final sua figura já não tem apenas a ilusão humorística, mas certa ilusão patética e talvez um pouco trágica. É o fracasso dos ideais, das ilusões, no fundo o fracasso de todas as vidas, que são projetos que nunca cumprem o que haviam se proposto, e a figura de Sancho vai adquirindo peso e volume porque se contagia de algum modo pelo idealismo quixotesco. A tal ponto que, quando Dom Quixote, já no leito de morte, renuncia a este ser cavalheiresco ilusório e transforma-se outra vez em Alonso Quijano, o fidalgo da Mancha que ele era na realidade, Sancho toma a dianteira e lhe diz: "Não morra, meu senhor, que isso é o pior que se pode fazer neste mundo, e vamos sair e vamos voltar outra vez a cavalgar, vamos voltar outra vez a viver as aventuras".

No final, Dom Quixote está desenganado do quixotismo. Em compensação, Sancho virou entusiasta das aventuras do amigo. Essa mistura de idealismo e realismo não remete a uma novela fantástica; há elementos reais, mas matizados pela postura do ideal moral que pretende subjugar, que pretende se impor a uma sociedade e a uma realidade que constantemente faz chacota dos ideais.

A personagem de Dulcineia de Toboso é a única que nem sequer aparece no *Quixote*. Ou seja, é uma personagem literária até para Dom Quixote, que fala dela à imagem e semelhança das noivas extraordinárias, princesas, de outros cavaleiros andantes. Quando Sancho assegura tê-la visto brincando em Toboso, Dom Quixote fica desconcertado e diz: "Não pode ser, seguramente não viu direito". Finalmente, Sancho, ao ver passarem três moças, diz: "Aí estão Dulcineia e suas damas". Então o pobre Dom

Quixote, convencido de que está enfeitiçado, responde: "Será Dulcineia, ocorre que não posso enxergá-la". É um personagem fabuloso, inclusive dentro do romance, é o romance em que Dom Quixote acredita dentro do romance que Cervantes inventou. O personagem é o sonho impossível, o sonho do amor que se perde quando é realizado.

No fundo, o único momento verdadeiramente grandioso é quando Dom Quixote é derrotado e tem que demonstrar diante da morte, e já não simplesmente diante do ridículo e da risada dos outros, sua nobreza. Talvez o momento mais emocionante do livro seja justamente quando o protagonista está na praia de Barcelona e é derrubado por outro cavaleiro, Sansón Carrasco, o bacharel que tenta vencê-lo para levá-lo para casa. O cavaleiro da meia-lua o derruba, coloca a lança em seu pescoço e pede a Dom Quixote que diga que não é verdade que Dulcineia é essa dama extraordinária que ele elogiou. Então Dom Quixote, que acredita que vai mesmo morrer, diz: "Pois não [...], apesar de que estou aqui, de que fui derrotado, apesar disso, não vou dizer que Dulcineia não é a dama mais extraordinária, e eu o mais infeliz dos cavaleiros". Esse momento em que Quixote está vencido pela realidade, no sentido físico, prático, mas não no sentido de sua alma, quando segue sem se dobrar diante do peso da realidade, é a síntese desta obra tão complexa, humorística, irônica, sábia. Não é uma chacota da moral, mas um olhar quase dramático para as dificuldades que os ideais morais têm para abrir caminho em um mundo real.

Um século de quarenta anos
Conversa com o poeta e ensaísta
Luis Alberto de Cuenca

– *Nós falamos do Século de Ouro, mas sabemos que somente se trata de uma expressão.*

– Poderia se falar muito mais do Século de Ouro espanhol, mas acontece que coincide com uma das épocas mais contundentemente belas e importantes da literatura universal: o reinado de Isabel I e James I. Por outro lado, não chega a abarcar um século, mas sim quarenta anos. E digo que as letras isabelinas refletem um dos períodos mais importantes das letras universais – mais do que o nosso Século de Ouro e inclusive do que o Ciclo de Péricles na Grécia –, visto que o XVII é o seu século áureo. Surgem então pessoas como Molière, Corneille, Racine; o teatro clássico francês, que também tem seu momento de grande inspiração literária.

– *No entanto, existe um salto tão grande entre o* Quixote *e todo o restante, que desconcerta um pouco...*
– A noção de Século de Ouro cabe como uma luva para a Espanha dos séculos XVI e XVII. É uma boa etapa, que se prolongou muito. Em seguida viriam outras muito piores.

– *A difusão que teve no mundo foi muito diferente. O livro de Cervantes é um best-seller absoluto. Em seguida, é publicado em inglês e em alemão, lhe é dado um peso que vai além do festivo.*
– Mais filosófico.

– *E muito ácido.*
– Assim é visto pela sociedade de seu tempo. Precisamente, aí temos o Cavaleiro do Verde Gabán, que no *Quixote* é o protótipo do cavaleiro, mas que para Cervantes parecia um louco, um absurdo. As obras-primas da literatura têm a vantagem de poderem ser lidas de diferentes maneiras.

– *É uma obra que entrou no campo da releitura, da simbolização. Provavelmente, Dom Quixote seja um dos poucos personagens da literatura universal conhecido inclusive por pessoas que não leram o livro nem jamais tiveram nas mãos um livro de Cervantes, que inclusive sequer conhecem o nome do autor. No entanto,* quando vê a silhueta do cavaleiro alto, magro, a cavalo, junto do gordinho, sabe que se trata de Dom Quixote e Sancho. Em troca, o sucesso de Lope de Vega e Quevedo é diferente. Lope fez grande sucesso na Europa.

– Em sua época e em seu país, Lope era o sujeito mais conhecido. O gênio popular. Porque, veja, que bom gosto há em suas peças teatrais, como insere canções absolutamente populares, que variedade do cancioneiro.

– E foi o único que conseguiu rentabilizar seu sucesso, porque era um bom empresário de si mesmo, enquanto Cervantes por uma razão e Quevedo por outra viveram uma vida cheia de complicações.

– E tiveram problemas com a justiça.

– Lope hoje tem um peso que não é comparável ao de Cervantes, pois nenhuma de suas obras perdurou como o Quixote. Quevedo, em compensação, é um autor que por ser mais linguístico e mais verbal é muito espanhol, mas sua projeção universal é menor. Além disso, poderíamos dizer que ele tinha, mais que um sentido de humor, um sentido de mau-humor. No entanto, Lope tem o espírito do popular.

– Tem um ar trágico em tudo.

Lope de Vega
Ilustre vizinho do Bairro das Letras

Madri passou a ser a capital do reino em 1561, início de um período de apogeu da vila, já que se mudaram para lá todos aqueles que tinham alguma relação com a corte, tanto do ponto vista político como econômico. Juntamente com essa circunstância, iniciou-se também o crescimento cultural e artístico.

À cidade dos Áustrias chegou também uma grande quantidade de ordens religiosas e de cavalaria. Alguns dos lugares característicos daquele período são a Plaza Mayor, o Palácio de Santa Cruz, a igreja das Calatravas e o Arco dos Cuchilleros.

A igreja das Trinitárias situa-se em pleno Bairro das Letras de Madri, justamente em frente à casa que foi de Quevedo. Ainda abriga várias freiras enclausuradas, que não são muito comuns nem na Espanha nem no resto do mundo. É uma ordem bastante severa, ainda que menos do que foi em outras épocas. Elas têm acesso a alguns avanços modernos, podem falar ao celular e até usar o computador.

Nessa igreja há uma cripta em que as próprias freiras eram enterradas e onde se supõe que estejam os corpos de Miguel de Cervantes Saavedra e da mulher dele, Catalina de Salazar. Essa cripta ficou fechada porque a orientação da igreja mudou: onde agora está a porta, estava o altar, e vice-versa. Na parte mais moderna está enterrada a filha de Lope de Vega, sor Marcela de San Félix, que foi superiora deste convento e que parece que era uma mulher interessante e ilustrada, que escrevia e tinha muitos encantos. Esta igreja é uma espécie de coração, no sentido religioso do termo, do Bairro das Letras, como é chamado o triângulo que forma o Passeio do Prado, a Rua do Prado e a Rua de Atocha. Os madrilenos seguem conhecendo este lugar como a zona de Huertas. Esta Madri não é monumental, mas conserva o sabor do passado nas estreitas ruas que a desenham.

Trancado a seis chaves

Félix de Vega e Francisca Fernández Flores foram os pais de Lope de Vega, que nasceu em Madri em 1562. Lope de Vega escreveu uma carta para a poetisa Amarilis, na qual diz:

> Tem a sua cadeira sobre o tapete bordado
> de Castela o valor da Montanha
> que o vale de Carriedo a Espanha nomeia.
> Ali outro tempo cifrava a Espanha,

> ali começou: mas que importa
> nascer folha de louro e ser humilde talo?
> Falta dinheiro ali, a terra é curta;
> meu pai veio do solar de Vega:
> assim os pobres a nobreza induz.

Lope teve dois casamentos, enviuvou em ambas as vezes e gerou vários filhos. Teve muitas amantes. Esteve a serviço dos duques de Alba e de Sessa. Segundo ele mesmo assegurou, integrou a Armada Invencível a bordo do galeão San Juan, mas para muitos se trata de uma história duvidosa. Sabemos, isso sim, que logo após a derrota da Armada, ele foi desterrado, e voltou para Madri em 1610, quando comprou a casa da atual Rua Cervantes, que hoje é um museu. Em 1614, ordenou-se sacerdote, algo que não o impediu de viver com a amante, Marta de Nevaras.

Em *Arte nova de fazer comédias neste tempo*, Lope de Vega escreve:

> Mas porque enfim achei que as comédias
> estavam na Espanha naquele tempo,
> não como os seus primeiros inventores
> pensaram que no mundo se escrevesse,
> mas como as trataram muitos bárbaros
> àquele hábito bárbaro retorno,
> e, quando hei de escrever uma comédia,
> encerro os preceitos em seis chaves;
> tiro Terêncio e Plauto do recinto,
> para que não gritem comigo, pois costuma
> dar gosto a verdade em livros mudos,
> e escrevo pela arte que inventaram
> os que o vulgar aplauso desejaram,
> porque, como
> é o vulgo que as paga, é justo
> falar-lhes de forma estúpida para agradar.

E continua:

> Já tem a comédia verdadeira
> o seu fim proposto, como todo gênero
> de poema ou poiesis, e esse foi
> o de imitar as ações dos homens
> e pintar os costumes daquele século.
> Também qualquer imitação poética
> é feita de três coisas, que são conversa,
> verso doce, harmonia, ou seja, a música,
> que isso tem em comum com a tragédia,
> só se diferenciando no que trata
> as ações humildes e plebeias,
> e a tragédia, as reais e altas.
> Olhe se há em nossas poucas faltas!

Teatro e caridade
Conversa com Alfredo Alvar Ezquerra, especialista na Espanha do Século de Ouro

– *Podemos dizer que Lope de Vega foi um fenômeno popular em sua época. Provavelmente, salvo os toureiros, ninguém teve a popularidade que ele alcançou.*

– Ele era consciente de sua enorme popularidade e soube explorá-la muito bem. Isso gerou a criação de uma rede clientelar a seu serviço e enorme inveja de outros que não a alcançaram e que acabaram mal, como é o caso paradigmático de Cervantes.

– *O teatro era o espetáculo popular por excelência, sobretudo num país como a Espanha, onde se lia e ainda se lê pouco. O teatro tinha a presença que hoje têm o cinema ou a imagem em geral.*

– Além disso, havia o teatro rural, que ia de povoado em povoado fazendo esquetes e representações menores. O teatro era muito assistido, mas além daquele dos primeiros anos do século XVII, há uma série de obras de caráter histórico que eram representadas com notável sucesso, o que é um fenômeno bem interessante. Os moradores da Vila de Madri e da corte, assim como os de outras cidades importantes, gostavam de se ver representados, ou seus antepassados ou lendas, ou de assistir às histórias dos grandes triunfos contra os mouros e da conquista da América. Assim, transforma-se num fenômeno de massas. Lope era muito esperto, vendia muito. Hoje seguimos usando as suas obras como fonte de informação dos tipos populares.

– Lope teve um sucesso fabuloso, enquanto Cervantes, apesar da obsessão em ser um autor de teatro, não alcançou o nível de Lope. Além disso, houve entre eles uma crescente rivalidade, apesar de no começo terem sido colegas e amigos.

– Essa é a frustração de ser historiador. Tenho a impressão de que em Cervantes preponderava a soberba, era um homem um pouco orgulhoso, e em Lope preponderava a ambição. De fato, em A viagem do Parnaso, é excelente a descrição que Cervantes faz de Lope como um balão inflado com plumas que representam a vaidade e que explode e salpica em todos.

– Qual era o status dos atores das comédias naquela época? Porque sabemos que na França, por exemplo, eram excomungados, mas na Inglaterra e na Espanha creio que era diferente.

– Era diferente. Os autores – os chamados "autores de comédias" eram os que representavam e faziam os contratos, pois eram pessoas que tinham dinheiro, descendentes ou não de convertidos ou de cristãos velhos, ou o que o valha – eram pessoas comuns. Já os atores levavam uma vida atribulada, como tantos outros, sem nenhuma perseguição em especial, salvo, isso sim, por questões de gênero. Havia uma grande misoginia na sociedade. A mulher que subia ao palco ficava marcada, portanto os homens atuavam vestidos de mulher. E quando havia luto, os teatros eram fechados. Os teatros também sustentavam boas causas; por exemplo, no Teatro do Príncipe, uma parte da arrecadação pela venda de ingressos era destinada a causas beneficentes, que eram mantidas dessa forma. Portanto, cada vez que alguns setores atacavam o teatro por razões ultramontanas*, relacionadas com o moralismo, eram muitos os que advertiam: "Vamos ficar sem a caridade, vamos ficar sem a beneficência".

– *Além disso, os atores e atrizes ficavam expostos aos demais. Acho que os mais invejados, os mais contemplados, costumam ser também os mais criticados. É difícil que os coveiros tivessem um grande interesse público.*

– Na verdade, não era um ofício tão reconhecido como poderia ser o de cantor da capela real, mas eram pessoas que viviam, que se casavam e que faziam coisas normais e corriqueiras como o restante da sociedade, com todas as misérias, que eram muitas.

– *Um desses infortúnios eram os abusos dos editores, dos livreiros, que faziam falsas edições, como costuma ocorrer hoje com a internet e a pirataria.*

– Agora mesmo estamos vivendo uma situação de mudança muito parecida em muitos aspectos à do mundo do Renascimento e do Barroco. Em particular, no que se refere aos direitos do autor. Não sei sob qual lei moral superior um indivíduo pode pegar o nosso trabalho, poli-lo e colocá-lo na rede. É como entrar numa sapataria, pegar um par de sapatos, calçá-los e sair caminhando, como se nada tivesse acontecido.

– *Especialmente Cervantes foi vítima da pirataria, não é?*

– Omitir a imprenta era algo que ocorria com muita frequência nos séculos XVI e XVII. Às vezes não consta nem o lugar nem a imprenta, então são usados outros mecanismos para

---

* Partidário da autoridade absoluta do Papa em matéria de fé e disciplina. (N.T.)

controlar as edições, para que o autor tenha certos direitos. Os editores enganam os autores de todas as formas possíveis.

– *Mas temos um terceiro nome em termos de discórdias: Francisco de Quevedo, com sua enorme cultura e personalidade complexa.*
– Quevedo é, nesse sentido, alguém muito interessante, um homem de brio, um produto da Espanha do século XVII, daquela Espanha literária das armas e das letras, tão lindamente descrita por Cervantes.

– *E é curioso que ele compartilhe com Cervantes um incidente vital, porque foram exilados por uma briga envolvendo armas...*
– Por ter ferido o arquiteto real, algo que não se sabe se ocorreu de verdade. O certo é que eram pessoas com um excesso de honra, que saíam armadas para a rua. Havia um ambiente literário muito interessante que, creio, deveríamos relacionar com a nossa falta de desenvolvimento científico. Talvez exista aí algum problema de caráter ideológico. Literariamente, pode-se inventar o que se tiver vontade, cientificamente é preciso dizer a verdade.

Uma grande ironia da rivalidade entre esses autores é que Cervantes viveu na rua que hoje é conhecida como Lope de Vega. E Lope de Vega, na que hoje se chama Cervantes. Lope era um dramaturgo de sucesso, endinheirado, amado pelo povo e pelas mulheres, enquanto Cervantes era um escritor pouco reconhecido e sem dinheiro. As vidas de ambos transcorreram de forma tão paralela que, além de viverem separados por apenas alguns metros, dizem que compartilharam uma amante, assim como a devoção pelo convento das Trinitárias.

Cervantes escreveu, nos últimos anos de vida, o prólogo de *Os trabalhos de Persiles e Sigismunda*. Ele o constrói em cima de um episódio que parece ser autobiográfico: quando sai de Esquivias (Toledo) encontra-se com um estudante e esse, ao saber que se trata de Miguel de Cervantes, apeia de seu burro e aproxima-

-se entusiasmado: "Sim, sim, este é o maneta sadio, o famoso, o escritor alegre e, finalmente, a alegria das musas!". O escritor o detém: "Esse é um erro em que muitos fãs ignorantes caíram. Eu, senhor, sou Cervantes, mas não a alegria das musas nem nenhuma das demais bobagens que disse". O estudante sobe de novo no burro e conversa com Cervantes até que chegam à Ponte de Toledo. A despedida também é cheia de ironia: "Adeus, chacotas! Adeus, amigos alegres! Que estou morrendo e desejando verdadeiros amigos contentes e rápidos na outra vida". Cervantes morreu em 22 de abril de 1616. O mesmo ano da morte de William Shakespeare e da proibição a Galileu Galilei pela Inquisição de ensinar suas teorias.

Lope de Vega escreveu em 1604: "De poetas, não falo: bom século é este. Muitos estão na peneira para o ano que vem, mas não há nenhum tão ruim como Cervantes, nem tão tolo que elogie *Dom Quixote*".

Vários anos depois da morte de Cervantes, em 25 de agosto de 1635, Lope de Vega faleceu na sua casa da Rua de Francos, aos 73 anos. Seu funeral foi custeado pelo duque de Sessa, que havia sido seu amigo e protetor, e foi uma grande demonstração de dor popular. Lope de Vega, que havia marcado a moda e havia sido um homem do seu tempo em Madri, é também ponto de referência da atualidade madrilena.

Café, chocolate e encontros

Madri é uma cidade que tem, entre muitos outros traços que a diferenciam, uma profusão de cafés, de lugares de encontro, reunião e tertúlia. Trata-se de uma tradição que vem praticamente do Século de Ouro.

Naqueles anos não era café que se bebia, mas chocolate. Quevedo fala contra o tabaco e o chocolate dizendo que eram dois venenos que podiam acabar com os espanhóis. Assim, em torno de uma xícara de chocolate, depois em torno de um café ou de outra bebida, os intelectuais passaram longas tardes. Hoje suponho que as conversas nos lugares de encontro tenham como tema o futebol ou algum outro passatempo, mas também se mantêm as discussões sobre literatura, que foram clássicas durante muitos anos.

Madri foi fundada pelos árabes e durante muito tempo foi uma espécie de grande povoado da Mancha, até que Felipe II transferiu a capital de Valladolid. Felipe II era um administrador muito rigoroso e viu que Madri era uma vila central, equidistante das demais vilas, e então estabeleceu aqui a capital. Naturalmente, quando a administração e a corte se mudam, Madri começa a crescer.

A vida de Francisco de Quevedo y Villegas transcorreu entre Madri e a torre de Juan Abad y Villanueva de los Infantes, onde por fim morreu. Ele inclusive quis se chamar senhor da Torre de Juan Abad. Viveu ali em torno de oito anos, mas o mais importante é que foi o local onde escreveu grande parte de suas obras fundamentais: *A política de Deus, Os sonhos* e numerosos poemas. Não somente foi uma residência ocasional, mas um lugar inspirador, onde encontrou motivação e impulso para escrever. Conservam-se umas quantas lembranças, o tinteiro que ele usava, uma poltrona, mas, sobretudo, Quevedo passeou por este mesmo pátio, conheceu este céu, e em certa medida é um lugar onde nos encontramos com ele.

Pessimismo vital
Francisco de Quevedo

Nasceu em 17 de setembro de 1580 em Madri. O pai, Pedro Gómez de Quevedo, era secretário da rainha dona Ana da Áustria, mulher de Felipe II. A mãe, María de Santibáñez, também era uma servidora da corte.

Em 1611, Francisco protagonizou um duelo no qual matou o adversário, que havia ferido o rosto de uma dama. Imediatamente, o escritor abandonou a Espanha e refugiou-se na Sicília. Lutou em Flandres com os lendários Terços e teve participação política ativa.

Homem com uma cultura extraordinária e enorme erudição, estudou no Colégio Imperial dos Jesuítas e nas universidades de Valladolid e Alcalá. Especialista em religião, teologia, filosofia, idiomas e tradutor de textos clássicos e bíblicos, as suas obras estão repletas de referências, alusões e citações de autores antigos e modernos, como Juvenal, Marcial, Sêneca e Montaigne. Talvez uma dificuldade que a literatura de Quevedo oferece ao leitor atual é precisamente a técnica de reescrita e o apelo a códigos literários.

O Buscão é sua principal obra. Conta as aventuras do pícaro Pablo de Segovia para encontrar a estabilidade econômica e social, que terminam, em todos os casos, em fracassos rotundos.

O primeiro local de espetáculos teatrais importante de Madri do Século de Ouro foi o Corral de La Pacheca, que antes havia sido efetivamente um curral, com galinhas e outras aves, e foi cedido por María Pacheco para apresentações. Em seguida, foi chamado de Corral do Príncipe e, finalmente, veio a ser o Teatro Espanhol, como é hoje conhecido. Lugar de divertimento e grande afluência do público no centro de Madri, no Corral de La Pacheca havia apresentações a partir do meio-dia. Eram obras curtas, quase contínuas. As pessoas foram se apegando cada vez mais ao teatro, sobretudo às obras dos grandes autores; primeiro Lope de Vega, que teve sucesso extraordinário em Madri, depois Calderón de La Barca, Tirso de Molina e outros.

Quevedo morreu um ano depois do fechamento dos *corrais* de comédias, em 8 de setembro de 1645. Não morreu em Madri, mas numa cela do Convento de Santo Domingo em Villanueva de los Infantes, cidade que hoje pertence à comunidade de Castilla-La Mancha, distante mais de duzentos quilômetros da capital.

Queria ser enterrado no próprio convento, mas finalmente seus restos acabaram em um panteão de uma família ilustre que queria valorizar mais seu lugar de sepultamento, e ali se misturaram a outros restos. Anos mais tarde foram exumados para serem levados a Madri para um panteão de homens ilustres que nunca chegou a ser construído. Depois os trouxeram de volta e foram guardados na prefeitura. Enfim, quase uma novela de intrigas. Até que, em 2007, estudiosos da Universidade Complutense de Medicina Legal identificaram entre todos esses restos misturados os dez ou doze ossos pertencentes ao grande escritor. E esses são os que estão aqui enterrados, numa cripta da igreja de Villanueva de los Infantes.

Se Lope e Cervantes viveram o apogeu do Século de Ouro, a Quevedo coube tempos de crise política, econômica e social, a época da decadência da hegemonia espanhola, algo que sua obra reflete de algum modo. A consciência dessa crise é muito notada nos últimos anos de sua vida. Fica visível em seu epistolário, no qual se percebe a dor por uma Espanha que já está transformada, como a própria vida do poeta, num sopro que se vai apagando lentamente. "Alma a quem tudo foi um deus prisão. Veias que deram humor a tanto fogo. Medulas que gloriosamente arderam: o seu corpo deixará, não seu cuidado. Serão cinzas, mas terá sentido. Pó serão, mas pó apaixonado."

Três gerações para três Espanhas
Conversa com o historiador Pedro García Martín

— *A casa de Lope de Vega está no mesmo terreno que a original. De acordo com testemunhos, foi reconstruída em 1935 e desde então foi conservada assim. Mas uma das coisas curiosas é que Lope de Vega terminou vivendo na que hoje é a Rua Cervantes, enquanto Cervantes viveu na que agora se chama Lope de Vega.*

— Esta dança no nome das ruas, na verdade, foi um capricho municipal. Originariamente todas as ruas tinham nome, mesmo que nem sempre tivessem uma placa. No entanto, todo mundo conservava na memória oral o que era a Rua Ancha, a Estrecha, a de Solana, a de Hombría, a da Prefeitura. Em certo momento, com a transformação de Madri em capital permanente, essas ruas ficaram conhecidas como Rua dos Francos, porque aqui havia uma comunidade de negociantes que tinham lojas, e Canta Ranas [Canta Rãs], porque eram os bueiros de Madri. Ou seja, estamos naquela Madri que começa a expandir-se, fora do círculo inicial. Logo, foram os governos municipais que deram os nomes de Rua Cervantes onde está a casa de Lope de Vega e vice-versa àquela em que se encontra a suposta sepultura de Cervantes.

– *Lope comprou esta casa no começo do século XVII.*
– Em 1610, e foi o motivo de seu segundo casamento. O primeiro foi com Isabel de Urbino, por procuração, na paróquia de San Ginés. O segundo, com dona Juana Guardo. Esse casamento deu muito o que falar antes de eles se estabelecerem nesta casa, porque dona Juana Guardo era filha de um fornecedor de carne para a corte, razão pela qual tinha uma renda elevada, e prometeu um bom dote. Dona Juana Guardo não era muito bem-apessoada, e todos os falatórios de Madri comentavam que foi um casamento...

– *Um golpe do baú...*
– Um golpe do baú, um casamento por interesse, naquele momento do começo do século XVII, quando Lope estava no auge do sucesso como comediante. Precisamos levar em conta que, embora Lope tenha sido o único escritor do Século de Ouro a ganhar dinheiro, era muito perdulário, o dilapidava. De modo que pensou nesse truque do casamento, que ocorreu na Igreja de San Sebastián, muito próxima desta casa. E no momento em que pôde economizar o suficiente comprou o imóvel.

– *Lope fez muito sucesso. Creio que o teatro era mais rentável do que os livros, meio em que havia mais manipulação por parte dos livreiros e dos editores da época. O teatro, em troca, tinha maiores possibilidades de controle, pelo menos Lope parece que tinha bastante capacidade para controlar.*

– Além de tudo, Lope foi um revolucionário. Rompeu com os preceitos aristotélicos e introduziu elementos populares no teatro. As apresentações começavam depois do almoço e atraíam pessoas de todos os estratos sociais. Isso sim, a concepção cênica do teatro respeitava essa ordem de classes. E, de fato, a renda de Lope vinha fundamentalmente do teatro.

– Curiosa é a ênfase que ele dá precisamente quando fala sobre como escrever as comédias. Diz que introduz elementos populares para chegar a um público mais amplo. Sabe que talvez devesse manter um discurso mais elevado, mais refinado e rebuscado, mas sabe que as pessoas que pagam, o vulgo, preferem essa linguagem muito mais acessível.

– Lope descobriu bem cedo a ligação entre os temas e a bilheteria. E esse casamento entre a temática popular e o êxito de público o leva mais além dos palcos. É tal a fama que ele adquire que começam a chamá-lo de "o Apolo da corte", "o Félix dos engenhos", e essa fama transcendia o âmbito teatral. Do momento em que colocava o pé na rua, as pessoas aproximavam as crianças dele para que as benzesse, na época em que era sacerdote; as mulheres jogavam flores, o elogiavam e, inclusive, como se diria hoje em dia, ele chegou a lançar tendências, no sentido de que surgiu na época uma moda "ao estilo de Lope". Ficou como expressão de andar na última moda e sem medidas. Falava-se de um chapéu "à moda Lope", de joias "à moda Lope" e o seu próprio funeral foi...

– *À moda Lope...*
– Grandiloquente.

– Mas ao lado dessa dimensão efetivamente abundante e quase fantasiosa estava o religioso. Viveu cuidando de doentes e

fazendo, de alguma forma, uma prática sacerdotal, algo que sem dúvida não encaixa na imagem do sedutor e do esbanjador que lhe é atribuída.
– Isso chamava muito a atenção dos visitantes estrangeiros. Nas memórias dos viajantes, havia coisas que não cabiam na sociedade da monarquia católica. Por um lado, era tão estrita em termos religiosos e, por outro, existia uma personagem como Lope, tão mulherengo. Quando se aproximavam do rio Manzanares no verão, diziam: "Estas católicas de xale e véu, que durante o inverno não faltam nunca à missa, não têm nenhum pudor em usar panos menores diante do sufoco do verão no Manzanares". Era algo que não conseguiam entender e, no entanto, são personagens extremas as que protagonizaram o Século de Ouro. E, nesse aspecto, Lope foi avançado.

– *Mais além da rixa Lope-Cervantes, no aspecto meramente humano, Quevedo é uma figura mais complexa e contraditória. Um homem com gostos ultraconservadores e antissemitas. Do ponto de vista do politicamente correto, é difícil defendê-lo. E, no entanto, também tinha uma dimensão de nobreza e integridade que o diferenciava. Porque, acima de tudo, foi um homem de ação.*
– Um espadachim...

– *Um espadachim, um personagem saído de um romance de Arturo Pérez-Reverte. Com um gosto pelo escatológico, inclusive pelo obsceno e pelo grosseiro, e depois pelo mais sublime e místico, barrocamente falando.*
– É outro personagem veemente, exagerado, de grande sensualidade, no qual uma concepção política muito reacionária alterna-se com o conservadorismo político, como a defesa que faz de Santiago, cujo hábito usava. Isso o leva a uma polêmica fortíssima quando se quer fazer de Santa Teresa de Jesus padroeira da Espanha, e ele escreve dois opúsculos incendiários. Não deixa de criticar a ordem estabelecida quando avalia que

as coisas foram malfeitas. Na etapa do conde-duque de Olivares, ele o abraça com alegria num primeiro momento, pois pensa que o prestígio da monarquia espanhola será restaurado, mas, ao perceber que a corrupção continuava e ao começarem os reveses militares na Europa, não teve nenhum problema em criticar o conde-duque e aí cavou a própria sepultura.

– *Acho que, ao menos em um aspecto, Quevedo também lançou moda. Seus famosos óculos, que são tão característicos dos seus retratos, foram um paradigma durante séculos. Sempre lembro a minha avó, que se referia aos óculos como "quevedos": "Onde deixei os quevedos?"; "Cuidado que vão pisar nos quevedos".*

– Seus inimigos riam de duas coisas relacionadas a seu aspecto físico: era coxo, então sempre dizia que era "contrafeito", e há muitíssimos sonetos em que riem desse problema. Ele próprio se dedica sonetos nos quais diz "não escolho ser coxo". Essa característica o levou a ter tendências a aceitar desafios e duelos. O outro aspecto era a sua miopia, e por isso o chamavam de "quatro olhos". No entanto, ele nunca se negou a ser retratado com os óculos, que de fato deram nome aos quevedos, termo que por extensão seguiu sendo utilizado, como você comentava, até o século XIX. Mas como neste país somos muito afeitos a buscar apelidos para objetos e pessoas, inventamos outra palavra para outro instrumento óptico, que era de uso indispensável na ópera e no teatro: os "impertinentes".

– *Quevedo era uma personagem teatral.*
– É preciso ter em conta uma coisa: nossos engenhosos do Século de Ouro – Cervantes, Lope e Quevedo – têm entre si quinze anos de diferença, dezoito entre Lope e Quevedo. Estamos falando de três gerações diferentes. Mesmo que Cervantes escreva o *Quixote* em 1605, está pensando em dom Juan de Áustria e na batalha de Lepanto, em sua juventude heroica. Lope transita na Espanha pacifista de Felipe III. E Quevedo inclusive atua na

política sob o reinado de Felipe IV. De forma que são três gerações, três mentalidades, três personalidades muito exageradas e bem diferentes, que florescem também em distintos contextos históricos.

– *Trata-se de uma Espanha que vai da gloriosa e triunfal de Lepanto a uma Espanha em decadência.*
– Sobre o conceito de decadência, nós, historiadores, falamos cada vez mais em reajuste, procuramos usar outra palavra. Faz pouco, um catedrático da Universidade Autônoma de Madri, Pablo Fernández Albaladejo, utilizou uma comparação muito engenhosa sobre a situação da Espanha nessa etapa em meados do século XVII: falava da resiliência, do tempo em que os edifícios recém-construídos tardam em se assentar. Pois algo assim ocorreu com a Espanha do século XVII. Ou seja, não houve uma decadência linear.

– *O que é certo é que Cervantes, com o Quixote, inventa um gênero...*
– É o romance por excelência, o primeiro. Aquele que não apenas inaugura um gênero, mas que se transforma num ponto de referência universal.

– *E ao mesmo tempo é protagonizado por um personagem de ação, que também era um grande leitor.*
– Hoje podemos comparar com a documentação historiográfica para determinar se essa figura existiu ou não, e é impensável que existisse na realidade. Não a do fidalgo empobrecido, mas a do fidalgo que ia formando uma biblioteca tão rica como aquela, na qual o pároco e o bacharel fazem aquela eliminação. Em La Mancha não havia muitos fidalgos, já que existia uma grande mistura de sangue e era preciso justificar a nobreza diante de *chancherías*; além disso, os livros eram caros e, por último, os romances e novelas eram escritos na cidade, não no campo.

A vigência dos clássicos
Conversa com Luis Domínguez,
da livraria Marcial Pons

– *Que procura têm hoje Lope de Vega, Miguel de Cervantes, Francisco de Quevedo e Pedro Calderón de La Barca, entre outros autores do Século de Ouro? É uma demanda exclusivamente acadêmica ou também de leitores recreativos, digamos assim?*
– Nossos clientes ultrapassam as fronteiras. O clássico é muito mais demandado fora do que aqui. É algo bastante curioso.

– *Você acredita que os clássicos estão em edições acessíveis? É preciso admitir que quando um leitor profano, que não lê para passar num concurso universitário, nem para obter um título, mas por prazer, ouve: "Este livro foi escrito no século XVI ou XVII", ele pensa: "Ai, meu Deus, isso não é para mim". Ao contrário, se lhe oferecem o mesmo livro num formato que tenha um aparato crítico, então se transforma num objeto de estudo.*
– Existe uma linha editorial nova, que tem obtido muita força. Fizeram coleções muito curiosas para jovens, para pessoas com inquietações.

– *Porque eles são os leitores de longo prazo...*
– Hoje em dia Quevedo é um dos mais lidos. Você sabe por quê? Você não vai acreditar. Graças à televisão, à *telinha* e ao grande sucesso da personagem Alatriste de Arturo Pérez Reverte. Por exemplo, se em determinado momento é feito um filme sobre Lope, as vendas disparam. E se o editor e o livreiro estão afinados com os fatos culturais e sociopolíticos que ocorrem ao redor das coisas que são veiculadas, a riqueza que se obtém do livro é fantástica.

– *É que, no fundo, o Século de Ouro foi um descobrimento de hispanistas de fora. Cervantes e Calderón foram descobertos pelos românticos alemães. Arthur Schopenhauer traduziu para o alemão* A vida é sonho. *Hoje as obras de Baltazar Gracián, por exemplo (quem diria), tornaram-se um manual para executivos.*

– Há muito tempo os clássicos vinham envolvidos por uma espécie de aura intimidatória, como dizendo: "Não me toque". Mas por ocasião do centenário do *Quixote*, a Academia [Real Academia Espanhola] publicou uma edição muito acessível, preparada por Francisco Rico, que tinha as notas necessárias para esclarecer certos aspectos e não para parecer que se estava fazendo um mestrado. Essa edição convida ao ler o livro como um romance de peripécias, muito divertido. Ficou um volume muito atraente.

Os três escritores foram de uma estatura maior do que a normal, excepcionais, insubstituíveis na história da literatura de língua espanhola, mas seu impacto mundial é bem diferente.

Tanto Lope de Vega como Quevedo são hoje matéria para exercícios eruditos de hispanistas. O caso de Cervantes, ao contrário, é diferente porque conta com este aliado sempre vencido no romance, mas ao fim invencível, que é Dom Quixote. O personagem do fidalgo de triste figura, comovente em suas deficiências e amado por seus erros, cujo juízo falível sobre a realidade nos emociona porque vem de um coração correto a quem a imoralidade não desmoraliza, acompanhado de um companheiro que é seu oposto em tudo, mas que o complementa na amizade, é parte não das antologias literárias, mas da memória consoladora de todos os leitores e inclusive de quem não o lê. Sem Lope, sem Quevedo, a literatura seria muito mais pobre, mas sem Dom Quixote, seria mais pobre a nossa humanidade.

Angústia e luz

A Paris dos existencialistas

Em *Revolta e resignação*, o forte mas terrível livro de Jean Améry sobre a velhice e a morte, há um ensaio intitulado "O olhar dos outros" em que resenha, de forma inesquecivelmente cruel, uma conferência de Jean-Paul Sartre em 1968. O filósofo que vinte anos antes havia sido líder e estímulo da juventude era visto pelos filhos daqueles admiradores com uma curiosidade quase arqueológica, atravessada pela incompreensão e por certo tédio. Em vão, ele esforçava-se por voltar a seduzir, mas já não suscitava o antigo encanto. É a maldição de quem esteve clamorosamente na moda: envelhecer de forma irremediável e não menos clamorosa.

No entanto, não apenas seria injusto, mas também equivocado, ficarmos com a impressão de que Sartre não foi mais que uma moda fugaz parisiense, ou o desfocado companheiro de viagem de stalinistas e maoistas. Porque ele foi essas coisas que pereceram, mas também um espírito vigoroso de buscas audazes e descobertas torrenciais, envolvido até o escândalo nos temas históricos de seu tempo, e de vez em quando um escritor admirável. Mas, sobretudo, representou como ninguém uma época que concedia aos intelectuais uma relevância política e social – uma espécie de magistratura moral – que depois nunca mais recuperaram, ainda que hoje se multipliquem os congressos e os seminários internacionais bem sortidos de canapés. Para sermos justos, digamos que uma influência tão comprometedora não foi sempre proveitosa para o gênero humano.

Em meados do século passado, em Paris, havia uma efervescência cultural que englobava da metafísica até a *chanson* e cujo centro indiscutível era Jean-Paul Sartre. Ninguém se limitava a viver, todos queriam existir e desfrutar de um gozo angustiado que saboreava o absurdo como ontem tinham se entregue ao absinto. Ao lado de Sartre, mas de modo algum anulada por ele, Simone de Beauvoir tecia sua obra: mais centrada em questões concretas como pensadora – decisiva na teorização do feminismo – e provavelmente melhor romancista. E também Albert Camus, valoroso e vulnerável, cuja honra instintiva lhe deu um talento profético, de um alcance que hoje é enfim reconhecido, mesmo que em seu tempo tenha lhe acarretado inúmeros dissabores.

Sem dúvida o passar do tempo, demolidor e caprichoso, foi mais clemente com ele do que com seus companheiros de geração. Todos eles e outros mais secretos – como Cioran – foram amigos e adversários, cúmplices e rivais, mas se complementaram e fecundaram uns aos outros, até quando se detestaram. Sobretudo, estimularam a reflexão inconformista de quem veio depois deles, e por isso temos que ser agradecidos.

Às vezes, uma cidade pode ser em si mesma um fermento da atividade intelectual. Sobretudo quando nela confluem e se combinam vetores ideológicos vindos de distintas latitudes: dessa confrontação nasce uma mestiçagem enriquecedora. Foi o que ocorreu em Paris imediatamente após a Segunda Guerra Mundial. No caldeirão vizinho ao Sena ferveram juntas as ideias de Marx e de Freud, as de Husserl e de Heidegger com as de Bergson e de Kierkegaard, as de Bakunin e do Marquês de Sade com os estilos narrativos de Faulkner e de Dos Passos, os estilos dramáticos de Ibsen e de Strinberg, o solipsismo de Max Stirner com o pessimismo de Giacomo Leopoardi e as aporias de Kafka... Tudo isso ao ritmo do *jazz* e com o nervo fílmico de John Ford ou Jean Renoir. O resultado não foi somente uma nova forma de pensar, mas também uma atitude vital diante da política, do sexo e da arte... E os desafios de um mundo dividido, convalescente de uma guerra atroz e doente já de outra guerra, fria neste caso, mas não menos cruel e decisiva. Nesse contexto apenas se encontraram soluções transitórias e duvidosas, mas os problemas que verdadeiramente importavam foram apresentados. Talvez em nenhum momento ou lugar seja possível pedir algo mais.

O imperador Carlos V dizia: "O restante das cidades são cidades, somente Paris é um mundo". Nela, os existencialistas desenvolveram seu pensamento, escreveram suas obras e urdiram longas disputas que comoveram a cena intelectual do século passado. Em Paris, conviveram diferentes épocas, estéticas e culturas. Por suas ruas ainda se percebem os ecos da história, da Revolução Francesa à ocupação alemã, dos brilhos da Exposição Universal de 1900 às manifestações estudantis de maio de 1968.

Existir junto ao Sena

Da colina da Sacré Coeur, no alto de Montmartre, é possível contemplar um panorama muito bonito de Paris. É uma cidade privilegiada, pois enquanto outras grandes capitais como Londres ou Roma sofreram devastações, incêndios e bombardeios, Paris salvou-se quase sempre milagrosamente desse tipo de incidente. De fato, na Segunda Guerra Mundial, quando as tropas alemãs já se retiravam e Hitler deu a ordem de incendiá-la, o general encarregado não o fez porque havia se apaixonado pelo lugar. É uma cidade com uma homogeneidade, uma continuidade e uma perfeição urbanísticas notáveis, diria que únicas na Europa.

O Sena a divide em dois mundos carregados de significado simbólico. Foi a partir do século XI que a cidade começou a expandir-se em ambas as margens. Aí surgiram a *rive droite*, que também chamavam de *Ville*, e a *rive gauche*, que recebeu o nome de *Université*; a margem direita desenvolveu-se como núcleo comercial e artesanal, enquanto na esquerda a universidade dominava. As razões disso eram práticas: os barcos do Sena somente podiam atracar na margem direita, a partir de onde os comerciantes faziam uma rota a pé até Flandres. Desse modo, em torno da Place de Grève, formou-se um porto e um mercado. A margem esquerda sempre esteve mais ligada aos artistas e pintores, e era a zona literária e estudantil. Ocorre que dentro de Paris há muitos matizes; é uma cidade feita, por sua vez, de outras cidades.

Foi nessa efervescente metrópole que surgiu o existencialismo, uma corrente do pensamento centrada na existência do homem concreto; uma filosofia que questionava-se sobre a liberdade, a ética, o sofrimento, a morte e a angústia. Ainda que um dos principais antecedentes tenha sido o filósofo dinamarquês Søren Kierkegaard, foi em meados do século XX o seu auge. Os intelectuais cuja reflexão girava em torno dessas ideias haviam atravessado duas guerras mundiais sangrentas e, diante do horror a que assistiram, começaram a questionar o seu lugar no mundo. Os existencialistas não pensam o homem como espécie, mas em sua absoluta singularidade. Nos bares desta cidade escreveram, admiraram-se, apaixonaram-se e discutiram três autores centrais do existencialismo: Jean-Paul Sartre, Simone de Beauvoir e Albert Camus.

O casal mais famoso do século XX

Jean-Paul Sartre nasceu em Thiviers em 1905, filho único de uma mulher que havia ficado viúva muito jovem. Depois de viver alguns anos num povoado rural, Sartre instalou-se com a mãe em Paris, e no Liceu Henri IV começou a crescer nele a vontade de ser escritor.

Aos dezoito anos, apaixonou-se pela filosofia depois de ler, por recomendação de um professor de história do liceu, *Ensaio sobre os dados imediatos da consciência,* de Henri Bergson. Decidiu então ingressar na École Normale Supérieure, onde era formada a elite da nação.

A Escola Normal Superior é uma das instituições acadêmicas mais veneráveis, de maior tradição, inclusive com um dos maiores anedotários, da capital francesa. Nesse lugar estudaram e viveram muitos estudantes que durante anos prestaram exames, leram e escreveram milhares de páginas para acessar um número reduzido de vagas que lhes permitiriam ser professores. Ter uma boa pontuação, terminar numa boa colocação nos exames dessa escola era algo muito difícil e de muita reputação.

Enquanto se preparava para os exames, Sartre conheceu uma garota "simpática, bonita, mas malvestida". Era Simone de Beauvoir. Uma mulher não muito consciente de sua beleza, mas que confiava em sua extraordinária capacidade intelectual, e que todos os dias disputava com Sartre em discussões filosóficas.

Ambos guardavam más lembranças da higiene nos quartos da Escola Normal. Os professores e os estudos eram excelentes, mas o alojamento deixava muito a desejar.

Sartre e Simone de Beauvoir estavam entre os 76 estudantes de todo o país que prestaram os competitivos exames escritos da *agrégation* de filosofia em 1929. Passar pela *agrégation* garantia um posto vitalício como professor secundarista no sistema escolar francês. Ele obteve a pontuação máxima, e ela, a segunda, ainda que ambos não tenham usado de imediato profissionalmente o título. No entanto, o que leram, o que estudaram, os exercícios que fizeram, tudo isso foi fundamental para o desenvolvimento posterior das suas obras.

"O que me deslumbrou quando cheguei a Paris em setembro de 1929 foi minha liberdade", escreveu Simone de Beauvoir em suas memórias. Esta filha da burguesia francesa havia sonhado com a liberdade desde a infância, e no quarto do quinto andar que dava para a Rua Denfert-Rochereau havia começado a consegui-la. Em geral, acredita-se que foi Sartre que transformou Simone na livre-pensadora que escandalizou a burguesia do século XX. Mas não foi assim.

Simone de Beauvoir havia nascido em 1908, e aos quinze anos decidiu ser escritora. Vinha de um ambiente no qual as mulheres tinham muitas limitações: não podiam votar, as melhores instituições de ensino eram só para os homens, e era inadmissível vê-las em público sem companhia. Quando aos vinte anos pôs os pés num café pela primeira vez, foi considerado um ato de autêntica rebeldia. E foi assim também quando começou a escrever sobre sua vida e transformou-se, para a história da literatura, numa das autoras de memórias de maior destaque de todos os tempos. Foi no Boulevard Saint-Germain-des-Prés que Sartre e Simone começaram a viver, com uma liberdade absoluta, seu fogoso romance intelectual e amoroso.

A boemia parisiense

A igreja de Saint-Germain-des-Prés, uma das mais antigas de Paris, está situada onde foi o centro da antiga cidade. Provavelmente, começou a ser construída no século VI e foi finalizada no século XI. Entre outros dados curiosos, ali está o túmulo de René Descartes, que morreu na Suécia e demorou quase quarenta anos para ser trazido para este lugar.

A partir da década de 1930, todo o bairro transformou-se no centro cultural, intelectual e boêmio de Paris, e nele havia muitas livrarias, galerias de arte e cafés onde os escritores se reuniam. Um dos mais famosos é o café Le Deux Magots, o preferido dos surrealistas do grupo de André Breton. Alguns anos depois, Sartre, Beauvoir e Camus escolheram um café a poucos metros dali, o Café de Flore, como centro das suas operações. Sobre as mesas de mármore eram vistos tinteiros em vez de consumações. Trabalhavam ali, entre o telefone e os pratos, entre as correntes de ar e os odores duvidosos.

Sartre e Simone moravam em andares diferentes. Das suas janelas viam quando os amigos entravam no Le Deux Magots e desciam para cumprimentá-los. Nessa zona também fica a Brasserie Lipp, um dos lugares onde costumavam almoçar e jantar com frequência, neste bairro impregnado de cultura.

Os cafés favoritos de Sartre – o Dome, o La Coupole e o Sélect – ficavam perto, no Boulevard de Montparnasse. Justamente dobrando a esquina do Mistral, na Avenida do Maine, havia uma grande brasserie, o café Les Trois Mousquetaires. Nos anos seguintes, aqueles cafés lhes seriam tão familiares como seus quartos de hotel. "Nunca me canso – escreveu Sartre – de sentar em cadeiras que não pertencem a ninguém (ou, em todo caso, a todo mundo), diante de mesas que não são de ninguém; por isso vou trabalhar nos cafés; ali consigo uma espécie de solidão e abstração." À medida que amadureciam, Simone e Sartre passaram da busca de uma liberdade individual a uma consciência histórica. Respirava-se o espírito de uma época nervosa, que emergia de uma guerra e estava a ponto de entrar em outra muito mais longa e horrível. Este é o momento de apresentar o terceiro personagem da nossa história.

O estrangeiro

Nascido na Argélia em 1913, Albert Camus passou a infância e a juventude nessa colônia francesa, experiência que dominou seu pensamento e sua literatura. Gostava de futebol e jogava como goleiro na equipe da Universidade de Argel. Nascido em um lar pobre, era a posição na qual menos se gastavam os sapatos. Do esporte, Camus aprendeu que a bola nunca vem de onde se espera: isso o ajudou na vida, "sobretudo nas grandes cidades, onde as pessoas não costumam ser o que dizem".

Chegou a Paris em 1940 para hospedar-se no Hotel du Poirier, no número 16 da Rua Ravignan, na colina de Montmartre.

Para Camus, o hotel era "muito divertido" e também um pouco sórdido, "ocupado por cafetões e artistas de classe baixa". Tinha um romance nas mãos, mas não havia decidido o título e as possibilidades eram bastante diferentes: *Um homem feliz, O pudor, Um homem livre, Um homem como os outros*. Outro título que cogitava era o que finalmente escolheria: *O estrangeiro*.

Perto do hotel ficava Le Bateau-Lavoir, um casarão de madeira cheio de recantos, onde viviam ninguém menos que Pablo Picasso, Juan Gris, Amedeo Modigliani, Kees van Dongen, Pierre Mac Orlan, entre outros pintores e poetas. Camus havia fundado em Argel alguns jornais e grupos de teatro. Às vésperas da guerra e da ocupação alemã na França, ele viera morar em Paris, onde fez parte da resistência. Esse foi seu primeiro endereço, rodeado mais de pintores e de poetas do que de filósofos e intelectuais que compartilhariam sua vida depois da Guerra no Quartier Latin.

Pouco depois de chegar à cidade, enquanto trabalhava no jornal *Paris-Soir*, Camus mudou-se para a margem esquerda e ocupou um quarto no Hotel Madison, em frente à igreja de Saint--Germain-des-Prés, no sexto distrito. Passeava sozinho pelo Quartier Latin enquanto concebia a peça de teatro *Calígula* e também continuava escrevendo seu romance. Além disso, começava a escrever um ensaio sobre o absurdo, que terminaria sendo um clássico breve, denso e epigramático que falava sobre o mundo, a história e sua própria vida: *O mito de Sísifo*.

A liberdade, o amor, a amizade e os livros

Tanto Camus como Sartre e Simone estavam comprometidos com a escrita de uma maneira radical. Simone, por exemplo, trabalhava como professora no liceu a partir das oito e meia da manhã e no tempo livre dedicava-se a seus textos. Sartre foi quem a incentivou a escrever sobre si mesma. Em 1938, ela sentiu a necessidade de escrever um romance sobre a liberdade, o amor, a amizade e o ciúme, temas que surgiam constantemente em suas conversas com Sartre. Desse impulso nasceu a sua obra-prima: *A convidada*. Enquanto isso, ele dividia o tempo entre seus livros de filosofia, os roteiros de cinema e as peças de teatro, o compromisso político e as conversas nos cafés com Camus, que também havia se tornado um escritor de sucesso. Eram personagens públicos e seus livros geravam discussões acaloradas.

A livraria La Hune, situada em pleno Saint Germain-des-Prés, é uma das mais características e históricas do bairro. Aqui todos já viemos à procura de livros. Quando chego a Paris, tenho que ir imediatamente até a La Hune para saber das novidades. Também Sartre, Simone e Camus costumavam frequentar o lugar, que hoje guarda a produção completa desses autores. A livraria tem um sabor e um ambiente especiais. Acredito que não seja a mesma coisa comprar livros pela Internet e vir a uma livraria como esta: passear por suas estantes, procurar pessoalmente os volumes, tê-los nas mãos. Na livraria dá-se uma relação muito pessoal com o livro, que se perde quando ele é adquirido via Internet ou pelo correio. Estes espaços guardam o espírito daqueles existencialistas, dos surrealistas e de tantos outros intelectuais que foram deixando sua marca nesta cidade.

As 722 páginas de *O ser e o nada* foram redigidas por um Sartre arrastado pela intensidade dos acontecimentos de 1942. O mundo estava em guerra, e o filósofo lançou um chamado radical à liberdade e ao anarquismo individual. Esse livro foi publicado um ano depois de *O estrangeiro*, de Camus, romance no qual André Malraux encontrou relações com *A náusea*, de Sartre. "Uma frase de *O estrangeiro* é uma ilha. E caímos de frase em frase, de nada em nada", escreve um Sartre entusiasmado.

Se em *O ser e o nada* é colocado em teoria o existencialismo, *O estrangeiro* e *A náusea* são a expressão da falta de sentido de um mundo estranho e absurdo, temas muito presentes num contexto afetado de modo intenso pela guerra.

No dia da estreia no teatro de *As moscas*, de Sartre, Camus, que já era um escritor de renome, aproximou-se para cumprimentá-lo no Café de Flore. Assim começou uma amizade sincera que somente as diferenças ideológicas iriam abater algum tempo depois.

A relação que se estabeleceu entre os três foi singular. Sartre estava enormemente atraído por Camus, que era duro e independente, mesmo que vulnerável, talvez pela tuberculose, que limitava sua vida cotidiana. Sartre e Simone acreditaram que Camus seria o último integrante da família que tinham formado com ex-alunos desde meados dos anos 1930, na qual a filosofia e a política se misturavam com as questões amorosas. Mas não foi assim. Enquanto se dedicavam à filosofia, Camus comprometia-se e corria riscos no mundo real. Pouco tempo depois de conhecê-los, envolveu-se num dos principais movimentos da Resistência, virando o diretor do jornal clandestino *Combat*. A ocupação nazista na França, a Resistência e a libertação afetaram de forma decisiva a relação entre eles.

Seguimos em nossa viagem pelos cafés de Paris e chegamos até o mencionado Café de Flore, onde Sartre e Simone redigiam *Les Temps Modernes*, revista ícone do pós-guerra. Foram 582 números até 1985, que cobriram a cultura e a política de meio século. Suas páginas receberam com frieza a publicação de *A peste*, de Camus, mas quando ele publicou o ensaio *O homem rebelde*, a discórdia foi aberta, e a crítica na revista, aniquiladora. Ali escreveram que Camus expressa "com belas frases pensamentos inconsistentes", e que o ensaio é "um grande livro fracassado". A reposta de Camus dirigida a Sartre e encabeçada por um asséptico "Senhor diretor" aponta: "Quem não é marxista, franca ou dissimuladamente, encaminha-se ou toma alento nas direitas".

Depois de 1952, nunca mais voltaram a se falar, mas seguiram criticando a postura um do outro. No entanto, é difícil fazer uma distinção entre a obra literária, filosófica e política de Sartre e de Camus. Suas ideias fundem-se com a política e derivam dela.

Ambos foram intransigentes, e o reconhecimento a suas figuras como escritores e intelectuais comprometidos chegou com o Prêmio Nobel. Camus venceu em 1957, três anos antes de sua morte, e Sartre em 1964, gerando uma comoção pública ao recusá-lo. Dessa forma também começava a ser delineado o mito do Existencialismo francês.

A vida efervescente

Maio de 1968 foi um acontecimento político viral, que teve o epicentro em Paris e Sartre como um de seus principais oradores. A violência tomou conta das ruas com barricadas, árvores arrancadas, carros incendiados e bombas de gás lacrimogêneo. Surgiu no cenário internacional das revoltas estudantis daqueles anos, uma onda expansiva que sacudiu os Estados Unidos, a Alemanha, a Polônia e a América Latina. Na França, o movimento tornou-se amplamente juvenil e social, e incluiu estudantes secundaristas e jovens operários, isso em virtude de dois aspectos-chave: a irrupção da modernidade capitalista e o aumento considerável do número de estudantes. Por isso, o lugar indicado para referir-se a esse acontecimento sem dúvida é a Sorbonne.

Trata-se de uma das universidades mais antigas da Europa, junto com Salamanca, Oxford e Bolonha. Nela, Santo Tomás de Aquino deu aulas, isso para mencionar somente uma das muitas figuras relevantes que ali ministraram cursos: todos os grandes professores medievais, não somente franceses, mas europeus, passaram por suas salas de aula. A Sorbonne é o centro do Quartier Latin, um bairro que justamente nasceu em torno da universidade. Os movimentos contestadores estudantis do Maio de 68, que marcaram uma geração, um estilo, uma moda e certo folclore político e cujos ecos chegaram praticamente até nossos dias, foram um pouco herdeiros desse espírito.

A propósito do Quartier Latin, em meados do século passado costumava-se dizer que se agitavam mais ideias num dia nos Jardins de Luxemburgo que em toda uma vida nas escolas francesas. Os jardins são um dos recantos mais belos e frequentados de Paris. Foram desenhados para satisfazer os caprichos de María de Médici a partir de 1615, cansada da vida palaciana no Louvre. Localizados no centro do Quartier Latin, muito próximos da Sorbonne e da Escola Normal Superior, são um local de livrarias e estudantes e, naquele tempo, um bairro de escritores. Os alunos da Escola Normal costumam ir ali para sentar e ler, estudar, conversar e namorar. Ali fica o Palácio de Luxemburgo, onde os reis hospedavam visitantes ilustres. Não se deve deixar Paris sem dar um pequeno alô aos Jardins de Luxemburgo.

Dias e noites da filosofia
Conversa com o professor Francis Wolf

Estamos na Escola Normal Superior em Paris, onde estudaram Jean-Paul Sartre e Simone de Beauvoir, um espaço muito vinculado à grande tradição filosófica francesa. Gostaria de falar da atualidade da filosofia, do que fica desta tradição que Sartre e Simone encarnaram em seu tempo. Para isso, convidamos um representante ilustre da École Normale Supérieure, o professor Francis Wolf.

– *O que ficou aqui, hoje, da presença tutelar de Jean-Paul Sartre e Simone de Beauvoir?*
– Para a Escola Normal, Sartre representa duas coisas importantes. Em primeiro lugar, é um dos integrantes da mais célebre de suas turmas, a de 1924, formada por um pequeno grupo de uns vinte alunos, entre os quais estão Paul Nizan, amigo de infância de Sartre que logo se tornaria escritor; Louis Néel, que ganharia o Premio Nobel de Física; Georges Canguilhem, que se

tornaria um dos mais importantes filósofos da ciência do século XX na França, e Daniel Lagache, o futuro rival de Lacan. Simone de Beauvoir fazia parte do pequeno círculo de Jean-Paul Sartre em 1924 e 1925, que era praticamente inacessível.

– *A Escola Normal tem uma aura de glamour da grande filosofia. A filosofia francesa segue tendo esse peso social?*

– A filosofia teve três grandes períodos que devem ser destacados: o primeiro englobou do pós-guerra até o começo dos anos 60, com o existencialismo, e é o grande período sartriano. O segundo, muito importante para a filosofia e para a Escola Normal foi o período em que fiz meus estudos, com professores como Louis Althusser e Jacques Derrida. O terceiro corresponde a hoje, quando a filosofia adquiriu uma relevância de outra ordem. Segue tendo uma grande importância na formação dos jovens, já que a França mantém-se fiel à diretriz, para quase a totalidade dos alunos que vão se preparar para a universidade [bacharelado], de cursar filosofia, uma matéria exigente, que não é simplesmente um comentário de história ou o aprendizado de certas doutrinas. Além disso, hoje existem programas de rádio e televisão nos quais a França segue desempenhando um papel preponderante do ponto de vista da filosofia. Na Escola Normal, todos os anos surgem alunos brilhantes que se transformam em filósofos dignos de nota. E, por outro lado, nesta época há filósofos que têm certa influência política. A filosofia transformou-se em algo mais técnico, numa matéria mais profissional. Os jornais requisitam a opinião dos filósofos e tomam para si a liberdade de expressar interesse neles. Mas já não há grandes mestres pensadores que tenham a importância que tiveram naqueles momentos.

– *A crítica que hoje é feita a muitos filósofos é que eles ou bem estão trancados na torre de marfim da academia, ou bem estão voltados excessivamente ao público. Figuras como Sartre cobriam os dois campos ao propor ao mesmo tempo obras de grande especialização e projeção pública.*

– É verdade que existe essa lamentável divisão, e talvez seja preciso esclarecer que às vezes a popularização da filosofia não passa pelos filósofos mais esclarecidos. O problema é que talvez sejam necessárias pontes entre os dois modos de fazer filosofia. Mas estão sendo construídas, e vou dar um exemplo. Em junho, organizamos aqui na escola uma "Noite da filosofia", que começou às sete da tarde e durou até as sete da manhã do dia seguinte. Em toda a escola havia salas com filósofos dando conferências e salas com pessoas lendo textos filosóficos.

– *As noites brancas da filosofia...*
– Exatamente. Com transmissões pela rádio France Culture de várias conferências de vinte minutos. E todas as salas estavam cheias! Havia aqui entre duas mil e quinhentas e três mil pessoas, que iam de conferência em conferência. Todas as formas de filosofia estavam misturadas, das mais "populares" – mesmo que não goste muito dessa palavra – até as mais "cultas", e todos fizeram o esforço de preparar as suas falas de vinte minutos adaptadas a um público mais amplo. Além disso, havia muitos jovens. Quer dizer que existem sinais de que esta divisão está se atenuando.

– *Há um caso curioso, que é o de Albert Camus. Ele sempre teve o complexo de não ter estudado, de carecer do respaldo acadêmico que seus amigos Jean-Paul Sartre e Simone de Beauvoir gozavam. No entanto, sua figura como pensador foi ganhando peso com o tempo, e hoje provavelmente é tão estudado ou se reflete tanto sobre ele quanto sobre os supostamente mais respeitados do ponto de vista acadêmico.*

– Seu caso é muito curioso, porque ele ingressou no cânone dos grandes autores que são lidos nas aulas do liceu, particularmente o seu romance mais célebre, *O estrangeiro*. Ou seja, representa uma das entradas à filosofia. É uma literatura de reflexão, sem ser de ideias. É preciso dizer que a literatura de ideias é muito chata. Por isso, antes das aulas de filosofia, estudam-se *O estrangeiro*, *A peste* – mesmo que esse último tenha envelhecido um pouco mais – e também *O mito de Sísifo*, obras com um alto conteúdo filosófico. Acredito, no entanto, que na universidade propriamente dita, nos espaços acadêmicos onde se ensina filosofia, com algumas raríssimas exceções, Camus ainda não teve o seu grande retorno.

– *Se você tivesse de selecionar algo que segue em voga em termos de reflexão, com o que ficaria de cada um desses autores?*

– É indiscutível que *O segundo sexo* tem, ainda, uma importância considerável. Inclusive existe algo relativamente novo no panorama filosófico. Hoje temos jovens mulheres que, ao escolher um tema para a tese, se interessam pelo que lá fora chamam de "estudos de gênero", ou a filosofia feminista. Na França, essa corrente é importante, já que o feminismo de Simone de Beauvoir ainda toca enormemente as jovens filósofas, talvez ainda mais que o feminismo do tipo estudos de gênero. Esse é um retorno constatável.

– *A velhice, de Simone de Beauvoir, é um livro extraordinário sobre um tema fundamental. Está na vanguarda dos textos sobre a velhice.*

– E se nos restringirmos à Simone de Beauvoir teórica e à sua importância na atualidade, acho que *O segundo sexo* ganha cada vez mais presença. Quanto a Sartre, é mais complicado de determinar, porque eu hesito entre três livros. Dentro da filosofia, digamos, acadêmico-universitária, creio que suas obras centrais são *O ser e o nada* e *O imaginário*, que são o tipo de livro que figura sistematicamente nas bibliografias acadêmicas. Os colegas mais austeros consideram que Sartre é um autor para a escola secundária, e não um filósofo sério. Eles acrescentam algo com que não concordo em absoluto, que o melhor de Sartre já estava presente em Heidegger. Eles aceitarão *O imaginário* ou o esboço de *Uma teoria das emoções*. Este é o Sartre que tem lugar nas bibliografias universitárias. Por outro lado, está o Sartre mais lido e cuja importância para mim é maior, que é o de *A náusea*. Trata-se de uma grande obra filosófica, em que todos os desenvolvimentos ontológicos encontram uma ilustração extraordinariamente impactante que não envelheceu.

– *É novelesco*.
– É um verdadeiro romance. E em seguida há o terceiro Sartre, que é evidentemente o de *O ser e o nada*, que segue sendo uma grande obra. É um estudo sobre a liberdade e uma maneira de presentear a fenomenologia extremamente original, muito menos técnica do que as de Husserl ou Heidegger, na qual se encontra a experiência vivida de todos os dias, que é infinitamente mais fina e mais emocionante para o leitor de hoje.

A ÚNICA CERTEZA

Os cemitérios de Montparnasse e de Père-Lachaise são os maiores de Paris. Talvez o de Montparnasse tenha mais túmulos de escritores. Este lugar não estava desligado da vida de Simone de Beauvoir, Sartre e Camus, posto que durante muito tempo viveram nesta vizinhança. No entanto, Camus morreu muito longe daqui. Havia fugido da hostilidade dos parisienses, encabeçada precisamente por seus antigos amigos que depois viraram adversários e rivais. Camus voltou para o sol, para o Mediterrâneo, para a Provença, e comprou uma casinha numa bela localidade chamada Lourmarin, e justamente indo dali para Paris de carro com o amigo Michel Gallimard, sofreu um acidente no qual ambos morreram quando tinham pouco mais de 45 anos. Camus dizia com frequência que não havia nada mais escandaloso que a morte de uma criança, e nada mais absurdo do que morrer num acidente de carro. Está enterrado no cemitério de Lourmarin.

Quando ocupou a presidência da França, Nicolas Sarkozy tentou levá-lo para o Panteão de Paris, mas acho que não teria sido o mais adequado. Nem Sartre, nem Simone e, é claro, nem Albert Camus são pessoas adequadas ao panteão, tão sério, tão autocrático. Encontram-se melhor neste mundo um pouco mais boêmio, um pouco mais cheio de vida e próximos aos lugares de que eles gostavam, como Montparnasse ou a Provença.

O enterro de Jean-Paul Sartre foi um verdadeiro acontecimento em Paris. Não intelectual, mas social, emotivo, quase religioso. Surpreendentemente, sem que ninguém tivesse preparado ou previsto, foi uma mobilização de dezenas de milhares de pessoas que de forma espontânea foram para a rua para acompanhá-lo até sua última morada. Teve também aspectos um pouco grotescos, porque no momento em que abriram o túmulo para descer o féretro, houve uma pessoa que, empurrada pela multidão, caiu sobre o caixão.

Simone de Beauvoir havia ficado só, encarnada no famoso casal – essa espécie de monarquia existencialista, esse reinado sobre a intelectualidade europeia –, e viveu seis anos mais. Haviam formado um curioso casamento que nunca chegou a ser oficializado, o casal cujos integrantes asseguravam que o restante dos seus relacionamentos eram meramente contingentes e que, apesar de seus desencontros, seguiam sendo eles quem dirigiam e regiam sua vida amorosa. Esse casal tão especial, tão inspirador para muitos. Finalmente, quando faltava um dia para o aniversário de seis anos da morte de Sartre, em 14 de abril de 1986, Simone morreu. "A morte me espantou quando compreendi que era mortal", escreveu ela. Como Sartre, sua despedida também foi no cemitério com um cortejo de umas dez mil pessoas, no qual a filósofa francesa Elisabeth Badinter ainda se lembra de cair no choro quando gritaram "Mulheres, devemos tudo a ela!", porque realmente a obra *O segundo sexo* havia sido determinante no movimento feminista.

Jean-Paul Sartre e Simone de Beauvoir estão enterrados no cemitério de Montparnasse, muito próximos de onde haviam tido alguns de seus refúgios. Sem dúvida, criaram uma forma de ser, de estar no mundo. Também de alguma maneira cometeram grandes erros no terreno político, como costuma ocorrer com todos aqueles que se comprometem de forma decidida. O final de Sartre foi triste. Morreu muito afetado por excessos, por doenças, cego e com dificuldades de locomoção. Mas até o último momento manteve uma espécie de primazia intelectual sobre seus contemporâneos; e foi seguido por Simone, que a partir de sua morte virou uma espécie de lembrança viva do filósofo.

A vida deles foi uma aventura existencial, uma aventura notável. Seu amor oscilante durante tantos anos, com muitas interferências, era um amor essencial, diante do contingente e do perecível.

Ilhas sagradas, castelos e tempestades

A Bretanha de Chateaubriand

A Bretanha é um território de trinta mil quilômetros quadrados situado no noroeste da França, sobre o Canal da Mancha. É uma região costeira, profusa em escarpas e picos rochosos que se estendem até a água. Por estar localizada entre regiões diferentes, na Bretanha historicamente foram faladas distintas línguas: o francês, que é a língua oficial e mais usada; o celta, que veio da Grã-Bretanha e propagou-se em grupos reduzidos; e por último o galo, uma língua romance próxima do francês, de difusão mais coloquial e das ruas.

Na planície da Bretanha, que é totalmente plana, há quatro elevações que os bretões consideram ilhas sagradas nascidas do fundo do mar. São lugares de encontro religioso e esotérico, e desde tempos antigos estiveram associados à magia e ao mistério. Nesta zona estão destinos turísticos fascinantes, como o castelo de Fort la Latte, uma das fortalezas medievais mais visitadas e conhecidas da Bretanha. Aqui, juntamente com o monte Saint-Michel, num dos emblemas da identidade bretã, aconteceu todo tipo de evento histórico, como batalhas para defender sua independência contra os franceses e os ingleses. Na bela Saint-Malo encontramos o rastro humano e literário de alguém com um enorme espírito romântico, melancólico, irônico, e ao mesmo tempo dado a uma religiosidade quase herética, diferente da oficial. Ídolo da juventude de escritores como Gustave Flaubert e

Victor Hugo, referência indiscutível para clássicos como Charles Baudelaire e Marcel Proust, apresentado na corte de Luís XVI e testemunho da Revolução Francesa, durante o reinado de Luís XVIII, foi embaixador em Berlim e em Londres, e de Carlos X em Roma. Ganhou os favores e depois o ódio de Napoleão Bonaparte, e disse ter conhecido George Washington nos Estados Unidos. Autor célebre, terminou seus dias arruinado, vivendo em castelos de amigos. Trata-se do escritor que fundou o romantismo na literatura europeia, François-René de Chateaubriand.

A vida melancólica

Flaubert assegura que o passeio sobre as muralhas de Saint-Malo é um dos mais encantadores que pode ser feito: "Sentamos no buraco dos canhões com os pés no abismo. Temos diante de nós a foz do Rance vertendo num vale entre duas verdes colinas, e depois a costa, as rochas, e por todos os lados, o mar".

Saint-Malo não é mais do que um penhasco. Em outros tempos, erguia-se em meio a uma salina, e virou uma ilha devido a uma erupção marinha ocorrida em 1709, que cavou o golfo e alçou o monte Saint-Michel no meio das ondas. Hoje em dia, o penhasco encontra-se unido ao continente apenas por um dique, chamado poeticamente de "a poltrona". Aqui nasceu Chateaubriand em 1768. Em suas memórias, o escritor relata que sua casa ficava numa ruela escura, a rua dos judeus, hoje batizada com seu nome. O lugar foi transformado num importante hotel. Ele escreveu: "A peça onde minha mãe deu à luz domina uma parte deserta das muralhas da cidade, e pelas janelas se vê o mar que se estende até perder de vista, topando com os penhascos. [...] O ruído das ondas enfurecidas por uma tempestade que anunciava o equinócio de outono impedia que se ouvissem os meus gritos. Contaram-me seguidamente esses detalhes, e a sua tristeza não se apagou nunca de minha memória. Meditando sobre o que fui, nunca deixou de voltar à minha lembrança o penhasco sobre o qual nasci, a peça onde minha mãe me deu a vida, a tempestade cujo barulho embalou meu primeiro sono, o infeliz irmão que me deu seu nome, que quase sempre é levado ao infortúnio. O céu parece ter reunido essas diferentes circunstâncias para colocar em meu berço a imagem do meu destino".

Quando Chateaubriand evoca os pais, contrapõe o caráter de ambos e reflete a própria contradição, a dualidade que havia dentro de si mesmo entre o gosto pela vida social e também pela solidão e a melancolia: "Minha mãe, dotada de uma grande inteligência e de uma imaginação prodigiosa, havia se formado na leitura e se nutrido pelas histórias da corte de Luís XIV. A elegância de seus modos e o humor vívido chocavam-se com a rigidez e a fleuma de meu pai, amante da solidão. Ela era tão petulante e animada; ele, indiferente e frio: não tinham um só gosto em comum. Esse contraste de caráter a deixou melancólica; leve e alegre como era, obrigada a calar quando o que quisera era falar, vingava-se mediante uma espécie de ardente tristeza entrecortada de suspiros, que somente interrompia a muda tristeza de meu pai. Por sua alma compassiva, minha mãe era um anjo".

O SENHOR TEM MEDO, CAVALHEIRO?

Entre os nove e os doze anos, Chateaubriand viveu em Dol-de-Bretagne, um lugar não muito distante de Saint-Malo. Ali existe uma estátua que o rememora como criança e que tem como inscrição um texto extraído de *O gênio do cristianismo*: "Vivemos com o coração cheio em um mundo vazio, e sem termos feito nada estamos cansados de tudo". A escola de Dol foi o primeiro lugar onde ele estudou. O estabelecimento seguiu funcionando ininterruptamente até a primeira década deste século. Chateaubriand guardava boas lembranças da escola e escreveu em suas memórias: "Tenho desta casa uma recordação agradável, nossa infância deixa algo de si mesma nos lugares embelezados por ela, como uma flor concede algo de seu perfume aos objetos que tocou".

Em Dol há o *Contour de Famile*, uma antiga pousada que tem um duplo interesse literário: por um lado, Victor Hugo e a amante Janelle Drouet passaram uma noite ali, e esse lugar abrigou o cadáver de Chateaubriand antes do último descanso, quando foi levado de Paris para a Bretanha para ser enterrado em Saint-Malo. O corpo deveria passar a noite na catedral de Dol, mas o lugar estava em obras e não pôde abrigá-lo.

Quando criança, Chateaubriand frequentava Mont Dol em excursões com os colegas; eram dias de festa e de aventura. Ele orgulhava-se de saber subir muito bem nas árvores, algo que era terminantemente proibido às crianças do colégio. Um dia subiu até uma altura da qual não conseguia descer e ficou ali, pendurado no ar. Então, o professor ficou brabo e o castigou. Chateaubriand considerou isso uma humilhação e lhe disse: "Mate-me, mas não me castigue". Ali mostrou um exemplo do que seria o orgulho e o sentido de honra tão exacerbado que ele ostentou ao longo da vida.

O pai de Chateaubriand, obcecado pela genealogia e pelo passado de grandeza da família, mudou-se com a mesma para o imponente castelo de Combourg, na Bretanha francesa, numa época em que ninguém mais vivia nesse tipo de construção. Aqui René passou os anos cruciais da sua adolescência e da primeira juventude. Era um menino que havia vivido em total liberdade em Saint-Malo e encontrou um ambiente muito diferente em Combourg. Era uma fortaleza escura, sem conforto e com um ar misterioso. Esses fatores agiram sobre a sua imaginação e o marcaram para sempre. Da pequena janela de seu quarto, via parte do céu e algumas estrelas. O vento que corria, e que o acompanhava quando tinha de percorrer os corredores escuros para chegar ao seu quarto simples e despojado, lhe dava medo. O pai, ironicamente, lhe perguntava de quando em quando: "O senhor tem medo, cavalheiro?". Era severo, e René não encontrava nele nenhum consolo.

Contou que nas noites de lua via a sombra das corujas que se instalavam sobre as cortinas e que voavam de uma torre a outra. E ao mesmo tempo escutava o vento: "Às vezes o vento parecia correr com um passo ligeiro, às vezes parecia lançar lamentos, e de repente a porta batia com violência". O jardim, de estilo inglês, foi feito quando reconstruíram o castelo. Antes, o que havia eram bosques, terrenos que não eram ajardinados. "Foi nos bosques de Combourg que me transformei no que sou", escreveu. Sem dúvida, não é possível entender Chateaubriand sem conhecer Combourg, um lugar de peregrinação para seus leitores. Curiosamente, ele previu esse acontecimento e conta em suas memórias algo que parece endereçado a nós: "Se as minhas obras sobreviverem a mim, se acaso um dia eu deixar um nome, guiado por estas memórias algum viajante virá visitar os lugares que eu descrevo. Poderá reconhecer o castelo, mas em vão procurará o grande bosque. O berço dos meus sonhos desapareceu igual a esses sonhos".

Mas esse não foi o único castelo em sua vida. Houve outro, Monchoix, que se encontrava perto de Combourg e pertencia a seu tio, o conde de Bédée, uma pessoa com um senso de humor inesgotável. Era um lugar que Chateaubriand adorava, onde respirava alegria. Era seu paraíso, um local de risadas e brincadeiras na companhia das primas.

Na torre do gato
Conversa com a proprietária do castelo de Combourg

A senhora Sônia de La Tour Du Pin é a atual proprietária do castelo de Combourg. Tive o prazer de conversar com ela sobre os segredos do lugar.

– *Chateaubriand assegurou que Combourg o havia moldado. Porque todo esse ambiente pré-romântico o havia afetado muito.*
– Suas emoções iriam despertar em contato com este ambiente. E o mesmo ocorre durante os anos seguintes, entre os seus quinze e dezessete anos, o tempo das suas primeiras paixões.
– *Por exemplo, com a sua irmã Lucile.*
– Isso mesmo.

– *Ele sentia pavor do som do vento e também diziam que havia um gato emparedado...*
– O gato que pode ser visto no aposento foi descoberto no século XIX e confirma o costume medieval de emparedar um gato vivo para afastar o azar. Mas Chateaubriand nunca conheceu esse gato, já que foi encontrado em 1867, quando se confirmou o nome da torre, "a torre do gato". Ou seja, constituiu uma tradição oral até o dia em que foi descoberto.

– *O que significa para a senhora viver num lugar tão carregado de história, com tantas memórias culturais e literárias?*
– A partir do momento que se vive num lugar carregado de história, nos tornamos responsáveis por lhe dar vida. Nesse caso, de conservar o próprio espírito pelo qual Chateaubriand o fez famoso. É apaixonante, mesmo que trabalhoso.

– *A senhora passa muito tempo aqui?*
– Venho todos os meses, por muitas razões. Há uma pequena empresa que administra o castelo e eu sou a gerente. E temos uma equipe para planejar visitas, fazemos publicidade, organizamos um prêmio literário anual, preparamos mostras e exposições. Também há uma mostra de cavalos de Calèche, o cavalo bretão. As pessoas vêm aqui para lembrar as emoções de Chateaubriand.

Amor e gastronomia

Cada época da cultura encontra um líder intelectual e espiritual. O romantismo, um movimento complexo que englobou toda a Europa, teve Chateaubriand como seu promotor. Foi ele que "inventou" o tédio, a melancolia, o sentir-se desconfortável no mundo sem saber exatamente o motivo, viajando de um lado para outro, passando de um amor a outro, de um gênero literário a outro, sem encontrar nunca a satisfação definitiva. Essas situações e sentimentos novos marcaram o caminho de toda uma geração.

De todas as estações do ano, o outono provavelmente seja a mais ligada a certa ideia de romantismo, e a culpa disso em certa medida é de Chateaubriand ao dizer: "As cenas outonais têm um inevitável caráter moral. Essas folhas que caem como nossos anos, essas flores que murcham como nossas horas, essas nuvens que se esfumaçam como nossas ilusões, essa luz que se debilita como os nossos amores, esses rios que gelam como a nossa vida, têm relações secretas com o nosso destino".

A irmã Lucile – delicada, hipersensível, artista também ela em seus sentimentos – foi uma inspiração para o jovem Chateaubriand, fora o fato de ter sido uma espécie de primeiro amor feminino platônico. O próprio poeta revela em suas memórias: "Foi num desses passeios que Lucile, ao me ouvir falar com arrebatamento da solidão, me disse: 'Deverias escrever tudo isso'". Tais palavras me revelaram a musa, um sopro divino passou sobre mim, e comecei a balbuciar versos como se fosse a minha língua natural". A partir desse momento e para o resto da sua vida, pintar com palavras seria a profissão de Chateaubriand.

Como bom romântico, Chateaubriand foi um enamorado do amor. Foi casado com uma mulher a quem não via muito; apesar de ser muito católico, percorreu a Europa de amor em amor, alguns deles célebres. Houve os tristes, mas também os muito prazerosos. Ele inclusive inventou uma espécie de mulher virtual, imaginária, feita de todas as mulheres que conhecia, para quando "faltassem" as demais. Provavelmente sua grande paixão tenha sido a que experimentou por madame Recamier, uma mulher inteligente, que o entendeu intelectualmente e para quem ele voltou sempre de uma maneira ou de outra. Foi sua grande confidente e amiga.

Mas o nome de Chateaubriand não está ligado apenas à literatura, mas também à gastronomia. A história é relativamente curiosa. Quando foi para Londres como embaixador, levou consigo o famoso cozinheiro francês Montmirail, que havia trabalhado para Napoleão. Uma vez na Inglaterra, o cozinheiro preparou para o escritor uma espécie de rosbife que Chateaubriand considerou que estava um pouco queimado. Ofendido pela situação, o cozinheiro decidiu criar um prato que fizesse esquecer o incidente. Foi assim que surgiu a ideia de cobrir um filé grosso com outros dois muito finos, que são os que vão sobre o fogo. Esse filé, suculento e perfeitamente cozido, é conhecido como Chateaubriand e costuma vir acompanhado de um molho *béarnaise*.

Itinerário de Paris a Praga

Em 1786, Chateaubriand alistou-se no exército. Nas longas dispensas que lhe concederam, começou a frequentar os círculos literários de Paris, pela mão de seu irmão Jean-Baptiste. Pouco depois foi apresentado à corte de Luís XVI, o rei que quis realizar grandes reformas no Estado mas terminou na guilhotina em 1793. No começo da Revolução Francesa, e com a dissolução de seu regimento, Chateaubriand decidiu emigrar para os Estados Unidos, onde – segundo disse – conheceu George Washington, o primeiro presidente daquele país.

Com a pretensão de impor uma nova ordem social e cultural regida pela racionalidade e o equilíbrio, o novo Estado revolucionário instaurou medidas de controle contrarrevolucionárias que derivaram no período conhecido como "O Terror".

Nesse contexto, Chateaubriand regressou à França e entrou no Exército dos Emigrantes, organizado na Alemanha com a intenção de restaurar o Antigo Regime, que lutava para defender sua posição de privilégio enquanto reinava a confusão em grande parte da população. Obrigado pela mãe, ele casou-se com Céleste Buisson de La Vigne, mas fugiu para a Bélgica e depois para Londres, onde escreveu *Ensaio histórico, político e moral sobre as revoluções*.

Em 1800, voltou usando um nome falso e Napoleão ofereceu-lhe um cargo diplomático. Em 1802, alcançou grande popularidade com *O gênio do cristianismo*, uma exaltação da fé cristã avivada pelo renascimento religioso ocorrido após a revolução. Naqueles anos, também escreveu as novelas *Atala* e *René*. Mas, dois anos depois, devido à execução do duque de Enghien – acusado de um complô para assassinar Bonaparte –, demitiu-se dos seus cargos e empreendeu uma viagem para Grécia, Creta e Palestina, que relatou em *Itinerário de Paris a Jerusalém*.

Depois da restauração dos Bourbon, Chateaubriand foi premiado com vários cargos importantes, como embaixador na Grã-Bretanha e ministro de Assuntos Exteriores. Após a derrubada do regime autocrático do rei Carlos X, sem reconhecer nunca a legitimidade de Luís Felipe de Orleans, compôs alguns panfletos edificantes, como *Madame, seu filho é meu rei!*, e visitou o monarca que estava exilado em Praga.

Chateaubriand não voltou mais a Combourg. Seus pais haviam morrido e também outras pessoas queridas, como o irmão mais velho, que foi guilhotinado pela revolução. Duas de suas irmãs, Julie e Benigne, viviam em Fugiers, numa zona ainda rural da Bretanha. Ele costumava ir visitá-las acompanhado da irmã Lucile, e assim recuperou um pouco do aconchego familiar.

Em Fugiers, vivia um personagem curioso, o marquês da Boheme, um soldado da guerra da independência americana, também um defensor da identidade bretã e uma espécie de herói romântico: mulherengo, brigão e que chegou a ser general do

Exército dos Estados Unidos. Um personagem do tipo que Chateaubriand gostava e a quem dedica um elogio em *Memórias de além-túmulo*.

Terra de aparições
Conversa com o escritor Jorge Edwards

– Para falar de Chateaubriand, talvez uma das pessoas mais indicadas seja Jorge Edwards, Prêmio Cervantes de Literatura, além disso, diplomata ao longo de muitos anos. Encontramo-lo agora como embaixador do Chile em Paris. Ele teve a gentileza de conversar comigo sobre Chateaubriand não apenas como leitor – pois é um grande conhecedor da literatura francesa –, mas também, de alguma maneira, como irmão de armas.

– Bem, nem tanto... É preciso levar em conta que Chateaubriand teve uma linha decididamente antirrevolucionária desde o começo da Revolução Francesa. Chateaubriand soube da revolução durante uma visita ao Parlamento da Bretanha quando era jovem. Era a primeira vez que ia até lá, e em vez de se deparar com uma sessão normal encontrou todo mundo discutindo numa completa confusão. Descobriu que alguns parlamentares tinham subido em suas cadeiras com grande exaltação porque já havia notícias dos levantes em Paris.

No começo, não tomou uma decisão clara. Era leitor dos escritores de seu tempo e considerava que havia certas razões que podiam justificar a revolta, mas quando chegou a Paris se deparou com os excessos da revolução. Viu passar um grupo que levava cabeças cravadas em lanças, e ao descobrir que eram de pessoas que ele conhecia teve uma impressão terrível. Enquanto os demais companheiros que estavam com ele, senhores bretões da pequena nobreza à qual ele também pertencia, esconderam-se no fundo de suas casas e fecharam muito bem todas as portas, ele repreendeu essas pessoas, que trataram de fazer as cabeças ficarem na altura deles. Depois, confessaria: "A partir desse momento, a minha posição política mudou".

– *Além disso, guilhotinaram o irmão dele.*
– Sim. E também gente muito próxima da família. Quando chegou a época napoleônica, ele voltou a ter uma posição indecisa. Estava fascinado por Napoleão, mas em seguida se inclinou pelo legitimismo até o final.

– *Sobre* Memórias de além-túmulo, *creio que não é possível escrever melhor em francês. É um texto dominado pela parcimônia, a sobriedade...*
– É um livro seco, preciso.

– *Como um Martini bem preparado.*
– E, além do mais, os personagens são fascinantes. Seu olhar e a forma como descreve esses personagens são absolutamente fantásticos. Também é inesquecível a atmosfera da Paris revolucionária e pós-revolucionária.

– *A tendência às memórias é muito francesa, e não está presente na literatura anglo-saxônica. Há grandes biógrafos, sim, mas não há essa tendência ao desnudamento.*
– Os anglo-saxões são biógrafos das minúcias. São grandes investigadores e descobrem tudo sobre uma pessoa, a vida privada, a secreta. Os franceses, não. Usam as memórias de forma inventiva, criativa, daí que as memórias sejam os grandes produtos da literatura de evocação reflexiva. E então há ensaio, memória e ficção.

– *Isso prejudicou a recepção de* Memórias de além-túmulo, *porque mesmo que hoje pareça mentira foram publicadas muito pouco tempo depois da morte de Chateaubriand. Não foram muito bem recebidas porque desconcertaram, porque ninguém sabia*

o que era aquilo. Houve certo rechaço até que Baudelaire e Victor Hugo, por exemplo, começaram a dizer "nós tiramos tudo dali".
– É um livro maravilhoso. Estive relendo e descobri que na releitura ele ganha enormemente, porque aparecem detalhes que não havia observado ou que havia esquecido e que são maravilhosos.

– *E alguns detalhes nos quais notamos o seu romantismo, o tom entre irônico e fúnebre. Por exemplo, quando o rei Luís XVI passa na frente dele, seguido por Maria Antonieta, ela volta-se, sorri, e então ele diz que o sorriso dela marcou tanto a forma do rosto que, anos mais tarde, quando o fazem identificar seus restos, ele identifica o crânio de Maria Antonieta pela recordação daquele sorriso. É impressionante.*
– Também são muito interessantes seus amores, sua síndrome de Don Juan. É um louco e um perseguidor de mulheres, mas ao mesmo tempo um grande sedutor.

– *E teve amantes notáveis em todos os aspectos. Muito inteligentes.*
– Eu me pergunto como seria Chateaubriand como diplomata...

– *Parece que se queixavam dele, porque quando esteve em Viena, que foi uma das suas estadias mais longas, todos mandavam informes horrorosos porque ele se dedicava a passear, então o tinham por um inútil e mandavam relatos muito negativos.*
– Ou seja, ele sabia usar os cargos diplomáticos para fazer o que queria.

– *Ele adorava esses postos. E, além disso, se lhe fosse negada a função como ministro, ficava desapontado, mas uma vez que havia conseguido, claro, entediava-se imediatamente.*
– E esta paisagem bretã tem algo a ver. As charnecas, ele diz, têm rochas, e essas entradas de mar impressionantes, estas terras salgadas, mas bastante verdes quando o mar recua.

– *E essa sensação de que não sabe se está andando pelo mar ou pela areia, porque verdadeiramente há zonas indefinidas.*
– E esse era o final do mundo conhecido então. Que fantástico.

– *É uma terra de muitas lendas.*
– Uma terra de aparições.

– *Em* Memórias de além-túmulo, *ele narra alguns contos de fantasmas.*
– Um dia em que ele estava de cama porque se sentiu mal, chegou um fantasma, sentou-se numa cadeira e ficou ali durante duas horas. Depois se retirou.

– *Ele conta isso com toda a naturalidade.*
– Acredito que é um pensador extravagante, não acho que hoje tenha muita validez. No entanto, é um narrador e um estilista maravilhoso.

O TEMPO RECUPERADO

Chateaubriand escreveu: "Gozei de uma posição suficientemente singular na vida para ter assistido tanto às corridas da Quintana quanto a proclamação dos Direitos do Homem; para ter visto tanto a milícia burguesa de um povoado da Bretanha quanto a guarda nacional francesa, o pendão dos senhores de Combourg e a bandeira da revolução. Sou, de certo modo, o último testemunho dos costumes feudais". Dessa forma, o autor olhava em direção do passado e entendia algumas das mudanças fundamentais que estavam se produzindo no centro do mundo. E o centro, naquela época, era a França.

Mas se hoje seu nome ainda é para os leitores algo mais que um rótulo ilustre no panteão do esquecimento, deve-se a suas *Memórias de além-túmulo*, as mais de duas mil páginas que escreveu e reescreveu durante toda a vida, até as vésperas da sua agonia, aos oitenta anos. Ali está tudo: apontamentos históricos magistrais, reflexões metafísicas, mexericos maliciosos sobre contemporâneos ilustres, recordações, lamentos, profecias... O estilo é às vezes solene e outras brincalhão, mas sempre viciante: essa obra enorme nos prende como um conto de terror ou uma anedota bem contada.

Faz pouco, recorri ao meu primeiro sovado e sublinhado exemplar dos três tomos do livro de bolso para procurar uma citação e voltei a cair em suas garras. Já reli quinhentas páginas e sei que não vou parar até a última linha... Agora, enfim, dispomos em espanhol de uma edição confiável completa desse sedutor monumento, editada pela Acantilado, em uma tradução notável de José Ramón Monreal. Como muito bem disse outro biógrafo de Chateaubriand, Jean d'Ormesson, "sem as *Memórias de além-túmulo*, a carreira, as aventuras, as paixões de Chateaubriand não teriam grande interesse. Mas porque essa obra é, ainda hoje, capaz de dar prazer a quem sabe ler tudo o que rodeia o autor, tão irritante, tão atraente, tão contraditório e genial, tem algo a nos dizer sobre o destino de um homem que é por si mesmo, por força de grandezas e fraquezas, como uma espécie de imagem diminuta da nossa humanidade".

Saint-Beuve disse que Chateaubriand era um Epicuro com alma de católico; o amigo Joubert assinalou que ele escrevia tudo para os outros, mas vivia somente para si mesmo. Da vivacidade pungente e melancólica de suas memórias provém toda a literatura contemporânea francesa, como reconheceu Julien Gracq: seu verdadeiro tema é o tempo, o assombro que sua fugacidade produz, que nos faz e desfaz, uma lição bem-aprendida por seu leitor Marcel Proust. Em boa medida, Proust recuperou essas mesmas ideias em *Em busca do tempo perdido*, que é uma homenagem a Chateaubriand, que está presente em toda a sua obra. O próprio Chateaubriand diz em um fragmento do livro XXII das memórias: "Que sou eu nas mãos do tempo, esse grande devorador dos séculos que eu acreditava estancados, deste tempo que me faz girar no espaço junto com ele".

Abrindo essa obra que perdura sobre as demais, Chateaubriand colocou um prefácio em que diz: "Estas memórias abarcam ou abarcarão o curso inteiro da minha vida. Foram iniciadas no ano de 1811 e continuam até o dia de hoje. Conto nelas minha infância, minha educação, minha juventude, o ingresso no serviço militar, a chegada a Paris, minha apresentação a Luís XVI, as primeiras cenas da revolução, minhas viagens à América, o retorno à Europa, a emigração para a Alemanha e a Inglaterra, a volta ao consulado, meus trabalhos e minha atuação durante o império, a travessia até Jerusalém, meus trabalhos e atuação sob a Restauração e, por último, a história completa dessa restauração e de sua queda".

A obra teve uma recepção pouco favorável quando apareceu postumamente, entre 1849 e 1850. Não se parecia com nada. No entanto, os maiores escritores franceses, de Baudelaire, Flaubert, Mallarmé, até Rimbaud, Proust ou Céline, inspiraram-se nela. Em *Ensaio sobre as revoluções*, Chateaubriand havia colocado os primeiros fundamentos da contrailustração francesa. Em *René*, havia sido "romântico" em francês antes de qualquer um. E o Chateaubriand póstumo das *Memórias de além-túmulo* iria inclusive dirigir uma antimodernidade ainda por chegar e seria, hoje em dia, o berço, a matriz latente de todo o renascimento literário francês.

Théophile Gautier, um dos seguidores de Chateaubriand, resume nestas palavras o sentimento de admiração irônica que muitos nutriram por ele: "Pode ser considerado como o antepassado ou, se preferirem, como o grande *Sagem (o bruxo)* do romantismo na França. Em *O gênio do cristianismo* resgatou a catedral gótica, em *Les Natchez* abriu de novo a grande natureza fechada, em *René* inventou a melancolia moderna".

O TÚMULO EM FRENTE AO MAR

Chateaubriand teve durante toda a vida uma relação especial com o mar, própria de quase todos os bretões, ainda que ele a tenha levado mais além porque o transformou em símbolo, uma espécie de representação da sua alma, com suas tempestades e calmarias, um lugar perigoso e ao mesmo tempo atraente. Jacques Ormesou, um dos bons conhecedores da obra de Chateaubriand, talvez tenha sido quem melhor expressou essa relação: "O mar havia sido em sua infância bretã, em sua juventude aventureira, a primeira de suas amantes. Ele o amava até nas suas tempestades, até nas suas traições, na violência, beleza e mudança permanente. O mar era para ele como uma imagem do amor".

Nos altos da prefeitura e no museu de Saint-Malo pode-se apreciar uma panorâmica perfeita que resume os acontecimentos da vida de Chateaubriand: a casa natal, comprada por seus pais e onde viveu a primeira infância, a catedral onde foi batizado, a praia onde brincava quando criança e da qual conta como desafiava as ondas atravessando uma estreita passagem que havia na própria parede, o lugar onde dizem que conheceu a mulher, e o porto de onde zarpou para a América em sua primeira grande viagem, que marcou o começo de sua vida pública. Morreu em quatro de julho de 1848 e foi sepultado na ilhota de Grand Be, que ele sempre teve diante dos olhos, em frente à casa de sua infância e à praia onde brincava. Não foi fácil para ele conseguir um lugar nesta ilhota unida a Saint-Malo por um pequeno apêndice de terra que a maré cobre a cada seis horas. Houve um longo processo de discussão com as autoridades militares que eram então as responsáveis pela ilhota, e também com a prefeitura, mas finalmente o escritor conseguiu autorização para instalar aqui sua sepultura simples.

Grandioso em sua altiva simplicidade, o túmulo de Chateaubriand entra como a proa de um barco no mar da Bretanha. Está numa colina rochosa na praia, e só se pode chegar ali quando a maré permite. Não há lápide, mas uma placa próxima adverte que ali quis ser enterrado "um grande escritor francês". Aviso desnecessário, claro, porque provavelmente é o túmulo mais famoso da França, depois do de Napoleão em Les Invalides de Paris, o imperador que Chateaubriand admirou e detestou sucessivamente. Ou, como diz seu biógrafo André Maurois: "Admirou Napoleão e odiou Bonaparte".

Essa ambivalência não é excepcional na vida do visconde de Chateaubriand, que foi muitas coisas e nem sempre fáceis de conciliar: inspirador do romantismo, mas desejoso da serenidade clássica, um monarquista legitimista que costumava se dar mal com os reis, católico na literatura e libertino nos amores, ambicioso de honras que menosprezava ao consegui-las, mesquinho e generoso, liberal para os conservadores e conservador para os liberais, um viajante compulsivo cuja imaginação nunca saiu da Bretanha de sua infância, detestado por muitos colegas e admirado a contragosto por quase todos (o jovem Victor Hugo se propôs a "ser Chateaubriand ou nada"), autor de muitos livros celebrados e controvertidos cuja única obra realmente indiscutível foi póstuma.

Aqui dorme em sua tumba marítima embalada por tempestades e a calma cinza, sossegadas por fim essas e outras tormentas de afãs espirituais e desejos da carne, do *irrequietum cor* do qual falou o memorialista Agustín de Hipona ao referir-se à alma. De cara com o mar a que tanto se parecia, movediço e caprichoso, traiçoeiro, mas sempre fiel a si mesmo, imenso, recatado, mensageiro de distâncias que morrem com um sussurro indecifrável diante de nossos pés descalços.

Talvez o melhor para nos despedirmos deste capítulo sejam algumas palavras de outro grande autor, Gustave Flaubert, que escreveu a um amigo depois de visitar o túmulo de Chateaubriand: "Aqui dormirá, com a cabeça voltada em direção ao mar. Neste sepulcro edificado sobre uma rocha, sua imortalidade será como foi sua vida: deserta e rodeada de tormentas. As ondas depois de tantos séculos se erguerão murmurando em torno desta grande lembrança, e os dias assim passarão enquanto as ondas da praia natal irão balançando entre seu berço e seu túmulo. E o coração de René irá ficando frio lentamente, se dispersará no nada, no ritmo sem fim de uma música eterna".

Cidade de duendes, elfos, escritores e outros habitantes mágicos

A Dublin de Yeats

O epitáfio de William Butler Yeats, em seu túmulo simples no cemitério de Drumcliffe, diante da colina nua de Bem Bulben, diz assim:

Contempla com frieza a vida e também a morte.
Ginete, segue sem se deter!

É improvável que um poeta possa olhar a vida e a morte com o altivo desapego de um guerreiro que cavalga intrépido. E é ainda mais difícil se esse bardo é irlandês, uma alma celta mobiliada com todas as lendas sombrias e feitiçarias folclóricas de uma terra sentimental, apaixonada e propensa a mitos. No entanto, Yeats ajeitou-as bastante bem para combinar altivez e paixão popular, severidade de guerreiro e tremor de amante, compromisso com a história imediata e o culto ao esotérico. Teve um fundo de pessimismo quase desesperado contra o mundo material e a vida tal como a rotina nos obriga a vivê-la. Mesmo assim soube ser, de quando em quando, arrebatadamente entusiasta no tocante ao amor, à arte e à Irlanda. Pessoalmente, foi um excêntrico e, sem dúvida, cultivou desprezos aristocráticos, mas apesar disso – ou talvez por isso, unido à inesquecível eloquência poética – acabou transformado num ídolo popular e num modelo para os ilustrados. Encarnou o símbolo da poesia em um país em que ninguém é alheio a ela, nem sequer os analfabetos.

A primeira coisa que li de Yeats foram os versos finais do poema "A segunda vinda", que eram a epígrafe em um dos contos de ficção científica que eu devorava naquela época com paixão adolescente:

> Cai a treva outra vez
> mas agora eu sei que vinte séculos de sonho pétreo
> tornam-se pesadelo, exasperados pelo embalo de um berço...
> Que besta imunda, enfim chegada a sua hora, rasteja até Belém para nascer?

Depois descobri seu teatro, que talvez hoje seja a parte mais menosprezada de sua obra, mas que segue me parecendo admirável, não tanto nas peças centradas no herói Cuchulainn e nas lendas gaélicas (suponho que mais ao gosto da dadivosa lady Gregory do que da audiência atual), mas em outras, breves, intensas e protagonizadas por fantasmas irresistíveis, como "Palavras escritas no vidro de uma janela", na qual Jonathan Swift fala do além, e, é claro, "Purgatório", sua obra-prima tardia. O teatro de Yeats, de língua poética e hálito carnal, tem poucos paralelos em seu século, fora o de Valle-Inclán e o de Michel de Ghelderode, mas mais recentemente tenho a sensação de encontrar seus ecos no teatro de Thomas Bernhard. Cada vez que revejo *Depois do vendaval* (*The Quiet Man*, 1952), o filme magistral de John Ford, com a interpretação cheia de humor de Barry Fitzgerald, não posso deixar de me emocionar pensando que esse grande ator trabalhou no Abbey Theatre em alguma das estreias de Yeats. Quanto à sua poesia propriamente dita, em que pese ter composto algumas obras notáveis e sobretudo extensas, acho que nada pode ser comparado a certos poemas breves, compactos e fulgurantes, que lidos uma vez nos acompanham sempre: o que dedicou à ilha do lago de Innisfree, ou à sua amada em "Quando fores velha", ou o lapidário ao piloto de guerra à beira da morte (em memória do filho de lady Gregory, caído em combate aéreo). Os que amam as corridas de cavalo também lhe devem "Nas corridas de Galway", os versos mais belos jamais dedicados ao turfe.

Mas talvez o mais enigmático desses poemas concentrados seja precisamente o que dedica à morte. Nele encontramos o provocativo desprezo pela angústia que mais nos fere, junto com o elogio do homem inteiro que se sobrepõe à tentação de exaltar a supressão assassina do alento, porque ele conhece a morte até a medula e sabe que é uma invenção do próprio homem. Algo para pensar, sem dúvida, junto ao túmulo de Drumcliffe, como epitáfio de seu próprio epitáfio.

Vikings, romanos e prêmios Nobel de Literatura

Terra de escritores, música, nacionalismo e mistério, a Irlanda tem uma beleza singular. Palco de guerras e conflitos até meados do século XX, durante esses anos existiu um homem que teve o privilégio de assistir ao nascimento da Irlanda como país independente e, também, de proporcionar à língua inglesa a amplitude do simbolismo na poesia: William Butler Yeats.

Ainda que não conste a data exata de sua fundação, sabe-se que a baía onde se encontra Dublin foi habitada há milhares de anos por caçadores e coletores. No século II a.C., sua população ergueu grandes monumentos de pedra, ainda visíveis na paisagem irlandesa. Foi território dos celtas, assediada por vikings e romanos. São Patrício percorreu suas paisagens convertendo seus habitantes em cristãos e foi elevado a patrono venerado em todo o país.

Aqui nasceu Yeats, que seria agraciado com o Prêmio Nobel de Literatura em 1923 e teria uma enorme influência sobre a poesia da época. Ideologicamente, tinha forte tendência nacionalista, sobretudo na juventude, que depois foi suavizando e passando do político ao mítico e lendário. Era um homem entregue ao esoterismo. Acreditava em todo tipo de coisas fantásticas, mitológicas e gaélicas.

A casa onde nasceu em 16 de junho de 1865 fica um pouco distante de Dublin, em Georgeville. Seus pais, John Butler Yeats e Susan Pollexfen, tiveram seis filhos, dos quais sobreviveram quatro. Nessa casa ele viveu dois anos, até que a família se mudou para Londres perseguindo o sonho paterno de ser um pintor famoso.

De volta à Irlanda, em 1881, William frequentou o Erasmus Smith High School, na Harcourt Street, no centro de Dublin. Padecia de uma leve forma de dislexia e tinha pouco ouvido musical, dificuldades que tentou superar durante a vida. Foi nesse tempo que começou a nascer o poeta.

A família instalou-se a alguns quilômetros de Dublin, numa casa de estilo *cottage*, sobre umas escarpas de paisagem belíssima. O pai de William queria que o filho fosse pintor, a tal ponto que o matriculou numa escola de arte, mas a mãe preferia que se dedicasse à poesia. Ele sempre se ressentiu de não ter feito estudos universitários por culpa da insistência paterna em orientá-lo ao caminho da pintura. Esse ressentimento que ficou em relação à academia foi em parte compensado quando, um ano antes de receber o Prêmio Nobel de Literatura, o Trinity College concedeu-lhe um doutorado honorário.

Provavelmente um dos lugares mais visitados de Dublin seja o Temple Bar, na rua do mesmo nome. O estabelecimento funciona há mais de um século e ali houve encontros de escritores, de intelectuais, há música ao vivo e correm livremente a cerveja, o uísque e as demais bebidas típicas da Irlanda. Desde muito jovem Yeats vinha a este lugar com o pai, que lia poemas para ele e falava de pintura e de arte em geral.

Yeats virou um frequentador assíduo do Contemporary Club, que começou primeiro nos salões do Trinity College e depois se mudou para a Grafton Street. O Contemporary Club foi para ele uma introdução ao debate político, social e cultural de seu tempo. Um dos oradores do clube era John O'Leary, que se transformou em seu mentor. O'Leary era feniano, fazia parte de uma irmandade revolucionária que, no tempo em que o poeta ainda era criança, tentou tornar a Irlanda independente. Para Yeats, O'Leary era um gênio moral que podia mobilizar os jovens. Graças a ele, conheceu a literatura irlandesa e foi testemunha do incipiente e doloroso processo de independência.

Na vida de Yeats houve pessoas que foram lhe contando lendas e aumentaram sua paixão quase instintiva, biológica, pelo fantástico, o maravilhoso e o místico. Por exemplo, foi uma babá, casada com um velho pescador, fonte inesgotável de lendas, quem contou as primeiras histórias que ecoaram pela cabeça de Yeats. Em Sligo, situada duzentos quilômetros a noroeste de Dublin, onde a família passava os meses de verão visitando os avós Pollexfen, havia uma criada de seu tio materno, Mary Battle, que assegurava ser paranormal, e tudo isso chegava aos ouvidos ávidos do menino William.

Sozinho entre o zumbido das abelhas

Localizada na foz do rio Garavogue, Sligo é uma das regiões mais pitorescas da Irlanda. A combinação de lagos, montanhas, encostas, rios e bosques é parte de uma paisagem de cores plenas que os amantes da tranquilidade exploram com devoção. Em seu território está o famoso Carrowmore, o maior cemitério megalítico da Irlanda. A Biblioteca de Sligo e o Museu do Condado estão localizados em uma igreja presbiteriana projetada e construída em 1851. Essa pequena igreja gótica foi transformada em biblioteca em 1954, e o prédio junto a ela, no Sligo County Museum. Dentro encontramos a "Sala de Yeats", repleta de manuscritos, fotografias, cartas e artigos de jornais associados ao poeta. Abriga também uma cópia do Prêmio Nobel que ele ganhou em 1923 e uma coleção de poemas escritos entre 1889 e 1936.

Sligo é a cidade irlandesa provavelmente mais ligada à vida e à criatividade de Yeats. Perto do rio Garavogue, na Rua Markievicz, há uma estátua recente em sua homenagem, construída com contribuição popular.

Aqui ele passou anos felizes da infância, com os avós maternos, e foi onde escreveu alguns dos seus relatos esotéricos. O mundo dos duendes, dos seres que surgem das rochas, dos rios, das vozes que sussurram na escuridão, esse mundo místico que Yeats dizia que havia sido sempre o centro, o núcleo, a constante da sua obra, em boa medida vem de Sligo.

Gosto de lembrar um dos últimos poemas de Yeats, um poema de uma reflexão em parte desencantada, em parte orgulhosa, sobre o que foram as conquistas da sua vida. Chama-se "E daí?":

> Na escola, os amigos mais chegados achavam
> que ele iria ser famoso;
> ele também pensava assim e respeitou as regras,
> vinte anos repletos de labor;
> "E daí?", cantava o fantasma de Platão. "E daí?"
>
> Tudo o que escreveu foi lido,
> e depois de alguns anos ganhou
> dinheiro suficiente,
> amigos que foram verdadeiros amigos;
> "E daí?", cantava o fantasma de Platão. "E daí?"
>
> Os seus sonhos mais felizes se realizaram:
> uma casa antiga, mulher, filho e filha,
> ameixas e repolhos no quintal,
> poetas e intelectuais se juntavam a ele;
> "E daí?", cantava o fantasma de Platão. "E daí?"

"A obra está feita", pensou já velho,
"segundo o que decidi quando menino;
e que me invejem os tolos,
eu em nada me desviei e consegui alguma perfeição";
mas ainda mais forte cantou o fantasma: "E daí?".

O monte Knocknarea, um dos pontos mais elevados de Sligo, está trezentos metros acima do nível do mar e tem uma vista panorâmica de 360 graus. É arrematado por um *cahír*, um túmulo primitivo, o que os arqueólogos chamam de "tumba de corredor". Dizem que ali está enterrada a mitológica rainha Maeve, uma guerreira de Connaught. Yeats, que subia ali com frequência, a inclui em muitos dos seus relatos. A ilha de Innisfree também foi um dos lugares centrais em sua juventude e em sua obra. Sobre essa ilha, escreveu talvez não um dos mais elevados, mas certamente um de seus mais célebres poemas.

    Levantarei e irei agora, irei a Innisfree,
       e ali construirei uma pequena cabana, feita de argila e ramas;
       ali terei nove canteiros de favas, uma colmeia para o mel,
       e viverei sozinho entre o zumbido das abelhas.

    E encontrarei ali alguma paz, porque a paz goteja lentamente,
       dos véus da aurora até o canto do grilo;
       ali a meia-noite é toda um tênue brilho, e o meio-dia é de um fulgor púrpura,
       e o entardecer se enche das asas do tordo.

    Levantarei e partirei agora; pois sempre, de noite e de dia,
       escuto o barulho apagado da água na ribeira,

e enquanto permaneço na calçada, ou sobre o caminho
gris,
a escuto no mais fundo do meu coração.

Nos arredores de Sligo há muitos lugares ligados à poesia e à vida de Yeats. Perto de Ben Bulben, o monte emblemático da região, há uma cascatinha que aparece num poema bem conhecido no qual mistura a lembrança infantil com uma presença erótica já adulta. É um poema que nas escolas só se aprende um pequeno fragmento, mas quando lido no conjunto o tom é diferente:

Sonhava o duplo do meu sonho
A mulher junto a mim deitada,
Ou dividíamos um sonho
Ao frio romper da madrugada?

Pensei: "Há uma cascata
sobre uma ladeira do monte Ben Bulben
que na minha infância me era querida;
que eu ao viajar a torto e a direito
coisa igual não poderia".
Assim minha memória havia exaltado
tantas outras vezes deleites passados.

Tivesse querido tocá-la como uma criança,
mas bem sabia: meu dedo tocado não teria
senão água e pedra fria. Isso me irritou,
levando-me a acusar o Céu
por ter ditado as suas leis
de que nada que nos seja muito amado
é sensível quando tocado.

Sonhava com o nascer do dia,
e o frio molhava meu nariz.

> Mas ela que ao meu lado dormia
> no mais amargo sonho havia visto
> o cervo de Arturo, maravilha,
> esse cervo altivo e branco, saltar
> a montanha, de um lado a outro.

Roses Point é uma península pontiaguda, cenário das travessuras infantis dos irmãos Yeats, que costumavam passar as férias na casa de verão do tio por parte de mãe, George. No centro do vão que deixa a maré a descoberto ergue-se uma figura metálica que representa um marinheiro e marca o canal mais seguro para os barcos. Nos dias de névoa, badalam o sino para avisar do perigo. O poeta gostava muito da silenciosa e melancólica beleza de Roses Point, de onde se observavam os montes Knocknarea e Ben Bulben. Esta península ocupa um lugar ainda mais importante na pintura de seu irmão Jack; alguns dizem que suas melhores obras foram pintadas aqui ou procurando lugares parecidos.

Dublinenses

Dublin é uma cidade de escritores. Tem uma quantidade de literatos por metro quadrado ao longo da sua história como poucas. Deu ao mundo nada menos que quatro prêmios Nobel: George Bernard Shaw, William Butler Yeats, Samuel Beckett e Seamus Heaney. Mas também teve autores de todos os tipos, desde experimentais humorísticos, como Fran O'Ryan, até clássicos de terror, como Bram Stoker, o criador de *Drácula*. Oscar Wilde, que não ganhou o Nobel, provavelmente seja o mais conhecido deles. Muitos são os que perceberam o clima literário da cidade, não somente pela quantidade de obras que ali foram criadas, mas também por sua qualidade. É curioso que a maioria dos escritores nascidos aqui tenha morrido distante, tenha ido para Londres, para a França ou qualquer outro lugar, até Trieste, onde morreu

James Joyce, outro dos grandes autores irlandeses que tampouco ganhou o Nobel. O dragão contra o qual os escritores irlandeses tiveram de lutar no século passado era a censura puritana, exagerada, que os tinha tomado como inimigos pessoais. Muitos se foram, fugindo dela até o ponto em que a enorme riqueza da literatura nacional foi colocada em risco.

No número 1 da Merrion Square encontramos uma das construções mais famosas de Dublin, onde Oscar Wilde nasceu e viveu sua infância. No número 82 da mesma rua está a casa de Yeats, lembrado por uma placa como senador, porque esse era o cargo que tinha quando viveu aqui. Mais adiante, no número 84, a casa de seu amigo George Russell, pintor e escritor, de quem se afastou por diferenças em relação ao tratamento do teatro irlandês.

Em Dublin está a Catedral de São Patrício. Construída em madeira no século V e levantada em pedra em 1200, é uma das igrejas mais antigas do mundo. No século XVIII, foi deão dessa igreja um dos grandes escritores de todos os tempos, Jonathan Swift, autor de fábulas tão extraordinárias como *As viagens de Gulliver*. Guerreiro incansável contra a injustiça que aflige a Irlanda e contra tudo o que oprimia a dignidade e a liberdade humana, está enterrado aqui, com o epitáfio que ele mesmo escreveu.

O escritor irlandês do século passado mais popular mundialmente hoje em dia talvez seja James Joyce. Não por ser o mais lido, mas porque parte de sua mitologia pessoal, *Ulisses*, transcorre em Dublin, ou porque algumas de suas narrações de *Dublinenses* contribuíram para criar uma aura em torno de sua figura que quase o transformou no protótipo do escritor irlandês.

Joyce teve uma relação ambígua com Yeats, a quem admirou muitíssimo e abertamente tomou como uma de suas referências. Yeats o protegeu e o apoiou em épocas muito complicadas, por exemplo, quando algumas obras de Joyce foram censuradas. No entanto, Joyce publicou um artigo bastante ácido quando foi inaugurado o teatro irlandês, o Abbey Theatre, em que reprovava o fato de o poeta ter se entregue excessivamente ao localismo, ao pitoresco, ter se deixado influenciar por uma visão nacionalista um pouco pueril.

A chave dos sete bosques

Yeats escreveu belos poemas nos quais transparecia sua profunda preocupação com a Irlanda:

> Quero que saibam que terão
> a mim como fiel irmão
> que para adoçar o mal irlandês
> cantou som, rima, balada e relato;
> e que entre eles não contarei menos;
> a saia com a rosa vermelha bordada
> desta mulher, cuja história começa
> antes de Deus criar o coro angélico,
> vai correndo a página escrita.
> Furioso, o Tempo começou a rugir,
> e tal compasso tinham
> os seus pés velozes, que começou a palpitar o coração
> da Irlanda e quis o tempo que ardessem
> as suas velas para que o compasso sujeitasse;
> e oxalá que numa quietude bem compassada
> nasçam os pensamentos da Irlanda.

A grande paixão da vida de Yeats foi o teatro, a que ele se dedicou inclusive antes da poesia. Aos dezoito anos, escreveu sua primeira obra, dedicada a seu primeiro amor, Laura Armstrong. Mas quando falamos do teatro e de Yeats, devemos introduzir outro personagem fundamental em sua vida: lady Augusta Gregory. A autora de *Cuchulain de Muirthemne* havia conhecido Yeats em

1894 e, encantada pelo poeta, transformou-se em sua benfeitora: emprestou dinheiro para que ele pudesse abandonar o trabalho jornalístico com o qual ganhava a vida e assim se dedicar por completo à sua arte. Ela foi para Yeats uma espécie de segunda mãe, uma mãe cultural e também intelectual. Abrigou-o em seu palácio, o Castelo de Cooloe, e colaborou como mecenas e como autora no Abbey Theatre. Foi um apoio, uma inspiração, uma pessoa a quem sem dúvida Yeats deveu muito ao longo de sua vida.

Em 1902, Yeats assumiu a presidência da Irish National Dramatic Society e dedicou-se a conseguir verbas para fundar um teatro que ele mesmo dirigiria. O Abbey Theatre, que se transformou no Teatro Nacional da Irlanda, abriu as portas em 1904, antes da instauração do Estado irlandês. Yeats e lady Gregory definiram a visão e a ambição do Abbey Theatre num manifesto no qual se propunham a "levar ao palco as profundas emoções da Irlanda".

Toda a família de lady Gregory estava envolvida com o Abbey Theatre. Seu filho Robert projetou cenários para algumas peças. Quando morreu na Primeira Guerra Mundial pilotando um avião inglês, marcou a decadência paulatina de lady Gregory e de suas posses em Galway. Yeats escreveu um de seus mais belos poemas dedicado ao aviador que pressente sua sorte quando vai morrer na batalha:

> Sei que em algum lugar entre as nuvens
> hei de achar o meu destino;
> não odeio meus inimigos,
> não amo quem devo defender;
> meu país é Kiltartan Cross,
> meus conterrâneos, os pobres de Kiltartan,
> nenhum possível fim há de tirar-lhes nada
> ou fazê-los mais felizes do que eram.
> Nem leis nem deveres me fizeram lutar,
> nem estadistas nem massas entusiastas,

> um solitário impulso de deleite
> empurrou-me a este tumulto entre as nuvens;
> tudo eu pesei, de tudo fiz memória,
> os anos por vir me pareciam
> vão alento,
> vão alento os anos passados
> em igualdade com esta vida e esta morte.

Em Kiltartan, perto de Galway, está o belo Coole Park, onde lady Gregory tinha sua casa. É um parque com uma riqueza de árvores extraordinária e recantos acolhedores e tranquilos. Da antiga casa só sobraram os restos das baias. O grande parque Coole era formado por sete bosques, cada um com seu próprio nome, suas espécies de árvores e seus animais. Yeats gostava de passear por eles e, como entre um e outro costumava haver um pequeno portão, lady Gregory havia dado a ele uma chave para que pudesse abrir os acessos a cada um dos sete bosques e pudesse percorrer a maravilhosa propriedade.

Viajamos até Galway, capital do condado que tem o mesmo nome, localizada na costa oeste da ilha. É uma linda cidade medieval, dona de uma extraordinária riqueza cultural. É impossível entender a Irlanda sem aludir às corridas de cavalos, uma paixão nacional absoluta, como a poesia ou como a cerveja Guinness. Inclusive, durante muitos anos, a primeira produção exportada pela Irlanda foi a de cavalos de corrida, que criavam e treinavam. É claro, a literatura do país tem muitas menções memoráveis a elas, uma das mais conhecidas está em *Ulisses*. Mas talvez o mais belo que já se escreveu a esse respeito, entre todas as línguas e lugares, seja o mencionado "Galway":

> Lá onde fica a pista,
> o deleite toma conta da mente,
> os ginetes galopando em seus cavalos,
> a multidão que se aproxima por trás:

>   nós também tivemos uma boa audiência outrora,
>   ouvintes e entusiastas do trabalho;
>   sim, ginetes companheiros,
>   antes do mercador e do caixeiro
>   respirarem no mundo com seu hálito tímido.
>   Continue cantando: em algum lugar, em alguma lua
> nova,
>   aprenderemos que o sono não é a morte,
>   escutando a terra inteira mudar sua canção,
>   sua carne selvagem e a si mesma outra vez,
>   aos gritos como os de agora na pista de corrida,
>   e encontraremos entusiastas entre os homens
>   que montam em cavalos.

Durante quase toda a vida, Yeats tentou sem resultados casar-se com Maud Gonne, importante revolucionária, artista e belíssima, segundo ele a descreveu, e que foi sua amiga e cúmplice intelectual e o impulsionou a extremos nacionalistas em sua juventude, mas que nunca cedeu à sua vontade de desposá-la. Ela casou-se com outro homem, e Yeats em seguida tentou casar-se com a irmã dela, mas também fracassou. Finalmente, em 1917, quando já tinha 52 anos, casou-se com Georgie Hyde-Lees, uma jovem de 25 anos que era uma boa escritora, tinha um grande conhecimento sobre assuntos esotéricos e era apaixonada por ocultismo como Yeats. Juntos tiveram uma filha e um filho.

Pouco depois de se casar, Yeats comprou uma velha torre normanda, reformou-a e a transformou numa casa de verão. Na parede da torre, escreveu com orgulho esta dedicatória à sua mulher: "Eu, William Yeats, poeta, com tábuas de moinho velhas, quadros verdes e ferros forjados em Gort restaurei esta torre para a minha mulher Georgie. Que estas letras resistam quando tudo voltar a ser ruínas". O livro mais famoso entre todos os escritos por Yeats tem como título *The Tower*, e foi inspirado nessa torre que ele restaurou para a mulher.

No país dos jovens
Conversa com o escritor
Luis Antonio de Villena

– *William Butler Yeats é um dos autores mais influentes na poesia contemporânea, não apenas na anglo-saxônica, mas em toda a poesia europeia. Teve bons leitores e muitos de alguma forma foram fascinados por ele. Uma das pessoas que ouvi falar de Yeats com admiração e interesse e que inclusive sofreu influência do escritor em algumas de suas composições é o poeta, romancista e ensaísta Luis Antonio de Villena.*

– Sim, meu segundo livro de poemas, que se chama *El viaje a Bizancio*, tem uma citação de Yeats que depois foi utilizada num filme, *This is no country for old men*...

– *"Não é um país para velhos"...*

– Eu dava a ela um sentido muito diferente, porque o livro era um canto para a juventude, então o "não é um país para velhos" era uma interpretação peculiar. Bizâncio havia sido sempre considerado um lugar antigo, não apenas por sua antiguidade histórica, mas porque era um império do Oriente que havia ficado um pouco envelhecido, fechado em suas fronteiras. Em "Sailing to the Byzantium", um de seus mais célebres poemas dos anos 1920, Yeats tem uma visão sobre o país dos jovens. Então eu o usei como título do meu livro.

– *Na poesia de Yeats encontramos uma mistura de lenda, de história transmutada pelo caminho da simbologia, que creio que ele toma um pouco dos rafaelistas...*

– De fato, Yeats formou-se como poeta ainda nesse mundo que na Inglaterra vinha do rafaelismo, e que depois se misturou de uma forma inusitada com o simbolismo francês. É o que os ingleses chamam de "os anos noventa", ou seja, a literatura de 1890. Os jovens poetas que estavam nessa linha reuniam-se no

Cheshire Cheese, um clube de Londres que Yeats também frequentava quando já havia publicado um livro, mas ainda era um poeta jovem. E ele estava interessado nesse mundo simbolista porque, claro, como você diz muito bem, é um mundo que faz de tudo um símbolo. Esses são seus melhores poemas, que não esquecem o fio de fundo da narrativa, mas ao mesmo tempo têm uma superestrutura cheia de símbolos, que ao princípio eram os do simbolismo europeu do fim do século e ao qual ele foi adicionando os temas próprios da cultura celta. Ele estava obcecado com o renascer celta, com a busca dos traços de identidade irlandesa e, depois, com a teosofia.

– *A teosofia...*
– Uma pessoa muito mais velha e que havia conhecido Yeats me contou uma vez na Inglaterra que o poeta dedicava algumas horas todos os dias para a meditação, mas não a meditação budista, nem cristã ou coisa parecida, mas a teosófica, que na realidade é esse conhecimento de Deus por vias heterodoxas. Lady Gregory também estava envolvida nisso. Ela é uma personagem muito esquecida fora da Irlanda, uma apaixonada pela teosofia e que também pertencia à Golden Dawn*, onde estava Aleister Crowley como personagem surpreendente.

– *Lady Augusta foi muito importante na vida de Yeats.*
– Em um estudo contam que Yeats, até conhecer lady Gregory, tinha vivido mal, como todo jovem poeta. Evidentemente, os livros de poemas não dão dinheiro, nem na Inglaterra. Vivia do jornalismo, mas não tinha espírito de jornalista, fazia forçando um pouco a situação. Nessa época, era pobre, e lady Gregory o ajudou. É preciso fazer um pequeno parêntese para essas senhoras de antigamente que tinham dinheiro e gastavam ajudando os artistas mais ou menos boêmios, porque isso desapareceu com-

---

* Sociedade secreta surgida na Inglaterra em 1888 que reunia várias vertentes do ocultismo. (N.T.)

pletamente hoje em dia. Hoje as que têm dinheiro não gastam com isso...

– *Ela deve ter tido muita influência.*

– Muita, claro, mas também entra o caso da Golden Dawn, uma sociedade teosófica que o faz entrar no segredo dos mitos celtas, o supersegredo da teosofia. A mistura entre esses elementos faz com que alguns momentos de Yeats hoje em dia possam parecer um pouco confusos. Mas é um autor que merece muito ser lido. Sim, encontramos esse pequeno tropeço no momento do acúmulo de símbolos e de mitos, podemos pular cinco ou seis páginas, e vamos encontrar o Yeats mais despojado, que é talvez onde está o poeta em sua real magnitude, seja em verso ou em prosa.

– *Foi mestre de pessoas que pensaram muito diferente dele em quase tudo. O próprio Joyce ou Wilde o admiraram, mesmo que discordassem dele.*

– Wilde não teve tempo de discordar muito porque morreu cedo. Creio que uma vez, numa das tertúlias de Cheshire Cheese, Wilde disse, num tom muito próprio dele (não acho que gostasse muito de Yeats), que, em vez de utilizar mitos celtas, "que todos gostamos como irlandeses", deveria usar os mitos gregos. Porque os mitos gregos têm uma virtude, sejamos sinceros, são conhecidos de toda a cultura ocidental, enquanto que os mitos celtas estão num parágrafo. Mas depois Yeats enfrenta Joyce e outros pela vinculação ao nacionalismo irlandês. Acho que o nacionalismo foi um problema para o próprio Yeats; ou seja, mesmo que os nacionalistas irlandeses o tenham reivindicado, na verdade não têm muito o direito de fazer isso porque Yeats não era um nacionalista violento; era um nacionalista sentimental, mas com problemas, porque, sentindo-se irlandês, ao mesmo tempo sentia-se britânico.

– *É um pouco o reflexo do problema entre o pai e a mãe, porque o pai não fazia qualquer objeção, mas a mãe era antibritânica.*

– Sim, mas veja que isso já havia ocorrido com a mãe de Oscar Wilde. A célebre Speranza, depois lady Wilde, havia sido uma militante pela independência irlandesa que escrevia panfletos com o pseudônimo de Speranza; e isso é curioso, porque um biógrafo de Wilde conta que, quando o governador britânico de Dublin a convidou para uma festa, ela imediatamente deixou de escrever esses panfletos. No momento em que foi admitida na alta sociedade da provinciana Dublin, isso a satisfez plenamente e acabaram os caprichos nacionalistas. Como se vê sempre, no longo prazo muitos nacionalismos são um pouco bobos, ou seja, funcionam muito bem quando estão contra e, quando conseguem o que queriam, entram numa espécie de vazio.

– *É o destino do gaélico, por exemplo.*

– Claro, tinham conseguido tudo, mas esse tudo eles já tinham antes e não iriam ter nada mais. Podiam manter alguns traços da identidade cultural, que era o gaélico, que eram as lendas celtas, tudo isso se manteve, mas depois a vinculação à Inglaterra e à Grã-Bretanha era tão enormemente forte que hoje em dia ainda ocorre que muita gente vai aprender inglês em Dublin. É uma das suas "indústrias". Curiosamente, isso era contrário aos princípios dos separatistas da época de Yeats.

– *Yeats foi sempre muito taxativo com a terrível censura que chegou a ocorrer na Irlanda. Mas com o advento da independência a censura foi pior, e então ele teve os seus caprichos antidemocráticos. No entanto, sempre foi um inimigo da censura, por isso apoiou Wilde e Joyce.*

– O que quero dizer é que o leitor que vai ler Yeats entenda que em sua obra há um conflito interno sobre sua própria identidade nacional. Ele é evidentemente irlandês, sente-se irlandês, apoiou a independência da Irlanda, mas não deixa de se sentir um escritor inglês. Então, como é um escritor inglês que apoiou a independência da Irlanda, é um homem sem pátria...

– Se você tivesse que escolher um poema de Yeats, qual seria?
– Escolheria "Navegando até Bizâncio". Não só porque gostei muito dele na minha remota juventude, mas porque me parece um grande poema. É a visão de um Bizâncio mítico, habitado por casais de jovens eternos, do qual falamos no começo:

> Aquele não é um país para homens velhos.
> Os jovens de braços dados, as aves nas árvores
> – as gerações que morrem – cantando,
> as cascatas de salmão, os mares repletos de atum,
> peixes, animais, aves, celebram todo o verão
> tudo aquilo que se produz, nasce e morre.
> Preso nesta música sensual tudo ignora
> Monumento de intelecto que não envelhece.

Crepúsculo celta

William Butler Yeats morreu aos 73 anos em Menton, no sul da França, em 1939. Permaneceu enterrado ali até 1949, quando foi levado para a Irlanda, para o cemitério de Drumcliffe, em Sligo, onde um antepassado seu havia sido reitor da igreja. Ele o havia especificado assim em um poema intitulado "Aos pés de Ben Bulben", no qual expõe o que foi então o mencionado epitáfio de sua tumba. Diz assim:

> Sob a cabeça nua de Ben Bulben
> no cemitério de Drumcliffe jaz Yeats
> um antepassado seu foi reitor aqui
> muitos anos atrás, uma igreja surge próxima;
> junto ao caminho, uma antiga cruz.
> Não há mármore, nem frase de circunstâncias;
> na pedra de cal do canteiro vizinho
> foram gravadas por ordem sua estas palavras:

> Contempla com frieza
> a vida e também a morte.
> Ginete, segue sem te deter!

No mesmo poema, ele escreve o que se parece com uma despedida:

> Poetas irlandeses, aprendam o vosso ofício,
> cantem tudo o que está bem feito,
> enganem os que agora crescem
> informes dos pés à cabeça,
> seus corações e cabeças sem memória
> vilmente nascidos de fatos vis.
> Cantem aos lavradores, e depois
> aos tenazes cavaleiros camponeses,
> à santidade dos monges, e depois
> à risada lasciva dos bebedores de cerveja;
> cantem aos senhores e senhoras alegres
> que foram sepultados na argila
> ao longo de sete séculos heroicos;
> voltem as mentes a outros dias
> para que em dias vindouros possamos ser
> ainda o indomado povo irlandês.

No portão do cemitério de Drumcliffe encontramos um memorial com alguns versos juvenis de Yeats:

> Se eu tivesse panos bordados do céu,
> bordados de dourada e prateada luz,
> os azuis, os mates e os escuros panos
> da noite e do dia e da meia-luz,
> se os tivesse eu os colocaria a teus pés,
> mas como sou pobre só tenho os meus sonhos,
> e tão só meus sonhos coloquei a teus pés;
> pisa com cuidado então porque pisas meus sonhos.

Junto a William Butler Yeats, no mesmo cemitério, também está enterrada Georgie, como ele a chamava. Yeats teve muitos amores, foi um homem muito requisitado pelas mulheres. Também escreveu belos poemas de amor. Um dos mais notáveis, mesmo que seja porque inspirou John Ford em *The Quiet Man*, intitula-se "Quando fores velha":

> Quando fores velha e grisalha,
> e o sono comece a vencer-te junto ao fogo,
> pega este livro e o lê lentamente,
> e com teus ternos olhos antigos sonha,
> e com tuas profundas sombras,
> quantos amaram teus momentos de graça e alegria,
> com amor falso ou verdadeiro, amaram a tua beleza,
> mas um homem amou a tua alma peregrina.
> Murmura, um pouco triste,
> como o amor deu meia-volta,
> saiu fugindo e andou pelos picos mais altos,
> que o seu rosto escondeu entre montes de estrelas.

Impressão e acabamento
Imprensa da Fé